グラスバードは還らない

市川憂人

マリアと漣は大規模な希少動植物密売ルートの捜査中、得意取引先に不動産王ヒューがいることを摑む。彼には所有高層ビル最上階の邸宅で、秘蔵の硝子鳥や希少動物を飼っているという噂があった。ビルを訪れた二人だったが、そこで爆破テロに巻き込まれてしまう！　同じ頃、ヒューの所有するガラス製造会社の関係者四人は、知らぬ間に拘束され、窓のない迷宮に軟禁されたことに気づく。「答えはお前たちが知っているはずだ」というヒューの伝言に怯えて過ごしていると、突然壁が透明に変わり、血溜まりに横たわる男の姿が⁉　好評シリーズ第三弾！

グラスバードは還らない

市 川 憂 人

創元推理文庫

THE GLASSBIRD WILL NEVER RETURN

by

Yuto Ichikawa

2018

目次

グラスバードは還らない

プロローグ

初めて飛び込んだ外の世界は、とても眩しくせわしなく、騒々しかった。

少女の目の前を、見たこともないたくさんの人々が、あちこちからやって来ては通り過ぎていく。時折、不思議なものを見るような視線を投げられる。立ちすくんでいると、変な格好をした大きな人――『けいびいん』だと後で教えられた――に声をかけられた。

「お嬢ちゃん、こんなところで何をしているんだい」

野太い声だった。少女は慌ててその場を逃げ出した。

しばらく走っていると、静かな広場に出た。

四角くて平たい石が地面に敷き詰められている。緑の木々が周りを囲っている。木々のさらに向こうは、きらきら光ってうんと背の高い、いくつもの細長い箱のような建物。窓越しに見慣れているはずのそれらが、今は全然知らない形に見える。

――どこだろう、ここ。

自分が寝起きする部屋よりも、家族でごはんを食べる部屋よりも、ずっとずっと広い。上を向けば、目に映るのは天井ではなく、どこまでも高い青空と流れゆく白い雲。風が葉を揺らし、少女の頬と髪を撫でる。

目を下に向ける。広場を取り囲む木々の手前に、焦茶色の細長い椅子――『ベンチ』というのだと、これも後で教えてもらった――が置かれている。

そのベンチの真ん中に、黒い人影が座っていた。

大人の男――のようだ。

真っ黒な服を着て、両手をお腹の前でゆるく組んで、背もたれに寄りかかってぼんやり空を見上げている。年齢はよく解らない。自分より背の高い人はみんな大人に見えた。

他には誰もいなかった。

ついさっきまでいた場所とは全然違って、通りかかる人もなく、うるさいしゃべり声も聞こえない。静かな広場の片隅に、彼――でいいのだろうか――は石の置物のように座り込んでいた。

少女は男の近くへ歩み寄った。

どうしてかは解らない。さっき会った大きな人は怖かったのに、今、目の前にいる男の人には、そんな感情が少しも湧いてこなかった。

男がこちらへ顔を向けた。

少女をしばらく見つめ、どうしたんだい、と問いかける。少女が答えないでいると、どこから来たんだ、とまた尋ねた。

静かな声だった。やっぱり少しも怖くなかった。

振り返り、さっきまでいた場所の方——一番背の高い建物を指差すと、そうか、と男は呟いた。

その後もぽつりぽつりと、やりとりが続いた。

お父さんとお母さんは。——わからない。いない。

お兄さんやお姉さんは。——いる。

はぐれたのか。——わからない。ちがう。

ひとりで来たのか。——うん。

少女の答えに、そうか、とだけ男は返した。

無言の時が流れた。

何をしているの、と、今度は少女から訊いた。

しばらく返事はなかった。男はまた空を見つめ——何もしていない、ただこうして時を過ごしている、と答えた。

何と言えばいいか解らなくて、少女は自分が訊かれたことを同じように問い返した。

どこから来たの。——覚えていない。もう忘れてしまった。

お兄さんやお姉さんは。——いない。家族は誰もいなくなってしまった。

はぐれたの。——違う。ある意味ではそうかもしれないが。

ひとりで来たの。——ああ。

また沈黙が訪れた。

男は空を見上げている。少女はベンチに上り、男の隣に座った。ベンチは大きくて、腰掛けると足が地面につかなかった。

空へ視線を移す。男の見つめているものが、ここからなら解るような気がした。

何もなかった。広い青空を、雲がゆっくりと流れているだけだった。

隣を見ると、男がこちらを見下ろしている。男はまた顔を上に向け、しばらくして目を閉じた。

どうしたんだろう。もしかして、見ていたものが見えなくなってしまったんだろうか。

男の見ていたものは、自分にも見えるものなのだろうか。もう一度見上げたけれど、目に入るのはやっぱり青い空と白い雲だった。

いつしか瞼(まぶた)が重くなって、少女は目を閉じた。


……風のざわめきに目を覚ますと、空が藍色にくすみ始めていた。

起きたかい、と、男の声が近くで聞こえる。

ぼうっとしたまま起き上がる。黒い布のようなものが身体(からだ)にかかっていた。ぶらぶらさせていたはずの両脚が、ベンチの上にまっすぐ乗っている。

男はさっきと同じところに座っていた。身体の上半分が白くなっている。男が手を伸ばし、少女の身体にかかっていた布を取り上げ、しばらくすると男の上半分がまた黒に戻った。

早く帰った方がいい、と男が告げた。

兄や姉の顔が急に浮かんできて、胸が締めつけられるような痛みに襲われた。——帰らなきゃ。

ベンチから飛び降りる。転ばずに着地できた。走りながら何度も立ち止まって振り向いた。振り返るたびに男の姿が小さくなり、やがて木陰に隠れて見えなくなった。

家に帰ると、一番上の姉が、泣きそうな顔で少女を抱きしめた。

帰ってきたのね——姉の無言の想いを、背に回される両腕の震えから感じ取って、少女はごめんなさいと呟いた。

すぐ上の兄が、ほっとしたような怒ったような悲しんだような、よく解らない顔で呟いた——お前なんかさっさと出て行っちまえばよかったんだ。何てこと言うの、と姉が兄の頭を叩く。

いつもの喧嘩(けんか)だった。他の兄や姉たちは夢中でごはんを食べている。戻ってきたんだ、という思いが全身を包む。

……なのに。

どうしてだろう。

帰ってこられたはずなのに——どうして胸の痛みが無くならないんだろう。

数日後、騒々しい人波をどうにか抜けてあの広場へ行くと、男がまたベンチに座っていた。

自分のことを覚えていたらしく、男は少し目を開き、君か、と呟いた。

この前と同じように、ベンチに上って男の隣に座る。男は何も言わなかった。こちらを見やり、この前と同じように空を見上げる。

何を見てるんだろう。

そう思って少女が尋ねると、男は視線をこちらに戻し、また空を見て答えた。

——昔の記憶だ。

『むかしのきおく』？

男に倣って顔を上げたが、少女の目に映るのは、この前と同じ青空と雲だけだ。他人には見えないんだよ、と男は口元を緩めた。

かすかな、さびしそうな笑いだったけれど——男が笑うところを初めて見ることができて、少し嬉しかった。

それから、広場のベンチで男と並んで座るのが、少女のささやかな日課になった。

少女が広場に行くと、男はいつも黒い姿で、同じベンチに座っていた。人の目があったりお客さんが来たりで、広場に来られない日が何度かあったけど、少女が訪れたときには必ず男がベンチにいた。

自分がいない日もここに来ているのだろうか。でもなぜか、それを尋ねることはできなかった。

男は何も言わなかった。

時々、友達はいるのかとか、学校はどこかといった問いを、ぽつりぽつりと投げられることはあった。よく解らない、と答えると、男は以前と同じようにそうかとだけ返し、後は何も尋ねなかった。


ずっとベンチに座るうちに、この広場がどういう場所なのか、何となく解ってきた。

まず、まったく誰も来ないわけではなかった。

歳を取った人が、四つ足のふかふかした生き物——犬というらしい——と一緒に歩いたり、大きな男や女の人が、はっはっと息を切らしながら走って横切ったりする。ちらちら視線を向けられることはあったが、変な顔はされなかった。笑顔で軽く手を振ってくれる人さえいた。

そんなとき、少女はどう答えていいか解らず、曖昧(あいまい)に手を挙げて返した。

ただ、人通りはとても少なかった。広場に来てベンチに座って、男と一緒に空を見上げてまた帰るまでの間、誰も通りかからない日もあった。

……どうしてだろう。

こんなに空が高くて風が気持ちいいのに、どうしてほとんど誰も来ないんだろう。

忘れられた場所だからだ、と男は答えた。

——表通りから外れていて、近くに売店もない。散歩者が気まぐれに通りかかるだけだ。皆、表通りに面した広い公園に行ってしまう。

男の説明は難しくて半分も理解できなかったけれど、忘れられた場所、という言葉は不思議と頭に残った。

そうか……忘れられているんだ。

ここにいる自分も、もしかしたら彼も、たくさんの人から忘れられている。

自分には兄姉がいるけれど、この人はひょっとしたら、もう誰からも覚えられていないんだ。

また、あの痛みが胸を貫いた。

苦しくて泣きたくなるような、ぎゅっとする痛み。

ベンチの上に座りながら、男の方へ少しだけ身体をずらした。男はこちらへ視線を向け、何も言わずまた空へ目を戻した。

そのようにして何日も過ぎた、ある日。

いつものように少女が広場へ行くと、見慣れないものが目に入った。

ベンチの下。男の左脚のそばに、大きくて黒っぽい袋のようなものが置いてある。

それは何、と少女が指差すと、男は足元を覗き込み、ああ、バッグか、と初めて気付いたように呟いた。

――忘れ物だろう。たまたま誰かがここで一休みして、そのまま置きざりにしてしまったのかもしれない。

忘れられた場所に忘れ物なんて、おかしな感じだった。しゃがんでバッグを見ていると、男が脚をずらした。少女はベンチの下へ手を伸ばし、バッグを引っ張り出した。重かった。どうやって開けるんだろうと思って触っていると、やめた方がいい、と男が声を発した。

――中まで見るものじゃない。そのまま持ち主に返せるなら、それに越したことはない。

返す？　どうすればいいのだろう。迷っていると、そういうときは警察に届けるものだ、と男が教えてくれた。

男の言う『けいさつ』とは何なのかよく解らなかったけど、『けいびいん』なら見たことがある。その人に渡せばいいのだろうか。

バッグを両手に抱える。ごつごつして重かったが、持てないほどではなかった。

――大丈夫か。手伝うか。

へいき、と少女は首を振り、男に背を向けて歩き出した。本当は不安だったけど、男がベンチから離れたら、そのとたんに彼が彼でなくなってしまう気がした。

バッグから変な音がかすかに聞こえる。中を覗いてみたかったけれど、男の言葉を思い出して我慢した。

早く『けいびいん』を探して、これを渡そう。そうしたらこれは忘れ物じゃなくなる。

忘れ物が忘れ物でなくなるのなら――彼もいつか、忘れられた人じゃなくなるかもしれない。

いつもの道を抜け、あの慌ただしい場所に戻ってきた。たくさんの人波の中、『けいびいん』を探す。

……いた。

行き交う人たちの向こうに、影がちらりと見えた気がした。

少女が足を踏み出したそのとき、

かちりと小さな音がバッグから響き、閃光が炸裂した。

※

爆音が轟(とどろ)いた。

窓の割れる音、悲鳴と絶叫。

広場を囲む木々の背後から、禍々(まがまが)しい黒煙が立ち上る。

サイレンが鳴り響いた。彼はベンチから腰を上げ、黒煙を見つめ——

足早に広場を去った。

第1章　グラスバード（Ⅰ）

――一九八三年十二月二十日　一九：三〇～――

「これまでの開発品『SGMN05』――屈折率可変型ガラスは、『負の屈折率』の実現や単体での可変帯域の広さといった、機能面での特徴こそ他社製品を大きく上回っていたものの、残念ながら顧客への展開は思うように進みませんでした」

声を普段より低めに意識しつつ、トラヴィス・ワインバーグは切り出した。

言い訳がましく聞こえてはならず、かといって他人事のように話していると思われてもならない。全体としては事実のみを伝えることに注力しながら、遺憾の意を所々に織り交ぜる。大企業の一部門長となった今でも、その辺りの匙加減の見極めは容易でない。

「ひとつには、件の事故の影響で顧客へのサンプルワークが遅延したこと。営業部によると、この間に他社が――ガラス単体でない上に性能もだいぶ劣るものの――大幅に安価なサンプルを各ユーザーへ提示したようです。

今ひとつの理由は、『屈折率可変』という機能が現在の顧客のニーズに必ずしも合致したものではなかったこと。性能は確かに高い。しかしいざ使うとなると、性能を生かし切るだけの場面はさほど多くなかった、少なくとも現時点においては。——といったところでしょうか」

「よくある話だな」

ヒュー・サンドフォードが冷ややかな視線を投げた。「高性能を謳う商品が、それより低性能ながら安価な商品に取って代わられるというのは」

灰色の瞳。生え際の後退した白髪。脂肪と筋肉で覆われた大柄な体軀が、不動産王の異名に違わぬ威圧感を醸し出している。

トラヴィスの心臓が縮んだ。辛うじて表情には出さずに済んだ——はずだ——が、勤務先の上役、それも代表取締役社長から侮蔑的な言葉を浴びせられ、なお平然としていられるほど彼の神経は太くない。

当のヒューは、ナイトガウンを羽織っただけの巨体を豪奢なソファーに預け、赤らんだ顔でワイングラスを揺らしている。

部下から報告を受ける上司の格好ではなかった。そもそも今、トラヴィスたちのいる場所自体、およそ研究部門の成果報告を行うにふさわしいとは言い難かった。

広い部屋を覆う毛足の長い絨毯。壁には冷蔵庫と食器棚、そして金色の柱時計。部屋の中央に鎮座する低いテーブルは大理石製で、F国産らしき高価そうなワインのボトルが、ヒューの右手前に置かれている。

絵に描いたような大富豪のリビングだ。あのヒュー・サンドフォードの居城としては、これでもまだ質素な方なのだろうが。

窓の外に広がるのは、星屑のような窓明かりとネオンサイン。百万ドルの美しさと呼ばれるU国有数の夜景だ。

——一九八三年十二月二十日、NY州ニューヨーク市マンハッタン区。高層ビル『サンドフォードタワー』の最上階だった。

オープンからおよそ一年。全七十二階のうち最上階の丸ごと一フロアが、ヒュー自身と家族の住居に充てられている。ヒューの最も新しい居城だ。トラヴィスが立っているのは、リビング——と表現するには相当に広い部屋——だった。

ワイングラスを揺らしながら、ヒューは独特の掠れた声で続けた。

「商品の販売力は、技術力とは別の次元に存在する。お前たち技術者は、性能が良ければ顧客はおのずとついてくると考えている節があるが、残念ながらそんなものは驕りにすぎん」

トラヴィスの視界の右端で、チャック・カトラルがわずかに顔を引き攣らせた。

焦茶色の巻き毛、同じく濃い茶色の瞳。三十歳という実年齢に比べて顔つきは学生のように幼い。当人も気にしているらしく、最近になって黒縁の細い眼鏡をかけ始めたが、似合っているとはお世辞にも言えなかった。

頼むから暴発してくれるなよ——年若い部下に向けて念じながら、トラヴィスは努めて重々しく「承知しております」とヒューへ頭を下げた。

「反省を踏まえ、今回のプロジェクトでは開発テーマをゼロベースで見直しました。顧客からアンケートを募りニーズを分析。詳細は別途資料をご覧いただくとして、浮かび上がったのが屈折率でなく『透過率』の可変化というテーマでした」

「また可変化か。芸のないことだ」

ヒューの声が嘲りの響きを帯びる。チャックが顔を歪めて腰を浮かしかけた。――と、

「それは違いますね、社長」

トラヴィスを挟んでチャックの反対側、ソファーの左側に座っていた青年――イアン・ガルブレイスが、落ち着き払った声とともに立ち上がった。

金髪を揺らし、口元に笑みさえ浮かべながら、美麗な青い瞳をヒューへ向ける。ビジネス界の生ける伝説である億万長者に対し、この若者は怖気づいた様子もなかった。

「光物性において、屈折率と透過率は厳密には異なる概念です。

屈折率とは、物質内における光速と真空中の光速との比。つまり『速度』に関する定数です。一方、透過率とは文字通り、電磁波がどれだけ反射も吸収もされず通過するかの割合。こちらは『反射』『吸収』に関する定数ですね。

電磁波と物体との相互作用に関する物理定数、という点は共通していますし、数式上の結びつきもありますが、屈折と透過を混同するのは、球を打つ競技だからといって野球とテニスを一緒くたにするようなものです。スポーツに馴染みのない方にはどちらも同じに見えるかもしれませんが」

肝が冷えた。仮にも科学産業界に属する企業の社長に向かって、この男は「お前は科学を知らない」と言い放ったのだ。

だが、たしなめることはできなかった。イアンは大学に籍を置く研究者であってトラヴィスの部下ではない。そもそも彼が他人の忠告を聞き入れるタイプの人間でないことを、数年に及ぶ共同研究の中でトラヴィスは嫌というほど理解していた。

一方、ヒューは機嫌を損ねた様子もなかった。むしろ面白がるようにイアンを見据えている。

「ともあれ、異なる概念である以上、それを制御する理論もまた個別に構築しなければなりません。

ご存じのように、ガラスとは数千年前から存在する工業製品でありながら、統一した基礎理論が未だ確立していない不思議な存在で――」

「御託はいい」

ヒューが尊大に遮った。「用語の定義や理論など、多くの人間にとって野球のルールより縁遠いものだ。愚か者にも理解できる明確かつ有用な特徴がなければ、消費者には何の意味もない」

イアンは眉をひそめ、解っていないなこいつは、とでも言いたげに肩をすくめた。トラヴィスは慌てて「ともかく」と割って入った。

「仰ることは重々承知しています。先程申し上げたニーズ調査に加え、今回はサンプル作成の工程を大幅に見直しました。

これまでは完成度を求めるあまり、サンプルワークが他社に後れを取るケースがままありました。今回はその反省に立ち、スピードを最優先に――性能をないがしろにしたという意味では決してありませんが――進め、すでに試作版第一号の作成を終えています。チャック、サンプルを」

はい、とチャックがやや硬い顔で頷き、ソファーの脇から小型のトランクケースを引き寄せた。留め金を外し、慎重な手つきで開く。蓋を少しだけ開けて中身を取り出し、大理石のテーブルに置いた。

灰色の板だった。

滑らかな表面。サイズはノート大、厚みは約一センチ。四辺の縁は、衝撃に備えてゴムでコーティングされている。長方形の二つの短辺付近に、それぞれ銀色の細長い電極が平行に設置されている。電極からはコードが延び、スイッチ付きの電池入りケースへ繋がっていた。

「電圧ゼロの状態では、ご覧の通り不透明です。この状態で電圧をかけますと」

――ここだ。

失敗は許されない。心臓が暴れ出すのを感じながら、トラヴィスは電池入りケースのスイッチを入れた。

灰色の板が、瞬く間に透明なガラスへ変わった。

ほう、とヒューの口が動いた。

「このように透明となります。通電を切れば」

再びスイッチを動かす。ガラスが再び灰色に染まった。「――元通りの色付きガラスになる、といった具合です。

電源のオンオフだけで透明と不透明を切り替えられますので、例えば家庭の窓ガラスやオフィスの仕切り（パーティション）、水槽、ゆくゆくは乗用車向けなど、様々な場面での用途展開が期待されます。また、本サンプルは灰色ですが、より黒味を増したものや、赤・緑・青の三原色も検討中です。可及的速やかに、あらゆる色のラインナップを揃えたいと考えています」

「――面白い」

ヒューが唇（くちびる）の端を上げた。

成功だ。トラヴィスは口元が緩むのを懸命に堪（こら）えた。

※

誰かの帰りを待つことがこれほど心を焦（じ）れさせるのだと、ほんの数年前までは知らなかった。

足音が聞こえたような気がして、セシリア・ペイリンは顔を跳ね上げた。ドアを見つめるが、いくら待っても彼が入ってくる気配はない。

……空耳、か。

息を吐き、膝（ひざ）の上の手紙に目を戻す。

変わりないか。父さんも元気だ。仕送りにはいつも感謝しているが、決して無理はしないでほしい。今度の帰りはいつになるか――不器用だが誠実な父の声が、今にも耳元で聞こえるようだ。

ただ、実家の事業の経営状態には一言も触れていない。娘を心配させまいという父の心遣いが、却ってセシリアの胸を痛めた。

手紙をバッグにしまい、背もたれに身を預ける。一等地のホテルなだけあって、リクライニングチェアの座り心地は申し分なかったが、眠気は一向に訪れなかった。

窓の外は、色とりどりのガラスのビーズを振り撒いたような、淡く美しい人工灯の海。故郷の闇夜とは比べ物にならない、NY州中心部の夜景だ。

光の海に重なるように、自分の姿がガラスへ映り込む。

特徴らしい特徴のない、平凡で控えめな――悪く言えば陰気な顔立ち。お世辞にも豊かとは言えない身体つき。せめて自分でどうにかできるところだけはちゃんとしようと、服と髪型はそれなりに整えているつもりだが、全体的な色合いは地味としか言いようがない。背中までまっすぐ伸びた黒髪は、ガラスの中、夜の闇にすっかり同化してしまっている。

ベッドの枕元に時計が置いてある。真新しいデジタル時計だ。時計や電卓といった、わずかな電圧で駆動する液晶式の小型表示機器は、今や日常生活にすっかり溶け込んでいる。

専攻分野だからだろうか、どんな液晶素材が使われているか、駆動電圧は何ボルトかといったことがつい気になってしまう。

時計の表示は二十時過ぎ。彼がタワーの最上階へ向かったのが十八時。今回のプレゼンテーションは何時間もかかるものではないはずだ。食事でも振舞われているのだろうか。先方はゲストの都合など考える人間ではないし、いつ戻れるか解らないと彼からも告げられている。いるのだが――

遅くなるならせめて連絡が欲しい。そう願うのは、自分のわがままなのだろうか。

と、呼び鈴が鳴った。

空耳ではなかった。『セシリア、僕だよ』インターホンから声が響く。

「イアン！」

ドアに駆け寄り、チェーンと鍵を外して開く。廊下の外で、ただいま、と恋人がいつもの無邪気な笑顔を浮かべていた。

「いやあ参ったよ。サンドフォード氏の予定がずれたとか何とかで、一時間以上もスタートが遅れてさ」

イアンの手がセシリアの腰に回った。引き寄せられるまま、彼の唇を受け止める。

「……ドアも閉めてないのに」

交際を始めて数年経つが、こういう行為には未だ羞恥(しゅうち)と戸惑いを覚えた。イアンは笑顔のまま後ろ手でドアを閉めた。

「寂しい思いをさせちゃったからね。ささやかなお詫びさ」

こんな歯の浮く台詞(せりふ)も、彼が口にすると何の違和感もないのが不思議だ。ホテルでずっと待っていた自分を気にかけてくれたのが嬉しくて、セシリアはイアンの胸に顔をうずめた。
が、その喜びも一時のものだった。

「それで……どうだったの？」

顔を上げて尋ねる。もちろん成功さ、とイアンは片目をつぶった。

「N誌の査読がすでに通っている案件だからね。理論的な裏付けは何の不安もなかったさ。後は彼らがものにできるかだけがネックだったけど、上手くやってくれたみたいだ」

「そう——良かった」

M工科大学の助教であるイアンと、U国有数の資産家ヒュー・サンドフォードの所有するガラス製造会社・SG社との共同研究がスタートしたのは、ちょうど自分たちの交際が始まった頃だと聞いている。

入学当初から『異才』として教授陣に名を知られていたイアンは、研究室入りと同時に、ガラス状態の安定化理論に関する論文を矢継ぎ早に発表し、二十四歳という異例の若さで博士号を取得した。イアン・ガルブレイスの名は固体物理学界へ徐々に広まり、国内外のガラス製造会社から共同研究の打診がいくつも入ったという。SG社を選んだのは「本社の建物が一番豪華で綺麗だったから」ということだった。

そんなイアンの学術上の業績を、セシリアは交際を始めるまで全く知らなかった。

同期の女子からそれとなく噂を聞いていたし、同じテニスサークルにも所属していたが、セシリアにとってイアンはあくまで——というと失礼な言い回しだが——遠くから何となく憧れるだけの先輩だった。

すらりとした長身。人並み以上の端整な容貌。陽気な性格。サークル内でも当然のごとく一目置かれる存在だったイアンだが、こと恋愛となると、浮ついた話を不思議と聞かなかった。

「悪い人じゃないし、頭も良くて格好いいとは思うけど、何というか子供っぽいのよね」

それが、サークル内の女子勢の、イアンに対する評価だった。

イアンの性格はその頃からずっと変わらない。良く言えば裏表がない。悪く言えば、思っていることがそのまま言葉や態度に出る。研究者としての自身の才能を微塵も疑っていないものだから――それが事実であるだけになおさら――共同研究先の担当者の心証を損ねることが何度もあったようだ。

共同研究メンバーによる内輪の懇親パーティーに招かれたとき、先方の責任者らしき人間――トラヴィス・ワインバーグと名乗った――からそれとなく愚痴を聞かされた。セシリアを非難する素振りはなかったものの、ひたすら恐縮せずにいられなかった。

だから今回、イアンが先方の機嫌を損ねなかったか、不安ではあったのだが――

「どうしたんだい」

「え?」

知らぬ間に物思いにふけってしまったらしい。「どうした、って」

「何だか、あまり嬉しそうじゃないからさ」

心臓を冷たいものが走った。セシリアは笑顔を作りながら首を横に振った。

「そんなことない。ただ……今回はあくまで、共同研究の継続許可が下りただけでしょ？　この前の屈折率可変型ガラスのように、途中で立ち消えになってしまわないか、と思ってしまって」

セシリア自身も、M工科大学の博士課程に身を置く科学者の端くれだ。イアンとは学部が違うが、研究室レベルで成果を上げることと、それが世の中で実用化されることとの間には、遙かに高く厚い壁があることを知っている。およそ十年前、「航空工学界に革命を起こした」とまで評された『真空気嚢（きのう）』——気嚢式浮遊艇（ジェリーフィッシュ）の根幹を成す新技術——のような例は、世界各地で毎日のように生み出される無数の『研究成果』の、ほんの一粒にすぎない。

「馬鹿だな」

イアンがセシリアの髪を撫でた。「僕にとってはもう成功さ。理論には瑕疵（かし）ひとつないしサンプルで実証もされた。それが商売になるかどうかはSG社が考えるべきことであって、僕らが気に病むことじゃない。元々、これまでの共同研究もそうやって役割分担してきたんだからね」

以前、恋人に尋ねたことがある。せっかく素晴らしい成果を生み出しながら、それが世に出ずに終わることを悔しく思ったことはないのか、と。

——悔しい？　なぜだい？

イアンは心底不思議そうに答えた。研究者の本分は研究することであって物を売ることじゃない。そんなことは別の人間に任せておけばいい——それがイアンの持論だった。

今もそうだ。イアンの笑みには一片の陰りもなかった。

「今日のプレゼンも同じさ。トラヴィスとチャックにとってはどうだか知らないけれど。サンドフォード氏も最後は機嫌が良かったみたいだし、まあ一安心ってところじゃないかな」

「駄目よ、そういうことを言っては」

セシリアは微笑(ほほえ)んだ。

微笑みながら――胸の奥に、錐(きり)をねじ込まれたような痛みが走った。

※

「社長。改めまして、本日はお時間を取っていただきありがとうございました」

トラヴィスの一礼を、ヒュー・サンドフォードは悠然と受け止めた。

「予想より早くサンプル作製にこぎつけたからな。これはその労いだ。

だが勘違いするな。お前の仕事は売れる量産品を仕上げることであって、世間知らずな研究者の遊びに付き合うことではない」

「承知しております」

トラヴィスが真面目(まじめ)くさった顔で答える。染めているのか地毛なのか、綺麗に撫でつけられた黒髪には白髪ひとつない。体格も、ヒューと違って無駄な贅肉(ぜいにく)がそぎ落とされているのがスーツの上から見て取れる。年齢は四十四と聞いているが、外見はそれより十歳近く若い。

もっとも、一企業の部門長としてはやや威厳に欠けるきらいがあった。今も努めて無表情を装っているが、内心で冷や汗をかいているであろうことは容易に察しがついた。

――サンドフォードタワー最上階。新居のダイニングだった。

プレゼンテーションの行われたリビングから部屋を移し、ヒューはトラヴィスを夕食の席に招いた。こういう『特別扱いされる経験』を適度に味わわせてやることが、部下の忠誠心の強化につながることをヒューは知っている。

もっとも、この手が通用するのは幹部クラスの人間だけだ。末端の人間に同じことを行ったところで大抵は増長して終わる。

だから今、ヒューの前に座っているのはトラヴィスしかいない。後の二名――イアンとチャックは、プレゼンテーション終了後、早々に帰らせている。ダイニングにいるのはヒューとトラヴィス、それと斜め後方に控えるメイドがひとりだけだった。

ローナの姿はない。どこを遊び歩いているのか。亡き妻が遺したひとり娘のことを考えると、ヒューの口内を苦いものが走った。

イザベラ――ヒューは脳裏で妻に語りかけた。

あの娘はお前にそっくりだ。猫のように可愛らしく、子犬のように純真。しかし最近は、あの娘が何を考えているかも解らない。

容姿がどれほど似ていようと、娘は妻とは違う人間だ。娘への愛は妻への愛の代替品ではないし、娘からの愛の保証書にもならない。

他にも子供が何人かいれば――妻と二人で望んだことでもあった――少しは侘しさを紛らわせられたかもしれない。が、彼女はあまりに早く世を去ってしまった。新しい女を妻に迎える気にもなれなかった。むろん、女性関係をすべて断ったわけではないが、妻以外の女が自分の子供を産むことに、ヒューはなぜか猛烈な嫌悪を覚えた。

不動産王の富も、密やかなコレクションも――あの鳥たちでさえも、欲望を満たしこそすれ、胸に空いた欠落を埋め合わせる手段にはならないのだ。

ワインを呷り、空になったグラスをテーブルに置く。エプロンドレス姿のメイド――パメラ・エリソンが進み出て、グラスに新しいワインを注いだ。

いい女だ。いちいち細かな指示を出さずとも、主人の意思を汲んで適切に行動する。先代のメイドの後釜として雇い入れて二年。過去に雇ったメイドや秘書の中にも、パメラほど気の利いた女はいなかった。

赤銅色の長髪を、後頭部でひと結びにまとめている。際立った美人ではないが、凜と伸びた背筋や四角いフレームの眼鏡が理知的な印象を与える。一方で、エプロンドレスの上からもそれと解るふくよかな胸が、えもいわれぬ肉感的な雰囲気を醸し出している。そのアンバランスが、見る者――特に取引先の上役ども――の視線をたびたび奪うことをヒューは知っていた。

年齢は、確か三十をやや超えた辺り。女盛りだ。ベッドではさぞいい声を上げるのだろう。五十代半ばを過ぎたヒューにとって、ささやかで刺激的な想像だった。

新しい酒に口をつける。ふと、もうひとつの案件を思い出した。

「サンプルといえば、『ブランケット』の件はどうなっている」

「あちらに」

トラヴィスは壁際の籠に置かれたトランクケースへ目を向け、視線をパメラへ移した。

「……よろしいので？」

「構わん」

パメラの口の堅さは折り紙付きだ。I州の片田舎からNY州へ出てきたという、ごく平凡な経歴しか持っていないことも、顧問弁護士を通じて確認済みだった。

トラヴィスが席を立つ前に彼女が壁際へ向かい、トランクケースを手に戻った。トラヴィスが留め金を外し、中からそれを取り出す。

ほう、と思わず声が漏れた。

「ガルブレイス博士の理論をベースに、アドバイザーの意見を取り入れました。製造条件の厳しさは相変わらずで、内密に装置を動かすのも骨が折れましたが」

「性能は」

部下の苦労話を無視して尋ねる。「問題ありません」トラヴィスが答えた。

「目標性能はすべてクリアしました。軍への売り込みには充分でしょう。課題は量産性ですが
──」

「民生用の板ガラスとこれとでは、顧客や市場の性質が根本的に異なる。敵国が海の向こうでのさばっている間は、軍も金に糸目をつけんだろう。」

社内外で、お前以外にこの件を知っている者は？」

「チャックだけです。特許戦略上、ガルブレイス博士にもアドバイザーにも、具体的な話は伝えておりません」

上出来だ。金庫に管理しておくようパメラに命じ、ヒューは食事を再開した。

食事の間、トラヴィスは終始表情を崩さなかったが、酒を二杯ほど喉に流し込んだ後は比較的舌が回るようになった。上の娘が私立のミドルスクールへの編入を考えているらしい。それなりに幸福な家庭を築いているようだ。部下の私的な情報を把握するのも、組織の長としての重要な仕事だ。

食事を終え、パメラが食器を下げてしばらく過ぎた頃、トラヴィスが探りを入れるように口を開いた。

「ところで社長。取引先の上役から伺ったのですが――

社長はご自宅に、大変珍しい生き物を飼っていらっしゃるとか」

「……ほう？」

片眉を上げる。トラヴィスは途端に――表面上はわずかながら――狼狽(ろうばい)を表した。

「いえ、先方もあくまで噂に聞いただけとのことですが」

内心で舌打ちする。あの動植物園は元来、ヒュー自身の慰(なぐさ)みのために作ったのであって、下世話な噂好きにつつかれるためのものではない。見せる相手は政財官のトップクラスに限ってきた。誰が口を滑らせたのか。ＳＧ社の取引先は無数に存在するが、技術開発部部長が直接出向くところとなるとそう多くはない。後で釘を刺しておかねば。

改めて、目の前の部下を観察する。さて、どう返すか——

思うところを隠しきれないきらいはあるが、それはあくまでヒューの目から見た話であって、感情を制御する姿勢と技術はかなりのものだ。仕事にやや不満はあるようだが、度を過ごさないレベルなら、それは社への執着と忠誠心の裏返しでもある。娘を私立校へ入れるためにも、現在の地位と賃金を手放す気はあるまい。新しいサンプルを前倒しで仕上げさせた手腕ひとつ取っても、能力は充分だ。

下手に隠し立てするのは得策でない。秘密を覗かせてやれば逆に忠誠心は高まるだろう。

「見たいか?」

餌を放り投げた。

トラヴィスは目を大きく開け——長い逡巡の後、よろしければ、と頷いた。

キッチンから戻ってきたパメラを従え、トラヴィスとともにダイニングを出て廊下を進む。

突き当たりの左手にエレベータが見えた。タワーの一階と最上階を直通で繋ぐ、サンドフォード家専用のエレベータだ。警備員が階下で二十四時間監視しており、部外者は入ってこられない。

だが、今は下界に降りる用事はない。ヒューは正面に向き直った。

重厚な木製の扉が目の前にあった。パメラが進み出て、扉を押し開いた。

パーティールームのような空間だった。中央に楕円形の木のテーブル、その周囲に肘掛けつきの椅子が六脚。向かいの壁には、背の高い本棚がずらりと並んでいる。

重要な客人を招いての会食用に造らせた場所だが、正直なところ持て余している。先程のプレゼンテーションのような少人数の会議なら、リビングの方が落ち着いて酒が呑めるし、逆に大人数になるとそもそも自宅に招く気が起こらない。

だが、別に構わなかった。どうせ目くらましだ。

全員でテーブルを迂回し、本棚のひとつの前で立ち止まる。

パメラが本棚に手をかけ、押した。

本棚が音もなく奥へ動いた。

目を見開くトラヴィスを後目に、パメラは奥へ引っ込んだ本棚を横に引いた。スライドパズルのように本棚が動き、右手の本棚の陰に消える。

ぽっかり空いた空間の奥に、乳白色の鉄扉が鎮座していた。

『非常口』の赤い標識が、上に掲げられている。豪奢な絨毯敷きの部屋に似つかわしくない無骨な扉だった。

「社長、これは――?」

探偵小説の一コマのような光景に、トラヴィスが間の抜けた声を発する。

部下の問いを無視し、ヒューは扉に近付いた。パメラが身を引く。

扉の脇にテンキーが埋め込まれている。十六桁の暗証番号を入力し、実行キーを押す。物々しい音とともにロックが外れた。

「では、案内しよう」

ヒューは扉に手をかけ、手前に引いた。トラヴィスが唾を飲み込む。パメラが本棚の前で一礼した。


扉をくぐった瞬間、大都市の高層ビルに似つかわしくない生臭さが、かすかに鼻を突いた。獣の体臭と糞尿の臭いの混ざり合った、独特の臭気だ。トラヴィスもわずかに眉根を寄せている。都市や研究所で過ごしている人間には無縁の臭いだろう。空調を効かせているので顔をしかめるほどでもないが、先程までの無味無臭な空気と比べれば違いは明白だった。

構いはしない。獣を飼う者の宿命だ。幼少時を過ごした田舎町では、牧場に出ればこの程度の臭いなど当たり前のように漂っていた。

扉の向こうは暗闇だった。背後の扉は人が通れる分しか開けておらず、パーティールームの光はヒューたちの足元付近までしか届かない。

鳴き声が聞こえた。低い唸り、高いわめき——そして、歌うような囀り。

壁に手を伸ばし、スイッチを入れる。天井の照明が瞬き、闇の帳を取り除いた。

いくつもの透明な檻が、薄暗い光の下に並んでいる。

それらのひとつひとつに、幻想世界から抜け出たような、奇妙な容姿の生物たちが閉じ込められていた。

部屋そのものは、パーティールームよりずっと広かった。

幅十数メートル、奥行き二十メートル超。中央付近に太い柱が一本走っている。

床は無機質なリノリウム。柱と天井、そして四方の壁は剝き出しのコンクリート。内装だけを見れば、建築半ばで放り出された美術館のような寒々とした場所だ。

そんな殺風景な空間に、色も姿形も千差万別な生物たちが、何十体も陳列されていた。

檻はガラス製だった。床から天井まで届く背の高いガラス板が、生物たちを囲っている。SG社の製造部に造らせた特注品だ。排泄物の処理や餌やり、空調管理などの都合上、檻の中は上げ底になっているが、屋内に造られた檻としてはかなり巨大なものだった。

「……これは」

トラヴィスの呟きに驚愕と興奮の微粒子が混ざる。

ヒューはいつものように、左手前の檻から見て回った。天井から注ぐ光は弱い。彼らの生体リズムを考慮し、夜間は光量を低く設定してある。

ガラスの檻の中、一匹のキツネザルがこちらを見上げていた。動物園でもよく見るごく普通のキツネザル——ではなかった。

全身の体毛が白い。目の色も赤みがかっていた。

「アルビノ、ですか」

「O国の議員から引き取った。管理がなっておらんでな。私の下へ来た直後は病気持ちで、毛並みも荒れ放題だった」

はあ、とトラヴィスが返す。ヒューは次の檻へ歩を進めた。

ニシキヘビだ——頭部が二つある。

「業者から買った。珍しいものが手に入ったというのでな。片方の頭部はほとんど飾りのようなものらしいが」

「……確かに、大変貴重なものですが」

押し殺すような部下の声だった。「こういったものまで扱うとは、随分と手の広い業者のようで」

ヒューは答えず、パイソンの檻を離れた。トラヴィスが慌てた様子でついてくる。

今度はヤマネコだった。豹のような斑点模様。街中を歩く猫と異なり、目つきや佇まいに野性味を強く残している。

その隣はコモドオオトカゲ。首回りが赤みがかった灰色の巨体を、のったりと床に這いつくばらせている。

両者とも、アルビノや双頭といった身体的異常はどこにもない。しかし部下は今度こそ目を見開いた。

「J国の天然記念物……このトカゲも——国際条約で」

弾かれたように顔を上げ、「社長、どうやってこれを」

「むろん、業者から買い入れたものだが？」

トラヴィスが絶句し――当人には永遠に感じられたであろう短い間の後、顔から表情が消えた。プレゼンテーションの際、淡々と事実関係の説明に徹した顔つきそのままだった。

……理解したか、ここに連れてこられた意味を。

こんなことが許されるのですか、などと訊き返したら即刻放擲してやるつもりだった。仮に警察に駆けこまれようと、こちらはいくらでも手を回せる。訴えた当人が地位を失うだけだ。主の秘密を知り、それでも従う覚悟はあるか――突然に課せられた試験の意味を、トラヴィスはほぼ正確に理解したようだった。

まずは合格といったところか。自分の目に狂いがなかったことを知り、ヒューは内心でほくそ笑んだ。

鑑賞はその後も続いた。

檻は規則正しく列を作っているわけではなく、敢えて迷路のように、枝分かれや袋小路ができるよう配置してあった。侵入者や生物たちが容易に外へ出られないようにするためだ。檻だけでなく通路の仕切りにもガラスを使うなど、来訪者の目を惑わせる工夫もしてある。

迷路といっても、平面図で見れば幼児が解ける程度のものだ。ヒュー自身も道順は把握している。だが、初めて訪れたトラヴィスはさすがに混乱したようで、しきりに背後や鉄扉の方を振り返っていた。

陳列されているのは陸生動物だけではなかった。水槽に入った奇妙な形態の深海魚や、U国ではお目にかかれない希少な植物も含まれている。大半は非合法な手段で入手したものだった。

トラヴィスは、もはや大抵の生物には動揺を見せなくなったが、一番奥の、ある植物の前でぴたりと足を止めた。

青バラだ。

支柱に沿って伸びた茎。その先端に、深い青色の花弁を幾重にも折り重ねた、異様な雰囲気のバラが花開いている。

「まさか——フランキー・テニエル博士の？」

先月、遺伝子工学で実現したと発表されたばかりの青バラを、トラヴィスは凝視した。「これはまだ、市場に出回っていないはずでは」

「フラッグスタッフ署の署長に伝手があってな。テニエル博士の事件の際、証拠品として押収された株のひとつを分けてもらった。私のコレクションの中でも特に気に入っているもののひとつだ。……まあ、いずれありふれたものになるだろうが」

《深海》と名付けられたらしい青バラを、ヒューはしばらく眺め、トラヴィスに向き直った。

「今、お前に見せられるものは以上だ。どうだったかな」

「月並みな感想ですが……全く、言葉がありません」

トラヴィスは嘆息した。「このような機会を与えていただいたことに、改めて感謝申し上げます」

素晴らしい、と手放しで褒め称えなかったのは、非合法な手段で集められた彼らを称賛することに良心の呵責があるからだろう。構わない。ここでおべっかを使う人間であれば逆に評価を落としていたところだ。

「ところで、社長」

トラヴィスが通路の奥に目を向けた。「あちらは、一体？」

ヒューたちが入ってきた鉄扉から見て斜め左手の一番奥。コンクリート壁の一角に、罅割れとは明らかに異なる直線の切れ込みが走り、縦長の長方形を形作っている。

扉だ。右隣には、先程の鉄扉と同じタイプのテンキーが据え付けられていた。

「特に貴重なコレクションが入っている。いかんせん管理が難しくてな。他人に見せたことは数えるほどしかない」

トラヴィスの口が動きかけ、再び引き結ばれた。中身を尋ねようとしたのだろう。ここまで来て誘惑を振り払うとはなかなかの自制心だ。

珍しく機嫌が良くなるのを自覚した。禁断の小箱を覗き見させる悦楽が、ヒューの身体を包み込んだ。

「――のだがな。せっかくだ、見ていくか？」

よろしいのですか、とトラヴィスが問う。ヒューは頷き、「ただし」と芝居気を込めて口の端を上げた。

「充分に気をつけることだ。魅入られるぞ、油断すると」

※

夜のニューヨーク市の繁華街には、若者がひとりでくつろげる場所がない。

きらめく摩天楼を見上げながら、チャック・カトラルは苛立ち紛れに歩道のタイルを蹴った。

聖夜を間近に控え、通りのウィンドウは赤白緑のオーナメントや華やかな電飾で彩られている。街角やレストランの窓を見れば、目につくのはカップルや家族連れ、友人知人か仕事仲間らしき複数の男女ばかり。ひとりで気軽に入れる雰囲気の店は見つからない。U国有数の大都市で、まさか夕食に困る羽目になろうとは思わなかった。

もちろん、雰囲気など気にせず店に入ってしまえばいいのは承知している。だが以前、勇気を出してパブに入るや否や、酔った客から「坊や、ここはハイスクールの子供が入れる場所じゃないぜ」と笑われたときの記憶が、チャックをためらわせた。

あるいは、ハンバーガー店でも探して飢えをしのぐか。だが、せっかくニューヨーク市まで来て夕食がハンバーガーというのも情けない。

……ふと、思い出したくない人物の顔が頭をよぎった。

イアン・ガルブレイス——今日のプレゼンテーションに同席した、年下の共同研究相手。あの男が、今の自分と同じ状況にあったらどうするだろう。

何の逡巡もなく、お高めのレストランのドアをくぐるに違いない。そもそもイアンには恋人がいる。プロジェクトの懇親パーティーで顔を合わせたことがあった。ストレートの黒髪を背中まで伸ばした、控えめで清楚な雰囲気の女性だ。才能に恵まれた人間はパートナーにも恵まれているらしい。

いっそ、彼らを食事に誘うか――馬鹿な考えをチャックは振り払った。イアンの宿泊先をチャックは知らない。第一、「一緒に食事でもどうだい」と向こうから誘ってきたのを断ったのは自分だ。

一応、チャックにも恋人と呼べる相手はいる。だが、そう簡単に外へ連れ出せる相手ではない。自分がこの街に来ていることは彼女も知っているはずだが、今日は顔も見ていなかった。

上司のトラヴィスはタワーに残り、社長のヒューと優雅に会食中のはずだ。気付けば、自分ひとりだけが冬空の下に放り出されている。

唇を噛んだ。研究者としては並の評価しかされず、社会人としての地位も高くない。今回のプレゼンテーションでも、自分はサンプルを準備するだけの端役でしかなかった。

……気付くと、広場に出ていた。

高層ビルの谷間にぽっかりと開けた、憩いの空間のような場所だ。水銀灯の光が、広場の中央の噴水を照らしている。周辺に敷かれた石畳が、向かって正面にそびえるビルの足元まで繋がっている。ビルの敷地の一角らしい。就業時間をとっくに過ぎているせいか、周囲に人影はなく、ビルの窓に灯る明かりもまばらだった。

ビルの先端をかすめるように、白い影がゆったりと空を横切る。ジェリーフィッシュだ。富裕層が多く集まるためか、空き地の少ない大都会でも、平たい球状の気嚢に四本の橋脚（きょうきゃく）を生やした機体を見かけることは珍しくないという。

　噴水を囲むブロックの縁に、チャックは腰を下ろした。さて、どうするか。

　一休みしたら、とりあえずホテルへ戻ろう。一食くらい抜いても死にはしない。

　と――

　斜め後ろから軽快な足音が響き、「だーれだっ」と両目を覆われた。チャックの心臓が跳ねた。

「ローナ⁉」

「当たりっ」

　軽やかな声とともに、両目に被さっていた手が解かれる。振り向くと、愛らしい顔立ちの少女がにこやかな笑みを浮かべていた。夜だというのに、色のついたサングラスを鼻に引っかけている。

「どうして……こんなところに」

「こんなとこ、じゃないよ」

　ローナ・サンドフォードは頬を膨らませた。「チャックったら、せっかく家に来たのにわたしの顔を覗きもしないで出ていっちゃうんだもん。浮気してるんじゃないかって、ずっと見てたんだから」

　タワーから尾行（つ）けていたのか。まるで気付かなかった。

「ご、ごめん。お父さんの手前、勝手に中をうろつくわけにはいかなくてさ。それより、ぼくが来てる間、ずっとタワーにいたの？」

「仕事の邪魔をするなってパパに言われて」ローナは唇を尖(とが)らせた。「悔しかったから、パメラに頼んで、外へ出かけたことにしてもらってたの」

「……でも、チャックったらずっと浮かない顔して、とぼとぼ歩き回ってばかりで……。トイレにでも行くふりをして彼女の部屋を覗けばよかった。軽い後悔がチャックを襲った。

「ねえ、どうしたの。何かいやなことあったの？」

心配そうにチャックの顔を覗き込む。潤(うる)んだ瞳の愛らしさに、胸が締め付けられた。

「どうもしないよ。ただ――自分の情けなさに嫌気が差していただけさ」

「そんなこと言わないで」

ローナはチャックの手を握り締めた。強い眼差(まなざ)しが眩しかった。「チャックは情けなくなんかない。チャックのことなら、わたしが、世界中の誰よりも一番知ってるもん」

「……ありがとう、嬉しいよ」

紛れもない本心だった。自分の語彙(ごい)力(りょく)のなさがもどかしい。目頭の熱さをこらえながらローナの髪を撫でた。蕩(とろ)けるような笑みが少女の顔に浮かんだ。

家でも学校でも職場でも、せいぜい中の上程度の存在でしかなかった自分が、世界に名だたる大富豪、ヒュー・サンドフォードのひとり娘に見初められた――という事実を、チャックは未だ信じ切れずにいる。

ころころと表情の変わる愛らしい顔立ち。豊満でないがバランスの取れた小柄な肢体。灰色を帯びた金色の柔らかな髪がポニーテールに結ばれ、子犬のような愛嬌を振り撒いている。数年前、共同研究先を交えた親睦パーティーで初めて会ったときは、ジュニアハイスクールに入りたてかと思った。が、後で実年齢はもっと上だと聞かされ、チャックは自分のことを棚に上げて驚いた覚えがある。彼女が十九歳を過ぎた今も、そのときの印象は全く変わっていない。

少々——というより結構——思い込みが激しく嫉妬深いところがあるが、大富豪の令嬢という肩書を振りかざすことなく、一回りほども年上の自分を純粋に慕ってくれるローナを、チャックも愛しく思いつつあった。

だが、それは本当の愛なのかと問われると、答えに詰まる。

彼女が自分を愛してくれるのだから、自分も彼女を愛さねばならない。そんな義務感で彼女と交際しているだけではないのか。

生涯を共に過ごしてほしいと彼女に請われたとき、周囲から放たれるであろう、「お前は大富豪の令嬢の相手としてふさわしくない」という声に耐えられるのか。

——そんな不安が、片時も離れなかった。

一介の技術者に過ぎない自分と、社長令嬢の彼女。立場の違いへの後ろめたさもあって、チャックはローナとの交際を周囲に告げていなかった。むろん、ヒューになどもってのほかだ。ローナも父親の性格を知ってか、自分との関係を表立っては誰にも話さずにいてくれているようだった。

「もう、また暗い顔してる」

ローナは立ち上がると、片手を腰に当て、もう片方の手でチャックの腕を引いた。「ほら、立って。一緒に行こ」

「あ、うん」

返事も待たず、ローナはチャックの腕を取って走り出す。すれ違う歩行者たちから好奇の視線を投げられ、チャックは心臓の凍る思いを味わった。

ローナは父親とともにテレビに映ったことが何度もあり、下手な芸能人よりU国全土での知名度は高い。こんな場面を父親や記者に見られたら、と気が気ではない。

とはいえ、周囲の人間も、まさかあのローナ・サンドフォードが冴えない男と戯れるはずがないと思ったのか、特に大きな騒ぎにはならなかった。

それにしても。

「行くって……どこへ?」

息も切れ切れに問う。ローナはチャックの手を引いたまま、悪戯っぽい笑顔で振り返った。

「秘密の場所だよ、もちろん」

秘密の場所……か。

背の高いガラスケースの間を屈んで歩きながら、チャックは緊張混じりの吐息を漏らした。

腕時計の針は二十二時過ぎ。これもある意味で夜遊びと言えなくもない。とはいえ。

——サンドフォードタワー最上階、ローナの住居の奥。

『コレクションルーム』と呼ばれているらしい大広間の中を、チャックはローナと二人で探索していた。

確かに『秘密の場所』には違いなかった。本棚の裏に隠し扉があり、その奥に、珍奇な生物の入ったガラスケース——というより動物園の檻だ——がずらりと並んでいる。あまりの『秘密』ぶりに腰が抜けそうになった。

アルビノのキツネザル、双頭の蛇、東洋の天然記念物、エトセトラ。動植物園のように解説文が付されているわけではなく、大半は名前も解らない。が、およそ合法的でない手段で集められたものばかりだということは、チャックも直感で理解できた。

愛らしい少女に誘われた先が、よりによってこんなとんでもない場所だとは。淡い期待を裏切られて失望を抱かなかったといえば嘘になるが、そんな些細な感情をきれいさっぱり吹き飛ばすほどの、異様な雰囲気に圧倒されていた。

「どう？　凄いでしょ。パパのお気に入りなんだよ」

ローナは無邪気に微笑んだ。「選ばれた人にしか見せないんだって。ほんとはわたしも入らないように言われてるんだけど……チャックは特別だから、ね」

特別、か。自分をここに連れてきたのは彼女なりの慰めらしい。「ありがとう。何というか……一言では表現できないよ」頬が引き攣るのをこらえつつ、チャックは笑みを形作った。ローナの口元がさらにほころんだ。

それにしても……ばれないだろうな。

最上階の平面図を思い浮かべる。自分たちのいるコレクションルームから、パーティールームを挟んだ向こう側は、サンドフォード一家の生活空間だ。ほんの数十メートル先に彼女の父親がいると思うと脂汗が背中を伝う。

トラヴィスはもう帰ったのだろうか。それともまだ、ヒューの相手をしているのか。

「大丈夫、パメラがごまかしてくれるから」

ローナがメイドの名を出した。彼女はチャックとローナの仲を知っていて、ヒューには内緒で協力してくれているらしい。ここに来る前、最上階行きの直通エレベータに二人で乗り込むところを警備員に見られてしまったが、そちらの口止めも手を回してくれるそうだ。

迷路のように入り組んだ通路を、そろそろと進んでいく。ローナが眉をひそめた。

「ちょっとお酒臭い。……パパが入ったのかな」

言われてみれば、獣の臭いに混じって、饐(す)えたアルコール臭を感じなくもない。プレゼンテーションの後、酒宴がてらヒューがトラヴィスを案内したのだろうか。両者の気配はすでにないようだが。

コレクションルームの一番奥に差し掛かった。ガラスケースに深青色のバラが飾られている。どこで手に入れたのか、という疑問すらもはや浮かばない。

さらに左手奥、コンクリート壁の灰色に擬態するように、一枚の扉があった。テンキーが右横に設けられている。大広間の入口の隠し扉と同じタイプだ。

ローナが進み出て、慣れた手つきでボタンを押す。1964113——八桁目までしか目で追えなかったが、暗証番号は最初の扉と同じようだ。ローナの誕生日。九桁目以降の数字は何だろう。

「ママの誕生日。……パパったら、いつも難しいことばかり言うくせに、こういうところは単純なんだから」

チャックの視線に気付いたのか、ローナの口元に寂しげな微笑が浮かぶ。早くに亡くなったという母親のことを考えたのだろうか。十六桁目が入力されると同時に、かちり、と小さな音が響いた。ロックが外れたようだ。

「さあ、チャック。来て」

ローナが扉に手を掛け、異界へ誘う。彼女に手を引かれるまま、チャックは禁断の場所へ足を踏み入れた。

中は闇に覆われていた。

歌うような美しい囀りが、チャックの耳に流れ込む。

——鳥？

ローナが右手の壁を探った。囀りが止む。天井の灯り（あか）が瞬き、ガラスの向こう側の彼女を照らし出した。

止まり木に食い込んだ爪。

艶やかな青黒色の羽根。

鋭く突き出された真紅（しんく）の口。

宝玉のように透き通った眼球。


チャックがこれまで見たことのない、最も美しい生物がそこにいた。


「硝子鳥（グラスバード）だよ」

ローナの愛らしい声が聞こえた。「パパの一番のお気に入り。ママが死んじゃった後で飼い始めたんだって。だからかな。パパはすごい偉い人たちにしかこの子たちを見せないの」

檻にいるのは彼女だけではなかった。

全部で六羽の硝子鳥たちが、闖入者（ちんにゅうしゃ）のチャックを一斉に見つめている。ペットなど一度も飼ったことがないチャックだが、ガラスの籠の硝子鳥たちが性別も年齢も統一されていないことは解る。

唯一の共通点といえば――彼らは皆、美しかった。誰もが溜息を漏らすだろうほどに。

ヒューがどこでどうやって入手したかは知るよしもない。ただ、外見の良し悪しを基準に注意深く選定したであろうことは容易に察せられた。

チャックが最初に目にした個体――最も手前の一羽が囀り始めた。先程聴いたのと同じ、高く美しい音色。

声も上げられなかった。恐怖に似た感情が全身を痺(しび)れさせる。

何て……何てことだ。

恐れおののきつつ、チャックはガラスに手のひらを当てた。汗が背を伝うのを抑えられなかった。

「ちゃんと名前もつけてあるんだよ。一番左の子が――」

ローナの説明も耳に入らなかった。

澄んだ声で歌う硝子鳥を見つめながら、チャックは恍惚(こうこつ)に震えた。

※

ニューヨーク市の冬の夜は冷たい。寒空にそびえ立つサンドフォードタワーを見るともなしに見上げ、ヴィクター・リスターはエントランスに入った。柱時計が二十二時十分を指していた。

見覚えのある顔が、エントランスホールの左手から向かってくる。黒髪を後方に撫でつけた、外見年齢三十代から四十代の男。片手にトランクケースを持っている。

記憶を探る。確か、トラヴィス・ワインバーグだったか。SG社の技術開発部の人間だ。雇用主との打ち合わせに同席したことがある。昇進して今は部長になったと、何かの折にヒューのメイドから聞いた。

トラヴィスはどこか浮ついた、この世のものではないものを見たかのような表情で、ヴィクターに気付く素振りもなく足早に通り過ぎ、そのまま扉を抜けて外へ去った。

こんな時間にタワーにいたということは、彼もヒューに呼び出されたのだろうか。ご苦労なことだ。

もっとも、自分とて立場は変わらない。

ヒュー・サンドフォードに雇われて何年も経つが、あの男は顧問弁護士という職業を便利屋か何かと勘違いしている節がある。こちらが夕食と入浴を終えて後はベッドに入るだけという時間帯に、突然呼び出しの電話をかけるなど日常茶飯事だ。しかも駆けつけてみれば、「例の訴訟の状況を聞かせろ」といったつまらない用件だったりする。

『思考速度で動く』――ヒューの著書からの引用だ――といえば聞こえはいいが、要はその場で思いついたことを手当たり次第に命令しているだけだ。『動く』のは周囲の人間であってヒュー自身ではない。

……ヴィクターは首を振った。年齢のせいだろうか、知らぬ間に不平不満が多くなっている。

エントランスホールを左手に抜け、通路を二度曲がると、右手にゲートが見えた。

二人の警備員が両側に立っている。警備員に身分証を見せ、ヴィクターはゲートを通り抜けた――瞬間、頭上で警報が鳴った。

「先生、また忘れてますぜ」

警備員のひとりがヴィクターの鞄を指差した。「ああ――すまない。どうも忘れっぽくてね」

気まずさを感じつつ鞄を開ける。ノートや紙の書類に交じって、アルミニウム製の厚めのバインダーが入っていた。四半世紀以上前に妻が買ってくれた記念品だ。金属探知機の存在は知っているが、思い出の品を手放すことができず、毎回のように引っかかってしまう。

警備員のひとりが鞄を覗き、右手でOKのサインを出した。改めてゲートを抜ける。

一本道の短い廊下の先に、華麗な装飾の施された両開きのドアが待ち構えていた。タワー最上階、ヒュー・サンドフォードの居城へ続く直通エレベータだ。

最上階へのエレベータはこれ一基のみ。逆に、このエレベータから途中の階に降りることもできない。

SG社の本社オフィスが十五階に入っているのだが、最上階からオフィスへ移動するには、直通エレベータで一階まで降り、改めて別のエレベータで昇らなければならない。仕事柄、最上階でヒューと打ち合わせた後にオフィスで事務資料を確認することがあるが、正直に言って不便だ。

一応、非常階段が全フロアを繋いでいるのだが、全七十二階、二百六十メートル強の高低差を踏破するのは、五十を過ぎた身には自殺行為以外の何物でもなかった。

階上行きのボタンを押し、エレベータに乗り込む。

かご の奥に鏡が据え付けられている。相応の年齢を刻み込んだ自分の姿が映り込んだ。青い瞳のまなじりには小皺が寄り、ただでさえ色の薄かった茶色の髪は、両耳の上側がすっかり白くなっている。肉の落ちた頰。若い頃はむしろ太り気味だったが、弁護士になってからの度重なる激務と心労で、贅肉が完全にそぎ落とされてしまった。

それでも妻がいた頃は、かろうじて健康的な体重を維持できていたのだが——妻はすでにいない。

……老けたものだな、私も。

エレベータのドアが閉まり、強い加速度とともに上昇を始めた。ヴィクターは瞼を閉じ、追憶を断ち切った。

ヒュー・サンドフォードの要件は、予想通り、全く緊急を要するものではなかった。

「和解金交渉の進捗は以上だ」

資料を綴じたファイルを閉じ、ヴィクターは雇用主へ視線を戻した。「要点を整理すれば、死亡した三名のうち二名の遺族がいずれも、こちらの提示した金額からの上積みを要求している。こちらが要求を呑まなければ、向こうの言う『事実』を公表した上で訴訟も辞さないそうだ。……前回の交渉までは順調に進んでいたが、ここに来て強気に出てきたな。相手側の弁護士が、もっと金をふんだくれると見てけしかけたのだろう」

「強欲な奴らだ」

リクライニングチェアにゆったりと身を預けながら、ヒューは不敵に笑った。年齢は自分より上のはずだが、身体から滲み出る活力には老いの兆しもない。

――ヒューのベッドルームだった。

スーツ姿のヴィクターに対し、ヒューはラフな寝衣姿だ。そんなくつろいだ格好でさえ――あるいは、だからこそ――王者の風格を感じさせる。

主の座る椅子の傍らには、柔らかな寝具のかかったキングサイズのベッド。枕元には、家族旅行の一幕だろうか、男女三人の写真が飾られている。二十代くらいの愛嬌のある女性。彼女に似た、一、二歳ほどの愛らしい少女。そして、少女を片手に抱き、もう片方の腕を女性の腰に回して笑う、若かりし頃のヒュー。

「いいだろう。訴訟でも何でもしてみればいい、返り討ちに遭う覚悟があるのなら。向こうの弁護士にそう伝えておけ」

「あまり勧められないな」

吐息が漏れた。「責任の軽重はどうあれ、実際に事故が起こってしまった以上、遺族への補償は避けようがない。仮に法廷での争いになり、事故をもみ消そうとしたという心証を陪審員に与えたら、賠償額は相手の要求以上に跳ね上がりかねんぞ」

「そのときは、社内での説明と同様、死んだ作業員連中のミスと押し切ればいい。証拠はすべてこちらが有利なように押さえてあるのだろう」

「一応はな。だが、あくまで最後の切り札だ。裁判に勝てたとしても、世論の傾き方によってはメディアコントロールが必要になる可能性もある。そちらの費用の方が高くついては本末転倒だ。SG社の事業への影響も考慮せねばならん。事を荒立てずに済むならそれに越したことはない」

「気苦労の絶えないことだ」

他人事のようにヒューは笑った。「いずれにせよ、すべては仮定の話にすぎん。せっかく手を差し伸べてやったというのに、図に乗って脅しをかけるならこちらとしては叩き潰すだけのことだ。

和解金の増額は認めん。向こうの要求には一切応じるな」

「――了解した」

こちらが強気の姿勢を見せれば、相手が引き下がる可能性は充分ある。その点は認めざるをえなかった。

と、ノックの音が響いた。「旦那様、よろしいでしょうか」ドアの向こうから女の声が聞こえる。

「パメラか。入れ」

ドアが開き、エプロンドレス姿のパメラ・エリソンが、一礼とともに入室した。

「先程、お嬢様から電話がありました。お帰りは今しばらく後――あと一時間程になるとのことです」

「……まったく、どこを遊び歩いているんだ」

ヒューが首を振り、不安を滲ませたぼやきを漏らす。王者然とした威圧感はたちまち消え失せ、どこにでもいる子煩悩な父親の姿があらわになった。不動産王として恐れられる男も、ひとり娘のことになると形無しだな——同世代の男として、ヴィクターはヒューに共感めいた感情を覚えた。

「サークルの皆様とご一緒のようです。ご心配でしょうが、お嬢様も大学生です。二十三時台のお帰りはむしろ早い方ではないかと。

旦那様はひとまずお休みください。お嬢様がお帰りになりましたら、後で旦那様へご挨拶されるよう私からお伝えいたします」

「解った。……夜遊びも程々にするよう、後できつく言っておかねば」

と言いながら、いざお嬢様を前にすると決して『きつく』叱ることができないのですよ——とは、仕事の合間にパメラがこっそり教えてくれた裏話だ。不安のあまり娘に護衛を何人も付けさせたこともあったが、「もうやめて。わたしだって子供じゃないんだよ。もっと普通にいさせて」と逆に叱られ、以降は娘の言葉通り、少なくとも彼女の視界の範囲内には護衛を付けなくなったらしい。令嬢のプライベートを父親に干渉されぬよう、パメラが周囲に口止めを図っていることもあって、ヒューは娘の動向をほとんど把握できていないようだった。

「では、失礼いたします」

パメラが一礼してドアへ向かう。自分も暇を告げようとしたところを、「まあ待て」と呼び止められた。

「せっかくだ。一杯だけでも付き合え。パメラ、酒とつまみを」

……やれやれ。

ヴィクターの前任者が退任したのは十年近くも前だ。理由は知らない。ヒューの公私をわきまえない振舞いに嫌気がさしたとも、ヒューに恨みを抱く暴漢に襲われたとも噂されている。

が、少なくとも今のヴィクターには、前者の方が後者より真実味を感じさせた。

とはいえ、酒を呑むのは苦痛でない。かの有名な不動産王と曲がりなりにも友人付き合いをしていることを、誇らしく思う気持ちも心の片隅にはある。

それに——どうせ帰ったところで後は寝るだけだ。帰宅がどんなに遅くなっても笑顔で迎えてくれた妻は、今はいない。

ヴィクターが解放されたのは、それから一時間以上過ぎた後だった。

※

「……それじゃね、チャック。……うん、解った。……大好き」

甘く愛らしい忍び声が、廊下の先から聞こえる。

パメラ・エリソンは足を止め、陰に控えた。雇用主一家のプライベートにしゃしゃり出ないのは、メイドとしての最低限の心得だ。

やがて会話が終わり、エレベータのドアが閉まる音が聞こえた。パメラは数秒待ち、さも今来たかのような素振りでエレベータホールに踏み込んだ。

「あ——パメラ」

アッシュブロンドの髪をポニーテールに結んだ少女——ローナがこちらを振り返った。

「お見送りですか」

エレベータに目を向けて問う。「うん。……ありがとね」恋人との別れを惜しんでいるのか、寂しげな表情でローナが頷いた。

「パパは？」

「ワインバーグ様がお帰りになった後、お部屋でリスター様と歓談中です。お嬢様方がコレクションルームにいる間は、パーティールームに近付いておられません。ですので、カトラル様のことはご心配なく」

「解った。——後で、パパにお休みを言ってくるね」

身を翻(ひるがえ)し、逃げ出すように廊下を駆け去る。普段の軽やかな雰囲気とは違う、陰りを帯びたローナの背中を見送ると、パメラはパーティールームに入った。

念のため内側から扉に鍵をかけ、テーブルの反対側に回って本棚を動かし、隠し扉のパスワードを打ち込む。コレクションルームの灯りを点け、迷路のような順路を歩きながら、ガラスを一枚一枚慎重に見て回る。

……二十分ほどで確認は終わった。

隠し扉からパーティールームに出て、本棚を元に戻す。最奥の部屋のガラスに掌紋(しょうもん)がついていた。どういう気まぐれか、あの娘は硝子鳥を恋人に見せたらしい。困ったお嬢様だ。掌紋はひとまず拭(ぬぐ)い去ったが、今後も火遊びが続くようならヒューに気付かれかねない。釘を刺しておかねば。

パーティールームからエレベータホールに出ると、パメラはエレベータの操作盤を押した。

一分近く待って、エレベータが最上階に到着した。一階との直通運転とはいえ、階数が多いとそれなりに時間がかかる。静かに開いたドアをくぐり、パメラは中へ乗り込んだ。

乗り場(ホーム)ドアは重厚で、昇降路(シャフト)内の音はかすかにしか聞こえない。

一階——ではなく、屋上行きのボタンを押す。ドアが閉まり、わずかな加速度とともにエレベータが音もなく動き始めた。

タワー内のエレベータの動作は、二階の管制室で監視されている。が、最上階—屋上間の動作の監視は、プライバシーの保護を理由に行われていない。一階エントランスの警備員も、ホームドアに近付いて耳を凝(こ)らさない限り、最上階から屋上へ向けてエレベータが動いていることは解らないはずだった。

今度は何十秒も待つことなく、屋上に到着した。ホームドアの先にまた扉がある。右横にテンキー。コレクションルームへ通じる扉と同じタイプだ。同じように暗証番号を入力し、ロックを外して扉を開く。瞬間、横風がパメラの髪を乱した。

屋上は広大だった。

テニスコート十面分はありそうな平坦な空間。その中央に、巨大な円が太い白線で描かれている。エレベータや非常階段の出入口を除けば、目に映るのはただ、平らな床と背の低い柵、そして幻想的なまでに美しい、幾千もの光の輝きだった。

腕時計を確認する。——時間だ。

頭上から羽音が聞こえた。星の見えない夜空から、白い楕円形の巨体が静かに迫る。

自動航行型ジェリーフィッシュが、横風に抗いながら屋上に降り立った。

第2章　タワー（Ⅰ）　──一九八四年一月二十一日　〇九：〇〇～──

「へぇ」

陽光に輝く塔を見上げながら、マリア・ソールズベリーは感嘆の声を漏らした。

ガラス張りの高層ビルと聞いてどんな脆い建物かと思ったが、間近で見るタワーはそんな先入観を見事に裏切っている。美麗で洒落た、しかし重厚かつ威圧感ある巨塔。摩天楼ひしめくこの地にあって、周囲より文字通り頭一つ抜きんでたこの建物は明らかに目を惹いた。

「ここがあのヒュー・サンドフォードの新しい城ってわけね。レン、準備はいい？」

「準備も何も」

部下の九条漣が呆れ顔で返した。

J国人らしい薄く黄味がかった肌。眼鏡で飾られた理知的な相貌。刑事というより弁護士のような、寸分の隙もないスーツ姿。綺麗に整えられた漆黒の前髪がビル風になびいている。

「捜査令状なし、事前のアポイントもなしでは、本人に話を聞くどころか受付で追い返されるのが関の山と思われますが」

「仕方ないでしょ、どっちも取れなかったんだから」

署長との不毛な罵り合いを思い出し、マリアは唇を噛んだ。「腰抜けの上司を持つと部下は苦労するわ。あんたもそう思わない？」

「そうですね。だらしなく向こう見ずな上司を持つ部下の気持ちなら、現在進行形で味わっている最中です」

「どういう意味よっ」

漣が無言で肩をすくめる。可愛げのない部下だ。

――年明けから三週間が過ぎた一月二十一日。NY州ニューヨーク市マンハッタン区。

巨大な摩天楼の立ち並ぶ、世界有数のビジネス街だ。ビルの合間を網目のように交錯する通り。いくつもの信号機が明滅し、自動車が排気ガスを撒き散らし、スーツにコート姿の人々が横断歩道を行き交う。

時刻は午前九時。マリアの住むA州ではまずお目にかかれない光景だった。州都のフェニックス市も区画はかなり整然としているが、土地が安いせいか、垂直ではなく水平に広い建物が多い。ここまで都会的な街並みは、無いとは言わないがごく一部だ。

そんなU国随一の大都会にあって、真新しい巨大なガラス張りの塔――サンドフォードタワーはひときわ目立っていた。

ストリートで仕切られた区画の隅。道路に面していない二方には、憩いの場を意図したのだろうか、公園と思しき広い空間が設けられている。この公園と道路が、タワーと周囲のビルとの間にスペースを空けている格好だ。

漣によれば竣工はおよそ一年前。文字通りの新築だ。全高二百六十メートル、七十二階建てという数字がどれほどのものか、説明を受けたときは今ひとつピンとこなかったが、こうして間近に見上げると、身に迫るような巨大さを肌で実感する。

近隣のビルも、A州の人間からすれば充分に高層建築物と言えるが、三倍近くも長身のタワーを前にしては王にひざまずく平民に等しかった。

青空の下、タワーの最上階はほぼ点のようにしか見えない。あの頂上で、かの不動産王は偉そうにふんぞり返っているのだろうか。こっちは観光も呑み歩きも我慢しているというのに。訳もなく腹が立った。

「行くわよ、レン」

マリアは部下を顧みた。「了解」漣は吐息混じりに返した。

※

U国有数の実業家ヒュー・サンドフォードが、希少動植物の違法取引に関与している――という情報をマリアたちが入手したのはおよそ二週間前。新年が明けて間もない、一九八四年一月四日のことだった。

「――本当に?」

「間違いねぇぜ」

取調室でのマリアの追及に、男は粗雑なU国語で応じた。

新年早々、フラッグスタッフ市のバーで逮捕した男だった。A州は南側をM国と接していることもあり、密入国や違法な物品の密売買が後を絶たない。北部のフラッグスタッフ市へも、国境を潜り抜けた者たちが毎年多く流れ着き、身分の不安定さから後ろ暗い商売に手を染めては逮捕されている。

今回の男も、そうして捕えたささやかな密入国者のひとり——のはずだった。

酔った客同士の乱闘騒ぎがバーで発生し、たまたま居合わせたマリアが場を鎮圧。全員に事情聴取を行うさなか、ひとりが不審な挙動を見せたため追及したところ、不法滞在が発覚した。よくあるケースだった——ゆっくりと呑んでいるところを厄介事（やっかいごと）に巻き込まれるのは。

が、同居人の有無を確認するため、漣や他の捜査員たちとともに男の住居を捜索すると、事態は一転した。

キッチンの棚の奥から、薄汚れたノートの束が発見された。

管理台帳のようだった。日付、略式の住所、イニシャル——そして、見慣れぬ綴（つづ）りの語句。不可解なリストらしきものが何十ページにもわたって記されている。

ノートを検分した漣が表情を険しくした。

「Caretta caretta（アカウミガメ）……Xipholena atropurpurea（ハジロカザリドリ）——動植物の学名ですね。国際条約で取引が禁止されている希少生物ばかりです」

さらに捜索が進み、街外れの小屋から十数頭の希少動物が発見されるに及んで、事態は密輸事件へと様相を変えた。

署内は色めき立った。台帳に記された日付は、一番古いものでおよそ二十年前。これほどの長期にわたって、警察の目を欺き闇取引が行われていたという事実は、特にベテランの捜査員たちに少なからぬ衝撃を与えたようだ。

しかも取引相手が問題だった。

連邦議会の与党議員、大手企業の幹部、大物俳優……フルネームこそイニシャルで伏せられていたが、住所には、高級住宅街や別荘地など、いわゆる上流階級連中の息がかかっていると思われる場所がいくつも並んでいた。

中でも、不定期ながら頻繁に現れたのが『H. S.』のイニシャル。併記された住所は、ヒュー・サンドフォードの所有する系列会社の物流倉庫だった。

「かれこれ十五年以上前から――オトクイサマ、だったか？――そういう相手だった。そこは」

自分はただの運び屋で、ヒューとは直接会っていない。受け取った品物を指定の場所に届けただけだ。仕事は裏で斡旋された。品物を持ってくる人間は毎回違っていて、素性も背後の組織の有無もよく知らない――密売人はそう語った。

それ以上の深い証言は得られなかったが、捜査員たちが唾を飲み込むには充分だった。希少生物の密売ルートが想像以上に大規模なものらしいことを、台帳と男の証言は示唆していた。

マスコミにはとても公表できなかった。関与の疑いがある名士たちの中には、政界や財界に深く食い込んでいる者も少なくない。現時点で明るみに出すのは時期尚早（しょうそう）だった。近隣の警察署への協力要請も検討しつつ、慎重に裏取り捜査を進めようとした——その矢先だった。

署長が捜査の打ち切りを伝達した。

「ああもう。思い出すだけでむかっ腹が立つわ、あのボンクラっ」

NY州へ向かう道中。フラッグスタッフ市郊外の飛行場で、マリアは待合席の背もたれを蹴った。

ロビーは閑散としていた。咎（とが）める者もない。漣がまたですかと眉をひそめ、真面目な表情に戻って問いかけた。

「良いのですか、マリア。

独断専行は毎度のこととはいえ、今回ばかりは貴女（あなた）の立場も無事では済みませんよ。不謹慎な表現になりますが、相手の容疑はあくまで動植物の違法売買。人命が危機にさらされているわけではありません。仮に逮捕できたとしても重い罪になるかどうか」

「知ったことじゃないわ」

答えは決まっていた。「たとえ相手が誰だろうと、罪状が何だろうと、証拠を手にしながら犯罪を見逃すなんて警察官のすることじゃない。クビにするならしてみればいいのよ」

真面目に仕事などしたくないくせに、こういうところで大人になれないのは我ながら損な性格だった。

「それよりレン、あんたこそいいの？ あたしに付き合ってたらあんたまで巻き添えよ」

今回の出張は、形式上はNY州での研修ということになっている。場所と時期的に都合のいい研修会を見つけ、出張の承認を取り付けたのは漣だった。

「貴女を放置したら、上司に対する私の監督責任が問われかねませんので。どちらにしても職が危うくなるのなら、せめて被害を最小限に止められそうな方を選んだまでです」

「……あんた、あたしを天変地異か何かと思ってない？」

「おや、違うのですか」

相変わらず小憎らしい部下だ。漣が再び真顔に戻った。

「それにしても、これほど早く圧力がかかるとは思いませんでしたね。ヒュー・サンドフォードの権力は並大抵でない、といったところでしょうか」

「そこまで大袈裟な話じゃないでしょ、少なくとも今回は」

マリアは切って捨てた。「向こうが圧力をかけたというより、署長が勝手に恐れをなしただけよ。奥さんの話だと、署長とヒュー・サンドフォードは同じジュニアハイスクール出身だったんですって」

「当時の両者の関係性が目に浮かぶようですね」

漣の毒舌は署長に対しても容赦なかった。「しかしそうなると、こちらの出方が相手に筒抜けになっているかもしれませんよ。どうされるのですか」

「正面突破に決まってるじゃない」

何を当たり前のことを訊くのか。漣は眉をひそめ、長々と息を吐いた。

「J国人の私がU国民の貴女へ語るのも釈迦に説法ですが、ヒュー・サンドフォードの権力を甘く見るべきではありません」

手帳を開き、漣はヒューの略歴を語り始めた。「——ヒュー・サンドフォード。一九二八年、U州生まれ。P大学在学中から親族の不動産会社を手伝い、才能を見込まれ二十代半ばで経営権を相続。数々の著名な不動産開発を手掛け、さらにガラス製造会社SG社をはじめいくつもの企業を設立し、四十代にしてU国有数の億万長者へのし上がる——と、絵に描いたようなサクセスストーリーの持ち主ですね」

「……ガラス製造会社？」

不動産業で身を興したにしては、やや異質な業種だ。

「彼の妻がガラス工芸品店の娘だったそうです。経営が立ち行かず土地や建物の売却を検討していたところを、仕事で訪れたのがヒューだったとか。

娘に一目惚れした彼は、土地ごと経営権を買い取り、店の業績を一年足らずで回復させます。これが縁となって娘と結ばれ、以後も破竹の勢いで規模を拡大。片田舎の小さな個人経営店は、やがて大都市に本社を構える数千人規模の大企業へと成長を遂げた……SG社の新人研修で必ず語られるエピソードだそうです」

偉大なる成功物語だ。一流企業の社史としては充分すぎるだろう。

「ただ、その裏で関係省庁へ違法すれすれの根回しを行ったり、競合相手に直接間接を問わぬ妨害工作を働いたり、あるいは不祥事を金でもみ消したりといった、これまた陰謀小説のような黒い噂も絶えません。

これは一例ですが——三年前、SG社の研究所で発生した爆発事故をご存じですか」

記憶を辿る。そういえば、そんなニュースが一時テレビを騒がせた覚えがある。……いや、あれは別の事件だっただろうか？

「ご記憶が薄いのも無理はありません。当時の報道状況を調べたところ、事故当日に『数名の死者が出た模様』との速報が流れたのみで、続報はほぼ皆無でした。

後日、警察へ提出された事故調査報告書によれば、人的被害は死者三名および負傷者七名。ただ、事故の詳細は半ページで済まされていました」

流れるような口調だった。今回の一件で、漣も独自にヒューの身辺を洗い直したらしい。だが——事故の経緯が半ページ？　いつだったか、逃走中の自動車にパトカーをぶつけて車体を凹ませたときの始末書ですら、もっと長く書かされた覚えがあるが。

「公式の事故調査が、SG社の内部調査報告をほぼ鵜呑みにする形で切り上げられたようですね。

爆発事故ともなれば、近隣への被害の有無や報道の大小に関係なく、警察や消防など公的機関による調査が念入りに行われるものです。それがほぼなされぬまま、公式記録からも詳細が抹消された――人の生死に関わる記録が、です」

ヒューにとって、公的機関に圧力をかけるなど朝飯前――と言いたいのだろう。

「事故の原因は何だったの」

「『現場作業員が装置の操作を誤った可能性がある』と報告書に記されていますが、真相は今のところ不明です。所轄の警察署によれば、秘密保護を理由にSG社からほとんど情報が流れなかったとのことですが……実際は現場のミスでなく、監督者の指示そのものに無理があったとの噂もあるとか」

上層部の無能のツケを現場が払わされる、か。どこぞの軍隊や警察署のようだ。

もっとも――

「そこまでして揉み消す必要があったのかしらね。秘密情報なら後で黒塗りにすれば済むでしょうに」

「揉み消すというより事を荒立てたくなかったのでしょう。私も直接は知らないのですが、三年前の事故よりさらに昔、ヒュー・サンドフォード絡みの爆発事件があったと聞きます」

――思い出した。

「十年前の爆破テロ事件のこと?」

ヒュー・サンドフォードで爆発事件といえば、もっと早く挙げるべき一件があった。

漣が頷き、手帳に目を落とした。

「現場はNY州の隣、PE州フィラデルフィア市の高層ビル。当時ヒュー・サンドフォードが所有していたビルのひとつですね。

死者十数名、負傷者百名強。爆発物の入った鞄が少女の手で運ばれ、一階エントランスに入ったところで起爆装置が作動……という、残酷極まりない事件だったとか。

犯人は逮捕されたものの、鞄を持った少女は遺体もほぼ残らず、未だ身元不明……痛ましい惨事ですね。ヒュー・サンドフォードの事業にも少なからぬ打撃があったものと思われます」

記憶が鮮明に蘇(よみがえ)る。ニューヨーク市には規模を譲るものの、フィラデルフィア市も国内有数の大都市だ。白昼の都会で発生した大惨事にU国中が大騒ぎになった。一時は、田舎のショッピングモールの入口にまで警備員が立つほどだった。バーゲンセールまで中止することはないでしょ、と、今思えばかなり不謹慎な怒りを覚えたこともある。

「三年前の爆発事故が揉み消されたのは、要するに十年前のトラウマからってこと?」

「恐らく」

市井(しせい)の混乱はやがて収まり、多くの人々にとって事件は過去のものとなった。が、ヒューにとってはどうか。

事業に打撃を与えたテロ事件を、U国有数の実業家がおいそれと忘れるはずがない。被害者への配慮などなく、純粋にビジネス上の観点から、ヒューは社内の事故を封印した。……あながち的外れでもなさそうだ。

「マリア、くれぐれも早まった真似(まね)はなさらないように。

噂によると、最上階の私邸へ入るのには金属探知機をくぐらねばならないと聞きます。そこまでする相手に少しでも怪しい素振りを見せれば、問答無用で拘束されかねません。そうなれば捜査のその字もないままますべてが終わりです」

「解ってるわよ。あたしはいつだって冷静沈着よ」

反射的に答えたが、全くもって自信はなかった。

※

「お引き取り下さい」

――サンドフォードタワー十五階、SG社本社オフィス。

飛び込み営業のふりをして乗り込んだものの、カウンターに座る受付嬢の返答はにべもなかった。

「ちょ、ちょっと!?　そんな簡単に――」

「社長は、お約束のない方との面会はいたしません」

常識を知らないのかこいつは、とでも言いたげな視線が刺さる。「どうしてもということでしたら、別途、書面にて面会の申請をいただき、了承された時点で改めて日程調整をさせていただくことになります」

絵に描いたようなお役所的対応だ。「こっちは警察よ」と返してやろうと思ったが、何とかこらえる。

正面突破とは言ったものの、漣の言う通り、ヒュー・サンドフォードは政財官界に伝手のある男だ。最初から馬鹿正直に名乗ったところで手の内を晒すだけ、との判断はマリアにもあった。

「なら、一番早いタイミングでいつになるの」

「お待ちください」

受付嬢はスケジュール表らしきものに目を落とした。「……二月十五日になりますね。一九八七年の」

「三年後じゃない！」

「社長も多忙ですから」

お前のような者とは違うのだ、との言外の台詞が露骨に滲み出ていた。その涼しい顔をひっぱたいてやろうかと思ったとき、漣が横から進み出た。

「ご確認いただいたサンドフォード氏のスケジュールは、あくまで勤務上のものかと思われます。例えば、不躾ですが、お食事中に十分程度でも構いませんのでお話をさせていただくことは可能ですか」

「……そうですねぇ」

受付嬢の物腰がとたんに柔らかくなった。相手によって態度を変えるタイプらしい。漣の顔が好みなのか、それともマリアの物腰が気に食わなかったのか。「社長は勤務時間とプライベートの区別がない人ですから……勤務時間外を含めたスケジュールについては、私設秘書に当たる人間がおりますのでそちらへお問い合わせになるのがよろしいかと思います」

「じゃあ、その私設秘書とやらに連絡をつけてくれる？」

「その旨申請書をご提出ください」

冷ややかな声だった。握り拳を固めたマリアの正面に漣が割って入った。

「大変失礼しました。出直して参りますので、申請用の書類をいただけますか」

――数分後。

「ちょっと、どうして邪魔したのよ！」

一階、エントランスホールから延びる通路の隅で、マリアは無礼な部下に食ってかかった。

「いいえ、『あの時点までよく我慢してくれた』と感謝していただきたいほどですが」

ほとほと呆れ果てたと言いたげに漣が返す。「そもそも、貴女が商社の営業のふりをする時点で無理があるでしょう。ご自分の身なりを鏡でご覧になったらいかがですか」

どういう意味だ。漣はマリアの憤慨を気に留めた風もなく、「とはいえ」と言葉を継いだ。

「全くの無駄足でもありませんでしたね。気付かれましたか」

「――ええ」

返答が無意識に小声に転じる。

約束がなければ面会しない、と受付嬢は言ったが、不在とは言わなかった。

ヒュー・サンドフォードは今、このビルにいる。少なくとも、ＳＧ社の公式スケジュール上はそうなっている。

「先程のオフィスか他の階かはさておき、同じタワー内にいるのであれば、我々の件が遠からずヒュー・サンドフォードの耳に入る可能性があります。そうなれば、向こうから何らかの手を打ってくるかもしれません」

ヒューが護衛の人間を使うなどして接触してきたところを、逆に相手との対面の足掛かりにする――か。スパイ映画のような話になってきた。もっとも、あの受付嬢が自分たちの来訪情報を握り潰さなければの話だが。

通路の先に二人の警備員が立っている。こちらに気付いた様子はない。彼らの間にゲートらしき入口が見えた。あれがヒューの居城への門か。

「要するにもっと騒ぎを起こせばいいってことね。ジョンでも呼ぼうかしら」

知人の青年軍人の名を出す。詳しい日程は忘れたが、年末か年始辺りに軍務で東海岸へ行くといった話を聞いた気がする。

「マフィアの三下(さんした)ですか貴女は」

やれやれ、と漣が吐息を漏らした。「――二手に分かれて聞き込みを行いましょう。ヒュー・サンドフォードの入手した希少生物が、このタワーで管理されている可能性は充分にあります」

もしかしたら目撃者が見つかるかもしれない、か。

こちらがひとりずつになれば、相手が油断して何らかの行動に移る確率も高まる。身を危険に晒すことになるが、マリアとて警察官だ。護身術の心得はある。

とはいえ、ヒューがこちらの動きに気付くことすらなく、すべて杞憂や空振りに終わる可能性の方がずっと大きい。それならそれで構わない。何もせずに帰るより遥かにましだった。

「オーケイ、それで行きましょ。合流は――そうね、二時間後にエントランスホールでいい？」

了解、と漣が頷く。細長く折り畳んだチラシのようなものを渡された。フロアガイドだ。タワー全体の大まかな区分けや、店舗のある階の平面図などが描かれている。地上十四階までは詳細な記述があるが、十五階以降は『オフィスエリア』『アメニティエリア』といったキャプションがついているだけだった。後は自分で調べろ、か。

大まかに聞き込みの分担を決め、踵を返しかけたマリアへ、不意に部下が声をかけた。

「マリア、くれぐれも慎重に。今回の相手は様々な意味で勝手が違います。決して無茶をなさらないよう」

「解ってるわよ。あんたこそ危なくなったらさっさと退散しなさい」

なおも不安げに眉をひそめる部下へ、マリアは口の端を上げてみせた。

※

警備員たちが守っていたゲートは、予想通り、ヒュー・サンドフォードの居城への入口のようだった。

「タワーの最上階が、例のオーナー様のお屋敷らしくてなぁ」

地下一階、食品売場の片隅。ホットドッグ屋の初老の店員が、若干間延びした声で語った。

「お嬢さんがあそこのゲートから出入りするのを何度か見た、と、向かいの若い店員が言っていたぞ」

新築の超高層ビルに似つかわしくない、田舎臭さの漂う店だが、観光客を中心に意外と繁盛(はんじょう)しているようだ。

「お嬢さんっていうと……ローナ、だったかしら」

ヒュー・サンドフォードに娘がいることはマリアも知っていた。父親と一緒にテレビに出ていたのを観た覚えがある。今は最上階で父娘(おやこ)二人暮らしらしい。私設秘書に当たる人間――使用人だろうか――はいるようだが。

母親はいないと聞く。漣によれば、ヒューの結婚生活は長く続かなかった。ひとり娘を授かってからわずか数年後に妻が病死。以来ヒューは再婚せず、元々強引なところのあった経営手腕は、この時期を境にさらに過激さを増していったという。

「家は最上階で出入りが一階というと、専用のエレベータでもあるの？」

「らしいな。タワーの上から下までズドンと一直線だそうだ。そんなもんを造っちまうんだから金持ちは凄ぇよなぁ」

直通か。あのゲートさえ越えてしまえば一気にヒューの胸元へ飛び込めるわけだ。恐らくそこに、希少生物の闇取引の証拠も眠っている。

問題は警備をどう突破するか。力業を漣に禁じられた今、単純かつ困難な課題だった。

「このフロアの店員にお嬢さんのファンがいるんだが、お近づきになれる隙がないと嘆いていたぞ。一階は他にも警備員の目が光っているし、別のエレベータじゃ途中の階までしか行けんし、階段を使おうにも階数が多すぎるし、そもそも店員は持ち場を動けない——とさ」

筋金入りのファンもいるものだ。

「休みの日に外で待ち構えればいいじゃない」

「それがなかなか捉まらんのだそうだ。気まぐれなお嬢さんらしくてなぁ。どこで何をしているか父親も把握できとらんとの噂だ。さぞ心配だろう。

ま、いくら別嬪でも、俺は今時のちゃらちゃらした娘は好きになれん。あんたの方がよっぽど好みだ」

「あら、嬉しいこと言ってくれるじゃない。まけてくれる?」

「もう少し身なりを整えてくれたらな」

だからどういう意味だ。しぶしぶ定価分の硬貨を渡し、ウィンナー入りのホットドッグを受け取って先端からかぶりつく。歯ごたえがあってかなりの美味だった。ビールが欲しくなってきた。「……娘さんの話だけど、地階に降りてきたりはしないの?」

まさか、と店員は笑った。

「地下に店があることすら知らんのじゃないか? 俺はタワーのオープン当初からここで商売

しているが、お嬢さんの姿を地階で見たことなんか一度もないしなぁ」

店員の話を信じる限り、直通エレベータは少なくとも地下一階には通じていないようだ。確かに、それらしきドアも警備員の姿もない。

なら、もっと下か。

フロアガイドによれば、駐車場が地下三階にある。遠出の際はヒューも乗用車を使うはずだ。駐車場まで直通エレベータが通っていてもおかしくない。

人目につかない駐車場からダイレクトに最上階へ。希少生物の搬入経路としては充分ありうる。

ホットドッグ屋の店員に礼を述べ、マリアは地下三階へ向かった。


空振りに終わった。

エレベータのシャフトが貫いているであろう箇所を中心に、地下駐車場を一通り巡ったものの、直通エレベータの出入口と思しきホームドアはどこにも見つからなかった。ヒューの所有物らしき高級車も見当たらない。そもそも警備員がいない。長いスロープを上がった先、地上へ繋がる出入口の付近に詰所があるだけだった。

落胆の吐息が漏れる。しかしよく考えれば、ヒュー自身が地下駐車場へ降りる必然性など皆無に近い。雇いの運転手にハンドルを握らせれば済む話だ。一般車両と同じ場所にヒューの自動車が管理されているわけもない。

念のため、地下駐車場を再度回る。何もない。隠し扉や秘密の出入口の類もない。地下駐車場と上の階を繋ぐエレベータは、最高でも三十五階止まりだ。

直通エレベータが走っているのは地上部分だけ。地下に出入口はない。セキュリティの観点からもそのように結論するしかなさそうだった。

地上一階に戻る。タワー内のエレベータは、直通エレベータも含めて全部、蠟燭の芯のようにフロアの中央部に纏まっているようだ。直通エレベータだけは出入口が別だが、他のエレベータはフロア中央のエレベータホールから、行先の階に応じて乗り込む構造になっているらしかった。

エレベータの行先階を確認する。二階から十四階、十五階から二十五階、二十六階から三十五階——その先はない。三十六階から上を行先としたエレベータがひとつも見当たらなかった。最上階は七十二階。上半分はマンションになっているようだと、タワーへ来る前に漣から聞いた覚えがある。エレベータを乗り換えて最上階へ近づけるかどうか。

ちょうど三十五階行きのエレベータがドアを開けていた。マリアはかごに飛び乗った。

三十五階は、名も知らぬ会社のオフィスが三つあるだけのがらんとしたフロアだった。降りたのはマリアひとりだけだった。一階では大勢の人間が乗り合わせたが、全員が途中の階で降りてしまった。最後まで残った制服姿の女性に至っては、露骨に怪訝な視線を向けていた。怪しまれただろうか。

階上行きのエレベータは見つからなかった。

ホールにも、フロアの他の場所にも、上の階へ向かうエレベータがない。荷物運搬用らしき大型の業務用エレベータを一基発見したが、一般人に使わせないためか、操作ボタンのあるべき箇所に蓋を被せて施錠されていた。

馬鹿な。これではマンションの住人が階上へ行けない。

とはいえ、現実にないものはどうしようもない。ホットドッグ屋の店員が「エレベータでは途中の階までしか行けない」と言っていたのはこのことだったのか。

直通エレベータに警備員が立っていたことを考えると、業務用エレベータが最上階へ繋がっている可能性も低そうだ。となると、希少生物をエレベータで運ぶルートはほぼなくなってしまう。

早くも手詰まりだ。さて、どうする。

……それにしても、なぜエレベータが三十五階で行き止まりなのか。マンションの住人は階段を使えというのか。

――階段を使おうにも階数が多すぎるし――

階段？

エレベータホールを見渡す。立ち並ぶホームドアの陰に隠れるように、飾り気のない鉄扉が見えた。上部に『非常口（EMERGENCY EXIT）』の赤い標識。

歩み寄って押し開くと、屋内式の折り返し階段が上下に延びていた。非常階段だ。

見上げる。上の階の踊り場に視界を阻まれ、階段がどこまで高く延びているかは解らなかった。

扉を確認する。屋内式のためか、階段の側から普通に開けられた。締め出される心配はない。

……行ってみるか。

ここまで来て引き下がるのは、観光地へ行って何も観ずに帰るようなものだ。漣との集合時間までは充分余裕がある。一階分上るのに三十秒かかるとして、七十二階までは大雑把に二十分弱。どうということはない。上手くいけばヒューの尻尾を摑めるかもしれないのだ。

マリアは意気揚々と一歩を踏み出した。

甘かった。

「ちくしょう——」

全身から大汗を拭きこぼし、痙攣する両脚を無理やり引っ張り上げながら、マリアは怨嗟の声を吐き出した。パンプスの中の爪先が痛い。「誰よ……こんなに……段差を……きつく造ったのは⁉」

タワーの全高は二百六十メートル強。三十五階から最上階まで百数十メートル。軽いハイキングのレベルだ。体力にもそれなりに自信はある。さほど苦もなくたどり着けるはずだ——と、上り始めた直後は思っていた。

が、登山慣れしていない人間にとって、百数十メートルという高さは決して侮れるものではなく、そもそも坂道と階段では斜度が圧倒的に違う――という事実に気付いたのは、十階分を上り終えた後だった。

薄暗い空間だった。蛍光灯が踊り場に設置されているが、きらびやかな一階のエントランスホールに比べれば陰気臭いことこの上ない。

……上り始めて何十分過ぎただろうか。ようやく七十階まで到達したとき、マリアは雪山踏破直後のごとく息も絶え絶えとなっていた。

踊り場にへたり込む。残り二階。たった数メートルが果てしなく険しい。

腕時計の針は午前十時。昼前とは思えないほど静かだ。自分の荒い息遣いと、かすかに響く機械音のほかは何も聞こえない。

すれ違う者もなかった。額の汗を拭っていると、フロア内へ続く扉――三十五階で見たのと同じ鉄扉だ――が視界に入る。足元に重しのついた『立入禁止（KEEP OUT）』のバリケード看板が立ちふさがっている。

住人がいるのになぜエレベータが止まらないのか、という疑問は、今思えば的外れに過ぎた。そもそも「住人がいる」という前提自体が誤っていたらしい。

今いる七十階だけでなく、これまで通過した階の非常扉はすべてバリケードで封鎖されていた。途中、一度だけ扉を開けようとしたが、ドアノブが回らなかった。

……これが、ガラスの塔の内側か。

張りぼての裏側を見せつけられた気分だ。家賃は高いだろうし、そう簡単に全フロアが埋まるはずもないのだろうが、オープンから一年が過ぎて上半分の階がことごとく空っぽのままという事態は、さすがのヒューも予想しなかったに違いない。

もっとも、ヒューの心配をしてやる義理はなかった。不安なのはむしろ自分の側だ。最上階まで辿り着いた後、ヒューの私邸の中まで押し入れるかどうかはともかく、玄関の扉くらいは拝めるはずだと安直に考えていた。

だがもし、他の階と同様、最上階の非常扉も封鎖されていたら。

玄関を拝むどころではない。何を見ることも叶わないまま、すごすごと引き返す羽目になる。

冗談じゃないわ。せっかく苦労して上ってきたのに——

マリアの思考はそこで中断された。

重く鈍い轟音(ごうおん)が響いた。

足元が揺れ、続いて電灯が消えた。

インタールード

十二月二十日（火）

何から書けばいいだろう。いや、そもそも書き記すべきかどうかも解らない。ぼくに万一のことがあって、このノートが他人の目に触れたら、ローナやサンドフォード社長の立場が危うくなりかねない。もちろんぼく自身の立場も、だ。

けれど、やはり書くことにする。これは、ぼくが彼女を初めて目にした記録であり――そして間違いなく、ぼくの懺悔の記録になるだろうからだ。

今日は、サンドフォード社長の前で新規開発品のプレゼンテーションがあった。

プレゼン自体は成功に終わったが、ぼくの気分は散々だった。あれならイアンとトラヴィスさんだけいればいい。ぼくの存在意義はゼロだ。

終わった後、行くところもなくて街をうろうろしていたらローナに会った。ぼくを追ってきてくれたらしい。嬉しかった。少しだけ気分が軽くなった。

そしてローナは――ぼくをあそこに連れて行った。

……詳細は書かないでおく。見てはいけないものがたくさんあった。字にすると卑猥な感じだが、そちらの意味ならどれほどよかっただろう。

最後にローナは、ぼくを一番奥に連れていき、硝子鳥を見せてくれた。


美しかった、としか記しようがない。

あれほど罪深く、しかも心奪われる存在を見るのは初めてだった。どう表現すればいいだろう。透き通るような羽毛、瑞々しい嘴、無垢な両眼、耳をくすぐる鳴き声——駄目だ、どうやっても嘘臭くなってしまう。


エルヤ、という名前らしかった。

他の個体の名前も教えてもらったが覚えていない。六羽の硝子鳥は皆美しかったが、ぼくにとってエルヤの美麗さは群を抜いていた。

ローナによると、サンドフォード社長が彼らを飼い始めたのは、ローナの母親が亡くなってかららしい。どこで手に入れたかはローナも知らないそうだ。

恐ろしくなかった、といえば嘘になる。彼らを非合法な手段で自分のものにしたであろう社長も、父親の所業を何の疑問もなく受け止めるローナも。

——ローナに罪はない、と思う。

彼女は知らないだけだ。きっと、幼い頃から当たり前のように触れてきたせいで、父親の飼う多くの生き物が違法な存在だという認識がないのだろう。

けれど、ぼくから彼女に教えることはできない。

教えたら、ローナは社長に問うだろう。社長はローナに、誰がそんなことを教えたのかと問い返し、ぼくがあそこに忍び込んだことを——硝子鳥を目撃したことを知るだろう。

駄目だ。そんなことはできない。

それに、彼らを非難する資格などぼくにはない。

エルヤを——硝子鳥を『美しい』と認識してしまった時点で、ぼくも同罪なのだ。

十二月二十六日(月)

帰省の予定を遅らせ、ローナに会った。

年内最後のデートだ。この時期は各界のお偉方の集まりが多いらしく、彼女も父親の付き添いで忙しいと聞いている。そんな中、ぼくのために時間を作ってくれた。あまり派手に遊び回ることはできなかったけど、楽しかった。

最後に、ローナが再びあの場所へ連れていってくれた。

エルヤがいた。確かにそこにいた。先日見たものは夢でなかったのだ——そう思うと、自分でも驚くほどの安堵と歓喜が胸に満ちた。

硝子鳥に魅入られた人間は数知れない、と、社長は語ったことがあるらしい。ぼくには理解できる。あの両眼に見返されて心惹かれない者はいない。

一月一日（日）

故郷で新年。

あまりにも上の空だったせいか、両親に色々と悟られた。相手がローナだとまではさすがに話せなかったが、「一度連れてこい」と約束させられてしまった。

ローナはどうしているだろう。今日くらいはゆっくりできているだろうか。

高層ビルのてっぺんに父親と二人きりなんて、ぼくからしたら息が詰まりそうだが、ローナいわく「前に住んでいた家よりずっといい」らしい。

以前の邸宅は、周囲が閑散（かんさん）としすぎているせいか地盤のせいか、車通りの音がうるさくて眠れない日もあったそうだ。それに比べれば、今の住居は防音がしっかりしていて案外静かだという（そういえばこの前のプレゼンでも、そんなに騒がしさを感じなかった）。

何より、買い物がしやすいのが好き、と言う。こういうところは女の子らしくて可愛らしい。前の家は、同じNY州でもマンハッタン区よりだいぶ北の、広いけど寂しい場所だったそうだ。

年末の別れ際、早くまた逢いたい、と彼女が呟いたのを思い出す。

ぼくもだ。早く故郷から戻って、ローナに会うことばかり考えている。

いや、嘘だ。

ローナに会ってエルヤを見る。そのことばかり考えている。

一月三日（火）

一週間ぶりにローナと会い、あの場所でエルヤと対面する。

硝子鳥の世話はメイドのパメラが行っているらしい（ぼくも何度か会ったことがある。口が堅く優秀そうだが、どこか気難しげな女性だ）。世話の仕方が良いのか、見るたびにエルヤの美しさに磨きがかかっている気がする。

一月七日（土）

ローナとのデートの後、あの場所へ。エルヤは今日も美しかった。こちらの顔を覚えてくれたらしく、ぼくのそばへ来てガラス越しに綺麗な声で囀った。あなたに逢えて嬉しい、と歌ってくれたかのようだった。

別れ際、ローナが寂しそうな顔をしていた。

一月八日（日）

駄目だ、このままではいけない。

エルヤはペットだ。しかもぼくの飼い鳥じゃない。恋人の父親が飼うペットに過ぎない。ただの鳥に魅かれて恋人をぞんざいに扱うなんてあってはいけない。

　ぼくを愛してくれるローナを、こんな形で裏切っていいわけがないじゃないか。

　やめよう。

　エルヤを見るのは金輪際（こんりんざい）なしだ。あの場所に通い続けるのは色々な意味で危険すぎる。

今度のデートではローナのことだけを見ていよう。

一月十五日（日）

　誓いは十日ももたなかった。

「今日は、硝子鳥のところには行かない？」ローナの問いに心が揺らいだ。「やめにするよ」と答えるはずが、口に出たのは「せっかくだから見ていこうか」という言葉だった。

ローナは笑った。心臓を抉（えぐ）られるような寂しい笑顔だった。

　しかし、激しい後悔も罪悪感も、エルヤを見ている間はどこかへ行ってしまった。

ローナ……ごめん。

　ぼくは最低だ。ぼくを愛してくれる君だけを、ぼくは見続けなければいけないのに。

どれだけ謝ればいいかも解らない。ぼくは君を、ちゃんと受け止めてあげなければいけないのに。

一月十九日（木）

明日はプロジェクトの懇親パーティーだ。ほぼ毎年恒例となった行事だが、今回はよりによってローナの家――タワーの最上階で行われる。

ローナにどんな顔で会えばいいのだろう。このままでは駄目だ。そんな思いだけがぐるぐる回り続ける。

いっそ、エルヤを盗み出してしまおうか。そんな考えすら浮かぶ。

元はといえば、硝子鳥や他の生き物たちを違法に飼っているのは社長じゃないか。彼らは解放されるべきだ。解放して、元のあるべき場所へ帰すべきじゃないのか。

駄目だ。そんなことをしたらローナも自分も破滅しかねない。

……恐ろしい。

硝子鳥とローナを天秤にかけている自分が怖い。

エルヤを見捨ててローナとの幸福を取るか、エルヤを手に入れる代わりに二度とローナに会えなくなるか――どちらかしか選べないと言われたら、自分はどう答える。

馬鹿馬鹿しい。

そんな選択肢がぼくにあると考えること自体、自惚れだ。ローナに見限られ、エルヤにも会えなくなる。今の状態がずるずる続くなら、そんなどうしようもない未来が待っているだけだ。

もう寝よう。

余計なことを考えるより、さっさと眠ってしまった方がいい。

第3章　グラスバード（Ⅱ）

——一九八四年一月二十一日　〇八：〇〇～——


「ガラスがなぜ常温で固体状態を維持できるのか。熱力学上、あるいは分子構造上、どんな安定状態を取っているのか。実は未だによく解っていないんだ」

——え、そうなんですか？

「多くの研究者があれこれ議論しているけれど、唯一無二の正解と認められた理論はない。原料を高温で溶かして急冷して——と、製法だけは何千年も前に確立されているのに、その裏付けとなる理論を、人類は未だに発見できていないのさ。情けないことにね」

——プログラムを組んだら動いたけれど、どういう仕組みで動作するのか理解できない……といった感じですか？

「はは。うまい喩えだなぁ」

——でも、ガラスは固体じゃなくて粘度がとても高い液体だ、という話を聞いたことがあります。短い時間軸では固まっているように見えても、長いスパンで見たら少しずつ溶け落ちている、って。実際、中世の教会のステンドグラスは下の方が厚くなっているし、古いガラスほど表面が波打っている、とか……。

「どうかな」

——え？

「物質は固相・液相・気相いずれかの状態を取る——と、僕たちはずっと教えられてきた。けれど実際には、例えば『超臨界状態』という気体とも液体ともつかない状態が、高温高圧条件で存在しうる。

同じように、ガラスとは固体でも液体でもない、『ガラス相』という第四の状態に変化した物質であって、その状態に陥ったが最後、無限の時間が過ぎてもガラスのままである——ということだって、充分ありうると思わないかい？」

——ええと……何だか騙されてるような……。

「それを言うなら、君の言ったステンドグラス云々こそ迷信だよ。古いステンドグラスの下部が厚くなっているのは当時の建築技術上の問題だし、波打つ云々は単に加工技術が未熟だっただけだ。肉眼スケールでガラスが流動するには、宇宙の年齢より長い時間が必要なはずだよ。僕の計算では」

——そうだったんですか。

「まあ、専門家の間でも、今の迷信を信じている人間は大勢いるけどね。

僕の仕事は、そんな連中を理論でひっぱたいて目を覚ましてやることさ」

——それって……『ガラスの固体化理論』がもうできている、ということですか？　最初のお話だと、ガラスがどうして固体化するかはよく解っていないはずじゃ……。

「へえ。面白いね、君」

――え⁉

「僕の話にここまで深く付き合ってくれた女の子は初めてだよ。興味が湧いてきたな」

――か、からかわないでください。

「ははっ。ところで、もう少し砕けて話してくれると嬉しいな。セシリア」

※

泥から這い上がるような、粘ついた目覚めだった。

最初に視界に入ったのは、薄灰色のざらついた天井だった。剝き出しの蛍光灯が陰鬱(いんうつ)な光を放っている。

ひどく気だるい。頭痛もする。身体にシーツがかけられていた。硬いばねのような感触が腰の下にある。ベッドだ。寝心地がいいとはお世辞にも言えない。

身体を起こし、目を落とす。病衣に似た簡素な白い服を着ている。

見覚えのない服だった。いつの間に着替えさせられたのか。病院に運ばれたのだろうか。身体を触ってみたが、怪我を負った様子はない。何かをされた感触もなかった。あるのは気だるさと頭痛だけだ。

周囲を見渡す。小さな部屋だ。つるりとした灰色の壁。その一角にドアがある。壁と同じ材質を使っているらしい。こちらも滑らかな灰色だった。ドアノブと長方形の境目がなければ、壁と見分けがつかない。

床は剝き出しのリノリウム。窓はない。調度品といえば、自分が腰掛けているベッドだけ。蛍光灯の人工的な光に照らし出された、息苦しい部屋だった。

……どこ？

病室と呼ぶにはあまりに殺風景すぎた。まるで……監獄のような。

どうして、こんなところにいるの。

気だるさを振り払い、記憶を辿る。自分に関する事柄は支障なく覚えていた。セシリア・ペイリン、二十六歳。M工科大学大学院博士課程。恋人がいて――

ようやく思い出した。

昨日、で合っているだろうか――一九八四年一月二十日。恋人のイアン・ガルブレイスの共同研究先であるSG社が、プロジェクトの懇親パーティーを主催した。

自分はイアンとともに、パーティーへ出席したのだ。

NY州ニューヨーク市マンハッタン区、サンドフォードタワー最上階。かのヒュー・サンドフォードの新居だ。一ヶ月前にイアンがプレゼンテーションを行った場所でもある。あのときは、イアンに誘われてNY州まで付き添ったものの、タワーの最上階には入れなかった。

昨日――ということにしよう。初めて最上階に足を踏み入れたが、警備は厳重だった。一階の正面玄関およびエントランスホール、直通エレベータへ続くゲートの各所に警備員が配置され、目を光らせていた。エレベータに乗るには、顔写真入りの名票――作成には面倒な事前申請が必要だった――を警備員へ呈示しなければならない。ゲートには金属探知機も設置されていて、さらに手荷物確認までされた。気恥ずかしさを味わった。

ゲートを抜け、エレベータへ乗り込んだら最上階へは一直線だった。

エレベータを降りると、メイドらしき女性がエレベータホールに立っていた。リビングらしき部屋に案内され、イアンと二人でしばらく待っていると、メイドとともに二人の客が現れた。

何年か前、懇親パーティーで顔を合わせたことのある相手だった。他に来客はない。招待者は自分たちを合わせてこれで全員ということだった。

共同研究の中心人物だけを集めたホームパーティーのようなものらしい。イアン宛の招待状に自分の名前が併記されていたので、彼とともに出席に同意したものの、自分だけ浮いているようで気後れした。

ヒュー本人は仕事で少々遅くなるらしく、先に四人だけで軽食を取ることになった。

メイドらしき女性に案内され――途中、客のひとりが、家族へ連絡したいとのことで電話を借りていた――当初思い浮かべていたのとは異なる展開に困惑を覚えながらも、摩天楼の絶景を楽しみ……テーブルに並んだ料理を口に運び。

……そこからの記憶がない。

気付いたらこの部屋にいた。機内でうたた寝をして、目を覚ましたら空港に到着していたときのように、合間の記憶がすっぽり抜け落ちている。

いや、もっと異常だった。こんな場所には見覚えがない。手荷物が見当たらない。着ていたはずのドレスも質素な白服に替えられている。下着は元のままだったが、羞恥に顔が熱くなった。

イアンは見当たらない。他の二人やメイドの姿もない。何が起こったのか。自分は、皆はどうなってしまったのか。

疑問と恐怖に心を塗り潰されかけたそのとき、壁の向こうからぺたぺたと足音が聞こえ、ドアが開いた。

「セシリア！」

イアンだった。セシリアと同様、入院患者のような白服姿だ。「イアン！」ベッドを飛び出し、恋人にすがりつく。イアンの温かい手を頭に感じた。自分たちの置かれた状況への疑問や恐怖も、この一瞬だけは消え去った。

「良かった……無事だったのね」

「ああ。とは言っても」

「――これで全員、か」

低い声が聞こえた。セシリアは慌ててイアンから離れた。

恋人の斜め後方に男が立っていた。やはり簡素な白い服を纏っている。パーティーの招待者のひとりだ。名前は――トラヴィス・ワインバーグ。過去にも懇親パーティーなどで面識があった。若々しい顔つきだが、四十代を過ぎていると聞いた覚えがある。綺麗に撫でつけられた髪が、病衣まがいの格好に不釣り合いだった。

「全員じゃありませんよ。あのメイドが見当たりません」

トラヴィスの隣で、眼鏡の男が苦々しい声を発した。

彼も招待者のひとりだ。チャック・カトラル。やはり自分たちと同じ白服姿だ。イアンより年上らしいが、外見は二十代前半か、下手をしたらティーンエイジャーに見えなくもなかった。トラヴィスとチャックの視線を感じ、再び羞恥が湧き上がった。きわどい格好をしているわけではなかったが、寝起きのパジャマ姿を見られているような感覚だ。

「イアン――ここはどこ？　私たち、どうしてこんなところに」

「解らない」

イアンが首を振った。「夕食の最中に意識が無くなって、気付いたらここにいた」

トラヴィスとチャックも表情を険しくしている。全員が同じ目に遭わされたということか。

「目覚めた時間もそれほど変わらないだろう。僕も、彼らとはついさっき出くわしたばかりなんだ」

イアンに促され、部屋の入口から外へ出る。リノリウムの冷たい感触が素足に伝わった。

「睡眠薬を盛られたのかもしれん」

トラヴィスが呟いた。「頭に霧がかかっている。……薬物で無理やり眠らされた後のような感覚だ」

同じだ。セシリアの頭にも、気だるさと頭痛が滞留している。

誰がこんなことを。……いや、皆の話を聞く限り、心当たりはひとりしかない。

ひとまず出口を求め、四人で通路を歩き始めた。

奇妙な空間だった。曲がり角や分岐が不規則に入り組んでいる。地図を描かないと迷いそうだ。自分のいた部屋の位置を、セシリアはすでに見失いかけていた。

道中、いくつかのドアを目にした。どれも壁と同じ材質が使われている。色付きガラスだろうか。

奇妙なのは鍵穴だった。

どのドアも、部屋の外側にだけ鍵穴が設けられている。内側には何もない。イアンが逐一開いて確認したが、すべて外側からしか施錠できない構造だった。

「同じだ。僕が――いや、僕らが目を覚ました部屋と」

中から鍵をかけられない部屋……？

空調が効いているのか、薄着の割に肌寒さはあまり感じない。にもかかわらず、セシリアの身体を怖気が走った。

ここはどこなのか。何のための場所なのか。

天井の各所に蛍光灯が光っていて、周囲は充分に明るい。しかしセシリアは幾度となく息苦しさに襲われた。

窓がない。部屋にも通路の壁にも、外へ繋がる箇所が何もない。どことなく空気が淀んでいるし、かすかに獣臭い臭気もする……いや、気のせいだろうか？

「どうして、こんなことに」

チャックの問いに答える者はなかった。皆、多かれ少なかれ同じ思いを抱いているに違いなかった。

不意に、開けた場所に出た。

小さな玄関ホールのような広間だ。正面に、これまで見たものとは明らかに異なる、乳白色の無骨な鉄扉が見える。半円状の可動式ハンドルがついた、両開きの大きな扉だ。

扉の埋め込まれた壁は剝き出しのコンクリートだった。ここが外周の一角らしい。

――そして。

「皆様。おはようございます」

扉の脇に、エプロンドレス姿の女が立っていた。

ヒューのメイドだった。タワーを訪れたセシリアたちを案内し、食事を振舞った、赤黒い髪に四角い眼鏡の女性。年齢はセシリアより四、五歳上――三十過ぎだろうか。

「お目覚めはいかがですか。昨日は充分におもてなしできず、大変失礼いたしました」

背筋を伸ばし一礼するメイド。「おもてなし？」チャックが憤り（いきどおり）を隠しきれない様子で詰め寄った。

「パメラ、ここはどこだ。ぼくたちをここに入れたのは君か。どうしてこんな真似をしたんだ。場合によっては社長へ」

「ご自由に」

メイド――パメラという名前らしい――は落ち着き払った声を返した。「今回の件はすべて、旦那様のご意向でございます」

「社長の……⁉」

チャックが凍り付く。パメラは頷いた。

「別宅で皆様をおもてなししろ、と。事後承諾の形となってしまいましたことをお詫び申し上げます。どうぞごゆっくりおくつろぎください」

「冗談じゃない！」

チャックが怒りを弾けさせた。「知らない間にこんな格好にさせられて、くつろぐも何もあるもんか。いますぐ社長を呼んでくれ。話を聞きたい」

「申し訳ございません」

あくまで慇懃（いんぎん）な口調だった。「今しばらく皆様にここでお休みいただくよう、旦那様に命じられております」

「だから――」

不意にイアンが動いた。言い争うチャックとパメラを無視し、扉に歩み寄ってハンドルを握る。

が、扉は開かなかった。固く施錠されているらしく、押しても引いても鉄を揺らすような鈍い音が響くだけだった。イアンは肩をすくめ、ハンドルから手を離した。

閉じ込められた――?

なぜ。どうして自分たちが閉じ込められねばならないのか。パメラはヒューの意向と語っていたが――

「鍵はどこかね」

トラヴィスがパメラへ問う。懸命に威厳を保とうとしているが、声には焦燥が滲み出ていた。

「ございません。鍵は電子式で、中からの解錠は不可能です」

言われてみれば、鉄扉に鍵穴が見当たらない。

他の部屋と同じだ。少なくとも見かけ上、内側からの施解錠ができない仕組みになっているらしい。

「そんなはずはなかろう。ならばなぜ君はここにいる。我々と一緒に閉じ込められたというのか。何らかの合鍵、でなければ通信手段を持っているはずだ」

「私はただ、旦那様のご意向に従うだけです。合鍵などといったものは一切与えられておりません」

「話にならんな。J国のニンジャではあるまいし、この自由の国でそんな言い逃れが」

「では、お調べになりますか」

パメラは自分の襟元に手をやった。「だ、駄目!」セシリアは思わず止めに入った。

「解ったから。……だから、その、はしたない真似はしないで」

「——承知しました」

パメラは襟から手を離した。機械のような手つきだった。

ぞっとした。……制止されることを計算に入れた動きではなかった。セシリアが割って入らなかったら、パメラは本当に服を脱いでいたかもしれない。

空恐ろしいほどの無感情さだった。トラヴィスもさすがに絶句している。

本気だ。……パメラは、本気で自分たちを留め置こうとしている。

その行為が、彼女の言う通りヒュー・サンドフォードの命令によるものか、それとも第三者の意思が働いているのかは解らない。だが、セシリアたちがサンドフォードタワーに招かれたことを知っている人間はごくわずかだ。無関係な人間が主導しているとは思えなかった。

「どうして？」

セシリアは改めて問いかけた。「どうして、こんなことを」

「私も詳しくは存じ上げません。ただ、旦那様から皆様へご伝言を預かっています。

『その答えはお前たちが知っているはずだ』、と」

息を呑む音が聞こえた。

トラヴィスとチャックの表情が強張る。イアンは眉根を寄せている。

「……どういうこと」

自分は――

自分は今、どんな顔をしているだろう。悟られなかっただろうか。

「存じ上げません」

パメラは同じ台詞を繰り返した。「私はただ、旦那様のご伝言を一字一句そのままお伝えしただけです。その意味するところまでは、何とも」

……そんな。

だから自分たちはここへ閉じ込められたというのか。あれがヒューの逆鱗（げきりん）に触れてしまったせいで、自分はこんな目に遭っているのか。

だとしたらヒューは、この後自分たちをどうするつもりなのか。悪戯っ子をお仕置きでクローゼットに閉じ込めるように、何時間――あるいは何日も、この場所で過ごさせるのか。

いや……本当にそれだけだろうか。

幽閉しさえすれば罰したことになると、あのヒュー・サンドフォードが単純に考えてくれるものだろうか……？

得体の知れない不安と恐怖が喉元まで込み上げた、そのときだった。

鳴き声が聞こえた。――高く澄み渡る、歌うような美しい鳴き声。

青い羽根が軽やかに風を切り、セシリアたちの間をすり抜ける。彼女が優雅に宙を舞い、チャックの肩にふわりと摑まった。

――鳥？

思わず目をこする。不意の闖入者を、セシリアは唖然と見つめた。

目を奪われるような美しさだった――セシリアが生まれて初めて見るほどの。

宝玉と見まがう赤い眼球。漆黒とコバルトブルーのグラデーションに彩られた羽根。透き通るほどに鮮やかな毛は、わずかの濁りもないガラス細工のようだ。

今は鋭い爪をチャックの肩に食い込ませ、彼の頬を口でつついている。クルルル、と喉が甘やかに鳴った。

「『エルヤ』――」

チャックの顔が輝いた。爪を立てられながら痛がる様子を全く見せず、むしろ至福の表情で、彼女の頭部を撫でる。

「……硝子鳥（グラスバード）」

トラヴィスが声を震わせた。「なぜ、こんな場所に」

『硝子鳥』……!?

理解が追い付かず、セシリアは立ち尽くすしかなかった。

そんな名前の鳥など聞いたことがない。チャックとトラヴィスは知っている様子だが――イアンも驚いた顔で硝子鳥を見つめていたが、「なるほどね」と皮肉っぽく唇を緩め、セシリアの耳元に顔を寄せた。

「サンドフォード氏のペットだよ、恐らく。

氏が珍しい生き物を飼っているという噂を、僕も小耳にはさんだことがある。見るのは初めてだけどね。事情は知らないけど、籠から脱け出してここに迷い込んだんだろう。まったく、サンドフォード氏もどこであんな綺麗な鳥を見つけてきたんだか」

「どこでって……そういう問題じゃ」

生き物に詳しくないセシリアにも一目で理解できた。

あれは――あの硝子鳥は、人間が手を出してはいけないものだ。あの透明な美しさを前にして、それを『飼う』などという発想自体、セシリアには信じがたいものだった。

「どうこう言っても始まらないよ」

イアンは肩をすくめた。「SG社のふたりはサンドフォード氏を通じて見たことがあったようだね。もっとも、チャックはかなり熱を上げてしまったようだけど」

イアンの言葉通り、チャックは皆の視線など忘れたように硝子鳥の頭を撫でていた。「どうしてこんなところに……他の皆はどうしたんだい」問いかける声に柔らかな愛情がこもっている。硝子鳥は嫌がるそぶりも見せず、むしろチャックに寄り添うように囀りを繰り返した。

「チャック……お前、いつの間に」トラヴィスが愕然とした顔で首を振る。

「――エルヤ！」

突然、パメラの叱責が広間を揺らした。「お客様から離れなさい。何という無礼を」

厳しい視線で硝子鳥を睨むパメラ。硝子鳥はパメラの声を無視してチャックの頬をつついていたが、パメラが近付くとチャックの肩から爪を離し、飛び去ろうとした。

あっと言う間もなかった。

パメラの手が素早く動き、硝子鳥を摑んだ。短い金切り声が響き、青黒の羽根が床に落ちた。

「何をする！」

チャックが詰め寄る。「カトラル様」硝子鳥を巧みに押さえつけながら、パメラは低い声を返した。

「立場をおわきまえください。この鳥は旦那様の所有物です。あなたのものではございません」

チャックが感電したように硬直した。呻きを漏らし、色が変わるほど拳を握り締め、パメラを凝視する。「ご安心を」パメラはなだめるように声を和らげた。

「この子を傷つけることはいたしません。旦那様やお嬢様も悲しまれますので」

その言葉通り、パメラが頭を撫で続けるうちに硝子鳥は大人しくなった。慣れた手つきだ。

パメラは撫でる手を止め、羽根を拾い上げ、セシリアたちに向き直って一礼した。

「大変失礼しました。これをしまって参りますので、皆様はお部屋でしばしおくつろぎください。後程呼びに参ります。詳しいご質問などはその後に」

くつろげと言われて休めるものではなかった。

中を見て回りたい、とイアンがパメラに訊いた。「どうぞご自由に」メイドはそれだけ返し、硝子鳥を摑んで広間から通路へ出ていった。

「さて、それでは改めて探検の続きといきましょうか」

イアンが皆に向き直った。その変わらぬ冷静沈着ぶりが、却ってセシリアの不安を掻き立てた。

方針を巡り一悶着あったものの、結局イアンの提案通り、全員で『探検』を再開することになった。

今の段階でパメラを問い詰めても、有効な情報は得られそうにない。自分たちの手でこの場所を調べるべきだ、という点で皆の意見が一致した。

——広間のすぐ隣に、ダイニングらしき空間とキッチンがあった。

他の部屋と同様、殺風景な場所だった。壁際にコンロと流し、食器棚と冷蔵庫。後は何もない。部屋自体はそれなりに広いが、テーブルや椅子が置かれていない。リノリウムの床が寒々しかった。

食器棚と流しの下の戸棚を順番に見て回る。皿やスプーン、フォークなどの食器が数セット、包丁が大小一本ずつ。他はフライパンに鍋、フライ返しといった基本的な調理器具が一揃い。それだけだった。棚の大半は空だった。

冷蔵庫の中は、紙パック入りのジュースと牛乳、肉と生野菜とパン。五人で数日分の量はありそうだ。当面の飢えの心配が消え、セシリアは胸を撫で下ろした。……食料が尽きた後のことは、あまり考えたくなかった。

流しとコンロを含め、調度品や什器は真新しかった。使われた痕跡もない。つい最近据え付けたばかり——なのだろうか。

ここはどういう場所なのか。ヒュー・サンドフォードの別宅、とパメラは言ったが——

キッチンを後にし、再び四人で歩く。

入り組んだ造りだった。人が住めるようになっている割に曲がり角や分岐が多い。敢えて人を迷わせようとしているかのようだ。設計者がよほどひねくれ者だったのか。

「迷宮だな。……この分だと、隠し部屋や仕掛けの一つや二つあってもおかしくない」

トラヴィスがこぼした。冗談とも本気ともつかない口ぶりだった。

頭の中で見取り図を描こうとして、セシリアは匙を投げた。トラヴィスの言葉通り隠し部屋のスペースがあるかどうか、全く判断がつかない。隣を歩く恋人が「なるほどね」と笑みを浮かべ、「こんな感じだよ」と指を宙に走らせた。あまりに複雑で目で追うのがやっとだった。

「紙とペンがあればよかったんだけどね」

イアンが苦笑した。

それでも、彼の説明のおかげで大まかな構造は摑めてきた。(【図1】)

フロア全体は大きな長方形をしているようだ。外周を剝き出しのコンクリートが取り囲み、その内側に、部屋や通路が迷路のごとく配置されている。

ただ——窓や階段など、外部へ繋がっていそうな箇所は、見て回った限りどこにも見つけられなかった。広間の鉄扉が唯一の例外だ。

設備は、先程の殺風景なキッチンがひとつ。鉄扉から見て向かい側の外壁寄りにバスルーム

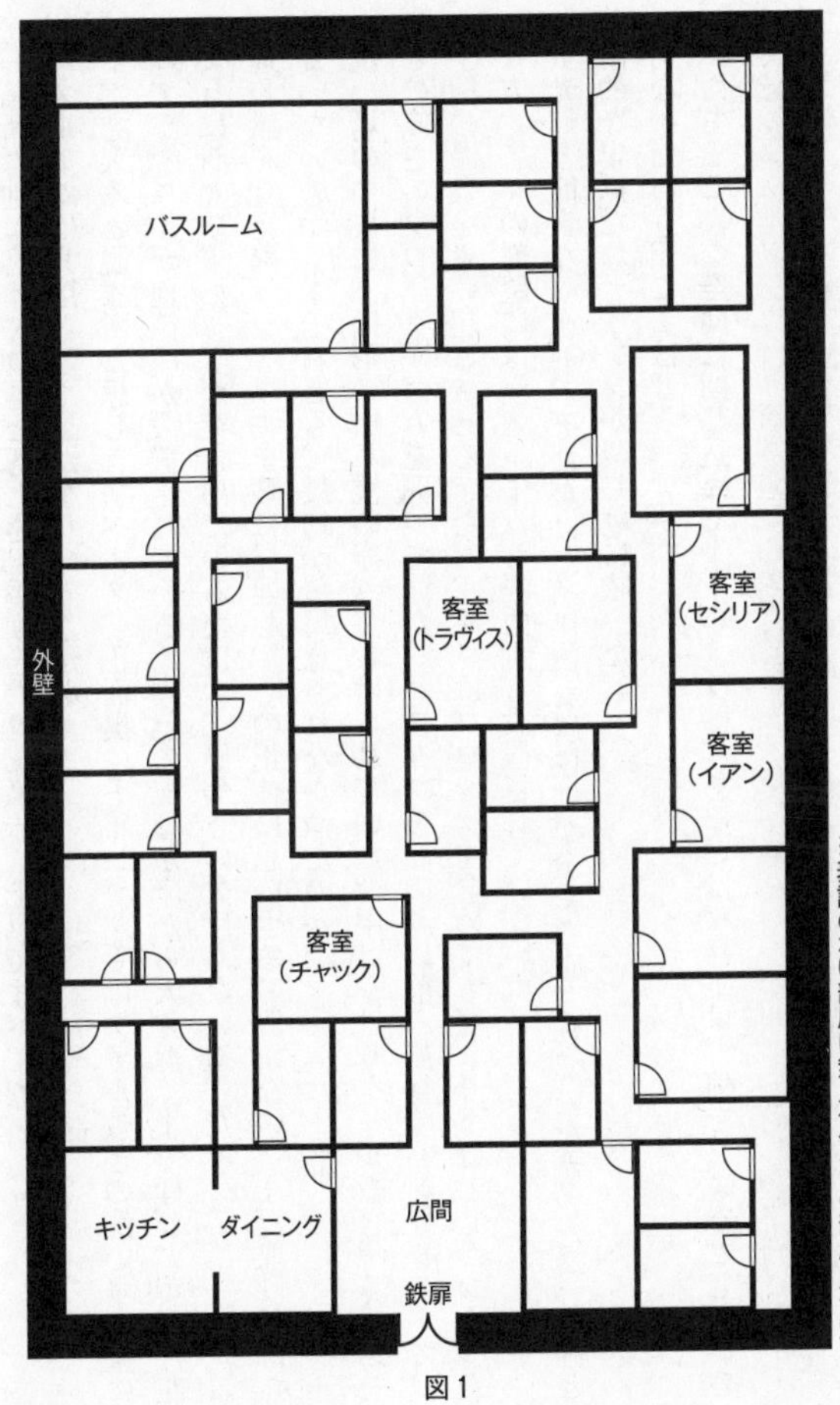

図1

※表記のない部屋は無人（パメラの部屋は不明）

が一箇所。他は客室や物置と思しき部屋が合わせて数十。それですべてだ。

　バスルームは共用らしく、かなりの広さがあった。

　ドアを入ると脱衣所と思しきスペース、正面奥にトイレ。左手はタイル敷きの洗い場。壁に沿ってシャワーが何箇所か設置されている。銅色の配管が床から天井近くまで延び、萎(しお)れた花のようにシャワーヘッドが突き出ているだけの、優美さの欠片(かけら)もない造りだ。

　違和感を覚えた。シャワーを順に見回し、その正体に思い至る。鏡がない。まだ取り付けられていないのか——それとも、最初から用意されなかったのか。

　洗い場の中央に、円形の広く浅い窪みが設けられていた。中はやはりタイル敷き。くるぶしほどの高さのブロックが窪みを囲っていた。バスタブらしい。以前、旅行のパンフレットで見たJ国の温泉を思い起こさせる。ただ、深さはブロックを含めても膝より下ほどしかなかった。

　一方、各々の部屋にはバスルームも洗面所も設置されていない。蛍光灯と簡素なベッド、それだけだ。快適な居住性(アメニティ)が全く考慮されていなかった。「随分と前衛的な牢獄だね」イアンが楽しげに呟いた。

　何なのだろう、ここは。

　私たちをこんな空間に閉じ込めて——パメラは、あるいはヒューは、何をしようとしているのか？

「さて、どうしましょうか」

　客室のひとつ——セシリアが目を覚ました部屋だ——の前で、イアンは皆に問いを投げた。

「ざっと歩いて回りましたが、出入口は広間の鉄扉ひとつしかなさそうです。ワインバーグさんの言われたように、隠し部屋の類が存在しないとも言い切れませんが、真偽を確かめるには、少なくともセンチメートル単位の精密な図面が必要です。

パメラ嬢の協力を望めない以上、僕たちでどうにかするしかないわけですが――」

「その前に一息入れないか」

トラヴィスが息を吐いた。「歩き回ったおかげで少々疲れた。……次の行動へ移るにしても、しばらく身体を休ませたいのだが」

若く見えるトラヴィスだが、一回りも年下の男女の歩調に合わせて右も左も解らない場所を歩き通し、それなりに体力と神経を消耗したらしい。

「セシリア、君はどうだい」

無言で頷く。実のところ、セシリアも心身ともに疲弊(ひへい)していた。

「チャック、君は?」

「……ああ、解った」

チャックは上の空だった。パメラとのやりとり以降、《牢獄》内を歩いている間も、心ここにあらずの状態が続いている。

あの硝子鳥が、それほど気になるのだろうか。

結局、あれからパメラとは顔を合わせていない。たまたますれ違いが続いたのか、あるいはパメラが自分たちを巧みに避けたのか。パメラが硝子鳥をどこへしまい込んだのかも知らされないままだ。

自分たちの目が離れている間に、例の鉄扉を開けて外へ出したのだろうか。だとすれば、パメラは自らの言葉に反し、鉄扉を自由に行き来できることになるのだが——でも、鍵穴がないのにどうやって開けるのかと考えたら……。

駄目だ、考えがまとまらない。

「なら、しばらく休憩としましょう」

イアンが宣言した。「時計がないのであくまで目安ですが——そうですね、一時間くらいで。集合場所は広間にしましょう。

それと、周囲にはくれぐれも注意してください。こんな異常な状況です。どんな危険に出くわすか解りません」

トラヴィスとチャックが各々の客室——最初に目覚めたという部屋——へ戻り、セシリアはイアンと二人だけになった。セシリアの目覚めた部屋へ入り、ドアを薄く開けた状態にして、ベッドに並んで腰を下ろす。

「大丈夫かい」

イアンが抱き寄せてくれた。「うん……」甘えたくて肩にもたれかかる。全員の前ではどうにか気を張っていられたが、恋人と二人だけになったとたん、不安が堰を切って襲い掛かった。

ヒューは何をするつもりなのか。本当にここから出られるのか。自分たちは、一体どうなってしまうのか……。

「平気だよ」

イアンがセシリアの手を握り、唇を重ね合わせた。「——心配するな、とは言わない。でもここには僕がいる。それだけ忘れずにいてくれたら充分さ」

髪を撫でられるうちに、少しずつ不安が和らいでいった。さっきの硝子鳥みたいだ——奇妙なくすぐったさがこみ上げた。

瞼が重くなった。歩き疲れか、睡眠薬の効き目が残っていたのか、セシリアは知らぬ間に眠りへ落ちていった。

※

「前にも話したと思うけれど、『ガラス状態とはどういう物理状態なのか』という疑問を、僕たち物理学者は今なお解決できていないんだ。

ケイ酸塩化合物などを高温でどろどろに溶かし、一定以上の速度で冷やすと過冷却状態になり、さらに冷やすとガラスに転移する……という現象自体はよく知られているけど、その『ガラスに転移する』のを理論的にどう記述すればいいか。これが解らない」

——ガラス状態と、気相や液相や固相とを明確に区別する、何らかの物理パラメータあるいは方程式が、まだ確立されていない……ということですか。

「そういうこと。

つまり逆に言えば――仮に『ガラス状態』を支配するパラメータもしくは方程式を見出せたなら、ガラスの持つ物理的性質を、添加物や二次的加工を用いることなく自在にコントロールすることも可能になってくる」

――話がいきなり飛躍したような……。

「はは、手厳しいなぁ。

……けど、数式から未知の事象を予測することは、科学じゃよくあることだよ。

例えば屈折率。普通、物質の屈折率は一より大きい値を取るけれど、実は数式上、マイナスの値を取りうることが予言されているんだ」

――負の屈折率、ですか?

「提唱された当時は誰もまともに取り合わなかったけれどね。

屈折率の本質は『物質の中で光がどれだけ遅くなるか』だ。そして物質内の光速度は、光と物質の相互作用に影響される。

可視光の波長は原子や分子より何百倍も大きい。けれどもし、可視光波長にほぼ等しいサイズのマクロ構造を物質の中に埋め込んで、光と物質をより強力に干渉させることができたとしたら。

『ガラス状態』を支配する物理パラメータを操作することにより、ガラス平面方向の光速度ベクトルを反転させてしまうようなマクロ構造を、ガラス内に作り出すことができたとしたら?」

——……ガラスの中で、光が逆戻りする……⁉

「そう、まさに『負の屈折率』さ。しかも僕の計算が正しければ、そうした構造の場合、かなり極端に光を後戻りさせられる。

さらに、例えば電圧などの外部エネルギーを加えれば、マイナスどころかプラス側にさえ、屈折率を大きく変化させることもできる」

——そんなこと、本当にできるんですか。

——液晶ならまだしも、一度固まってしまったガラスの分子配列を変えるなんて。

「物理的に分子を並べ替えるんじゃない。エネルギー的なマクロ構造を作るのさ。

話は屈折率だけに終わらない。『ガラス状態』の物理パラメータを操れば、透過率を自在に変えることもできる。あるいは、相応の厚みを持ちながら布のような柔らかさをもったガラスだって不可能じゃないはずさ」

——……。

「ん? どうしたんだい」

——凄いです。そんな風に夢の広がる研究ができるなんて。

——先輩の作ったガラスが、いつか、ジェリーフィッシュのように世界に広がるかもしれない……何だか素敵な想像です。

「いや、そういう泥臭い作業は他の人間に任せるさ。僕の本分は真理の探究であって、研究結果を世に喧伝することじゃないからね」

——もう、何ですかそれ。

「ははっ。ところでセシリア。何度も言ってるけど、もう少し砕けた感じの方が可愛いよ」

※

「起きたかい」

間近でイアンの声がする。

蛍光灯の光が顔へ直に当たっていた。いつの間にかベッドに横になっている。彼が寝かせてくれたのだろうか。「うん……」セシリアは気恥ずかしさを覚えながら身を起こした。

「よく眠っていたよ。うなされていないようでよかった」

自分が横になっている間、イアンはずっと寝ずの番をしてくれたらしい。微笑むその眼は少し充血していた。

うなされてはいなかった……か。

また、夢を見ていた。

自分たちの関係が、サークルの先輩後輩という位置から少しずつ近付き始めた頃の、甘く淡い記憶。

辺りを見渡す。滑らかな壁。剝き出しの蛍光灯。無骨なベッド。身を包む簡素な白い服。眠る前と変わらなかった。パメラ――あるいはヒュー・サンドフォード――によって奇妙な場所に幽閉されるという現実の方が、よほど悪い夢のようだ。

「ごめんなさい、ひとりで眠っちゃって。……今、何時？」

訊いてしまってから、時計が部屋にないことを思い出す。イアンはからかう素振りも見せず「三千五百カウントを過ぎた辺りだよ」と返した。

「誤差を考慮しても、まあ約一時間経過ってところかな」

秒数を数えていたのか。イアンらしいやり方だ。セシリアは唇を緩ませ、慌てて引き締めた。

「ワインバーグさんとカトラルさん、大丈夫かしら」

部屋は外からしか施錠も解錠もできないのだ。イアンがいてくれたからよかったものの、もし自分ひとりだったら、眠りに落ちている間に文字通り閉じ込められるか――あるいは、それ以上の目に遭ったかもしれない。

「じゃないかな。異常があれば大声くらいは上げるだろうけど、特に何も聞こえなかったし――」

だが、イアンの言葉は直後に否定された。

かすかな雑音（ノイズ）が響き、周囲の壁が消失した。

急激に視界が開け、がらりとした巨大な空間――コンクリートの長大な外壁、高い天井、延延と広がるリノリウムの床――があらわになる。

「……え？」

呆けた声が漏れた。

瞬く間の出来事だった。部屋の壁が色を消していた。ドアノブ、蝶番（ちょうつがい）――ドア回りの細かい部品だけが宙に浮いたように静止している。

壁とドアが透明化した、と認識するまで、十秒近くを必要とした。

「な――」

イアンも唖然とした表情に変わる。

ガラスのように滑らかな灰色の壁が、今まさにガラスと化して、向こう側の風景を透かしている。セシリアたちのいる部屋だけでなく、フロア内部の壁がことごとく透明となっているらしい。最外周のコンクリート壁まですべて見通せた。

何なの……どういうこと。一体何が起こったの⁉

各部屋の様子も見える。チャックらしき人影。パメラと思しきエプロンドレス姿。そして――

トラヴィスが倒れていた。

《牢獄》のほぼ中央。セシリアの部屋から通路と無人の部屋を隔てた先で、トラヴィス・ワインバーグが、血溜まりに横たわっている。

セシリアは悲鳴を上げた。

第4章　タワー（Ⅱ）

——一九八四年一月二十一日　〇九：四〇〜——


「最上階に行く方法？」

午前九時四十分。サンドフォードタワー二階、管制室。

黒い口髭の監視員が、漣の身分証をいぶかしげに眺めた。

「サンドフォード氏の身辺を狙う者がA州からこちらに向かった、という情報を受けまして」

それがマリアと自分のことだとはおくびにも出さず、漣は続けた。「念のため警備状況の確認に参りました。何か異常はございませんか。襲撃者が最上階へ侵入する可能性も否定できません」

「ないな」

監視員は背後を見やった。管制室には他に二名の監視員がいて、ランプや計器、ディスプレイなどが嵌め込まれたパネルを眺めている。豆電球に似た小型ランプ——発光ダイオード——が、パネルの一角に行列を作っている。

行には『B3』から『72』、列には『L1』『L25』『C』『A』『S』などの番号が振られている。それぞれの列内で、ダイオードの赤い光がネオンサインのように上下移動や静止を続けていた。エレベータの動きをモニターしているらしい。列が個々のエレベータ、行が階を表しているようだ。

ダイオードの行列は大雑把に、縦二×横三の六ブロックに分かれていた。

左下のブロックは、ダイオードが『B3』から『14』階まで埋まっている。中下は『25』階まで、右下は『35』階まで。行先階ごとにまとまっているらしい。

上三つのブロックは概ね、『36』を飛ばして『37』階から始まり、左上が『51』階まで、中上が『60』階まで、右上は『70』階まで埋まっている。下の三ブロック同様、行先で区分けされているようだ。

ダイオードの配列には、いくつかの例外があった。『C』列と『A』列だ。

『36』階は、ダイオードが右端近くに二個だけ。

『71』階には何もない。

『72』階――ヒューの私邸だ――は、最も右端の『S』列に一個。その『S』列は、他に『1』階の計二個しかダイオードがなく、途中階の分がそっくり歯抜けしていた。直通エレベータらしい。

「最上階どころか、上半分には人っ子ひとり上がってない。いつも通り暇なもんだ」

見れば、赤い光の動きは、『B3』から『14』までの範囲に集中している。時折、『15』より上へ昇るものもあったが、跳ね水のようにすぐ下へ落ちていく。上三ブロックのダイオードは、

『37』階だけ点灯したまま沈黙を保っていた。

「上の階は今、どうなっているのでしょう。『アメニティエリア』はマンションになっていると聞きましたが」

「人っ子ひとり上がってないと言ったろ？　もぬけの殻さ。オーナー様ご一家を除いては」

口髭の監視員によると、売り出されているはずの『アメニティエリア』——三十七階から七十階——は現在、居住者がただのひとりも入っていないという。

内装工事と入居者募集の遅れが重なったため、というのが公式の説明だが、噂では、そもそも家賃が高すぎて応募者が思うように集まっていないらしい。一定数の入居者がいないとユーティリティ運用の採算が取れないため、今、業者が富裕層を中心に必死に営業をかけているそうだ。努力の甲斐あって、再来月頃にようやく入居が始まる予定だという。

本来は、三十七階行きのエレベータ——『A』列がそれに当たるようだ——が一基あり、そこからアメニティエリア用のエレベータへ乗り換える仕組みらしい。だが先の事情から、アメニティエリアを行き来するエレベータは、前述の『A』列を含めて停止中。システム側でもロックがかかっているとのことだった。

現在のところ——上層階へ行けるのは、最上階への直通エレベータ一基と、業務用エレベータ一基だけしかない。

しかも、業務用エレベータ——パネル上は『C』列と表されていた——は、シャフトが物理的に七十階までしか通っていないという。

これは他のエレベータも同様で、例えばオフィスエリア用のエレベータは、物理的に三十五階までしか稼働できない。逆にアメニティエリア用エレベータは、三十六階より下にシャフトが通っておらず、上は七十階まで。有効活用できる床面積を稼ぐためだそうだ。

一階から最上階までシャフトが通っているのは、最上階行きの直通エレベータただ一基ということだった。

さらに、エレベータの状況は常時モニターされている。

万一システムの封印が解かれ、三十七階より上へ引っ張り上げられたとしても、無人の階をぽつんと上るダイオードの光が、たちどころに監視員の目に留まるはずだ。むろん、ヒューが命じればいつでも監視を止めさせられるのだろうが、タワーのオープン以来、そのような指令は一度もないということだった。

「エレベータが真ん中まで来ることもあまりないしなぁ」

監視員が欠伸(あくび)混じりに語った。「つい二、三分前に一基、三十五階へ上がったきりだ」

「歯抜けの階はどうなっているのでしょう」

『36』階と『71』階を指して問う。「そこは機械室だな」監視員が返した。

「空調などの機械設備が詰まってる階だ。エレベータは素通りする」

「素通り?」

「ホームドアが造られてないんだと。仮にエレベータを途中で止めてかごのドアを開けても、お出迎えするのはまっ平らな壁ってわけだ。右端の『S』列——オーナー様用の直通エレベータも同じらしい」

今、直通エレベータは『1』階に降りている。「昨夜からそのままだぜ。オーナー様ご一家はお休み中らしいな」監視員の声は気だるげだった。

一階と最上階をノンストップで結ぶ唯一の経路。希少生物を地上から運び入れるとすれば、このルートが第一候補だ。

高層ビルの最上階で自給自足は成立しない。食料品やリネンの搬入出が定期的に行われるはずだ。それらに紛れて……という可能性は考えられる。ただ。

「色々あって、オーナーは警備にやかましいからなぁ」

漣の思考を察してか、口髭の監視員は続けた。「最上階に運び込まれる荷物は、たとえ日常品だろうと全部チェックすることになっているんだ。怪しい奴が荷物に紛れて忍び込もうなんて無理だぜ」

希少生物の搬入も厳しい、か。

もちろん、これもヒューの命令で素通りさせることは可能なはずだ。しかし、厳しくしたはずの警護を自ら緩めれば、間違いなく警備員から疑念を抱かれる。

万一外部へ漏れたとしても、ヒューの権力で握り潰すことはたやすいだろう。ただ、『蟻の穴から堤も崩れる』という格言を、U国有数の経営者であるヒューが知らないとも思えない。

念のため訊いたが、他の監視員たちも含め、回答は一様に「覚えがない」だった。

となると、残る選択肢はいくらもない。

「非常階段はどうでしょう。三十五階までエレベータで上がり、残りは自力で、というルートもありうるかとは思いますが」

「おいおい」

正気か、とでも言いたげに口髭の監視員は首を振った。「いくら途中まで楽できるといったって、あと四十階近くも上らなきゃいけないんだぜ？　高さ百メートル以上だ。てっぺんに着く頃には膝が笑ってるだろうよ。

それに、こっちだってそれくらい想定内だ。最上階の踊り場には監視カメラを設置してある。怪しい奴が見えたらオーナーへ即連絡だ。この程度も読めない奴が天下のヒュー・サンドフォードの首を狙おうなんて阿呆としか言いようがないぜ」

「まったくですね」

さらに、三十七階以降のマンション階は現在、非常口が施錠されている。特に最上階の防火扉は特注で、ちょっとやそっとの爆発では壊れない――とのことだった。

「まあ、そんなわけだから心配すんな刑事さん。怪しい奴が来たら俺たちがとっ捕まえてやるからよ」

※

「荷物の搬入経路ですか?」

漣の問いに、女性店員は小首をかしげた。「一階裏手のトラックヤードで車両から降ろして、エレベータで階上まで運ぶだけですけど」

「エレベータというと、あちらに見える来客用の?」

「軽い荷物なら、そっちを使うこともありますね。

ただ、ベッドやクローゼットといった大型商品を扱う店舗もありますので、それらを運べる業務用エレベータが別に設けられています。ここからは見えないんですが……エレベータホールの壁際に一基」

「なるほど。

しかしこれだけ店舗が多いと、エレベータ一基では足りないのではありませんか」

「そうなんです」

店員は頷いた。「開店前はもう毎日戦場のようで。……でも、うちはまだましな方だと思います。商品もそれほど重くないですし、他のエレベータや、いざとなれば階段が使えますから。十四階の書店は地獄のような有様だ――って、そこに勤めてる知り合いの娘が言ってましたよ」

サンドフォードタワー四階、ショッピングエリアの一角。

希少生物の搬入経路を探るため、漣はタワー内の主要な店舗を中心に聞き込みを続けていた。

午前九時五十分過ぎ。マリアと別れ、情報収集を開始してから四十分ほどが過ぎたが、これまでのところ、ヒュー・サンドフォードの首根っこを押さえるほどの成果は得られていない。小さな可能性を少しずつ潰しているだけの状況だ。

それでも、タワーの物流について大まかなイメージは摑めつつあった。

まず、物品と人が最も激しく行き交うのが、地下二階から地上十四階までのショッピングエリア。高級ブティックから大型量販店、書店、食料品店まで、U国で名の知れた企業が数多く軒を連ねている。

次に往来が多いのが、十五階から三十五階までのオフィスエリア。先程訪れたSG社をはじめとしたヒュー所有のグループ会社、他の著名な大手企業、さらには見慣れぬ名の事務所など、有名無名の様々な企業がオフィスを構えている。

ショッピングエリアとオフィスエリアは、人的・物流的に動線が区分けされている。エレベータはフロアの中心部に集まっているものの、その行先は、地下階から地上十四階まで、十五階から二十五階までおよび二十六階から三十五階まで、と分けられていた。

動線管理上は合理的な運用と言えるが、例えば十七階から六階へちょっとした買い物に行くのに、いちいち一階まで降りてエレベータを乗り換えねばならないため、オフィスエリアの社員からは不満が出ているようだ。

もっとも、ショッピングエリアとオフィスエリアは、国境のごとく厳しい線引きがされているわけでもない。

女性店員が語ってくれたが、人が乗り入れるものとは別に、荷物運搬のための業務用エレベータが存在する。こちらは商品だけでなく、机やキャビネットといった大型オフィス用品の搬入にも使用されており、ショッピングエリアとオフィスエリアを――運搬以外の使用は禁止されているものの――自由に行き来できる。

さらに、非常階段はほぼフリーパスだ。体力と気力さえあれば、すべての階へ自力でアクセスできる。現にオフィスエリアの社員の中には、仕事の合間に階段経由でショッピングする者も少なからずいると聞く。SG社のオフィスが十五階――ショッピングエリアのすぐ上にあるのは、ヒューがその辺りの利便性を自社に有利な方向に配慮した結果のようだ。

問題は――それらの手段をもってしても、ヒューの私邸である最上階へのアクセスが不可能に近いということだった。

開店前の荷物運搬に紛れて希少生物を運べるだろうか、と最初は思ったが、女性店員の話を聞く限りそんな余裕はなさそうだ。そもそも監視員によれば、業務用エレベータは七十階までしかシャフトが通っていない。

非常階段を踏破するのも物理的に困難。さらに、最上階の踊り場に監視カメラが設置されているとなると――警備員や監視員の目に留まらず、彼らへ圧力をかけることもなく、希少生物を地上から最上階へ運び入れるのは無理難題だ。

もう少し情報が要る。漣は女性店員に礼を述べ、業務用エレベータの確認に向かった。

店員の言った通り、エレベータホールの壁際に幅広のホームドアがあった。

行先ボタンは見当たらない。代わりに、鍵穴の付いた金属製の細長い蓋が、ドアの横にはまっている。一般客が使えないよう施錠されているようだ。これを外さないことにはボタンに触ることもままならないということか。

業務用エレベータを後にし、タワーの構造を想像しながら壁際を歩く。直通エレベータが通っていると思われる場所に差し掛かった。ホームドアの類はどこにもなく、婦人用小物店やアクセサリーショップ、宝石店などのテナントが並んでいるだけだった。

他の階と同じだ。壁で塞がれている、という監視員の言葉に嘘はないようだ。

裏を取ったわけではないが、この分では、「直通エレベータを除いて最上階にシャフトが通っていない」という証言も信用するしかなさそうだった。

あるいはアクション映画のように、からくり仕掛けで隠し扉が開くといった細工が施されている可能性もゼロではない。が、この場では確かめようがなかった。

不意に、マリアの所在が気になった。

地上のショッピングエリアと一部のオフィスエリアを漣が回り、残りのオフィスエリアと地下階をマリアが当たる、と一応の分担を決め、一階で別れてから姿を見ていない。タワーのほぼ下半分、地下階を含めた計四十階弱を二人だけで回るのだ。そう簡単に鉢合わせするわけがないのは理解しているが――

――つい二、三分前に一基、三十五階へ上がったきりだ。

——おいおい……四十階近くも上らなきゃいけないんだぜ？

嫌な予感がした。

まさかとは思うが——慎重という概念を母親の胎内に置き去りにしたような人だ。当たって砕けろとばかりに突撃を試みないとは断言できない。

仮に漣の不安が的中したとして……最上階の踊り場にカメラがある、と監視員から聞いた。もしマリアが自力で上に向かったとしたら、文字通り孤立無援の状態で相手の待ち伏せを受けることになる。元々、ある程度の危険を念頭に置いての聞き込み作業だったが、第三者の目があるのとないのとでは危険の度合いが桁違いだ。

どうする——

数秒の逡巡の後、漣はエスカレータへ向かった。

足早に一階へ降り、オフィスフロア用のエレベータに乗り込む。途中、何度か人の出入りがあり、三十五階までは数分を要した。

三十五階は、一階とは打って変わって静かだった。

午前十時。人気もなければオフィスの数も少ない。フロアの半分以上は床と天井が剝き出しだ。マリアの目撃証言が得られるかどうか、あまり期待は持てそうにない。

が、考えていても始まらない。空振りを承知で手近のオフィスへ足を向けた——そのときだった。

頭上から爆音が響いた。


ガラスの砕ける音。一瞬の激しい振動。

天井から塵が落ち、通路の電灯が一斉に消える。


がらんとした通路の先、摩天楼を臨む大窓の向こうで――

透明な破片が雨と降り、赤い炎と黒煙が窓の上縁から覗いた。


――爆発⁉

さすがの漣も、状況を把握するのに数秒を要した。

オフィスのドアからスーツ姿の女性社員が顔を出し、窓の外の黒煙を見て悲鳴を上げた。

「落ち着いて!」

漣は咄嗟に声を張り上げ、身分証を掲げた。「警察です。どうか冷静に。オフィスの皆さんを連れて避難を!」

女性社員ははっと我に返り、ドアの奥へ向けて「火事よ!」と叫んだ。他のドアからも次々と人が現れ、窓を見て同様に騒ぎ出す。「テロ――⁉」誰かが呟いた。恐怖と焦燥が急速にフロア内へ蔓延した。

「落ち着いて! 非常階段へ向かってください!」

漣は声を振り絞った。「大丈夫です、充分間に合います。停電している模様ですので、階段で避難を！」

声が聞こえたのか、混乱の拡大は寸前で回避された。通路に出た人々が、不安と焦燥を顔に張り付けながら、エレベータホール内に設けられた非常口を通り、非常階段へ流れ出す。誘導を続ける漣をいぶかしむ者はなかった。

元々人が少なかったのが幸いしてか、全員の避難は数分で終わった。念のためオフィスやトイレを見て回り、誰もいないことを確認して、漣も非常階段へ向かった。

階段の上から煙が流れ込み始めている。ハンカチで口を覆い――漣は足を止め、視線を上の階へ向けた。

状況を確認すべきか。

もしマリアが――

いや、今は駄目だ。全員の避難が最優先だ。漣は階段を駆け下りた。

※

覚悟していたが、階を下りるごとに非常階段は満員電車の様相を呈しつつあった。

三十五階にいた誰かが触れ回ったらしく、「火事」「テロ」「爆弾」といった物騒な単語が方方を飛び交う。大半の人々の顔に恐怖が滲んでいる。

二十九階に差し掛かったとき、悲鳴に似た声が扉の隙間から聞こえた。

「落ち着いて！　しばらくその場で待機してください！」

警備員か、あるいは誘導を買って出た社員だろうか。非常階段の混雑を避けるため、火災現場から遠い階では動かず待つのがビル火災のセオリーだ。もっとも、いざその状況になったとき冷静に行動できる人間は少ない。漣は非常階段の人波を外れ、フロア内に入った。

「落ち着いて！　勝手に動かないで！」

二十代前半と思しき制服姿の女性が、殺気立つ群衆に向かって声を張り上げている。漣は女性の隣に立ち、「警察です！」と身分証を高く掲げた。

漣の声が届いたか、フロア内の殺気が徐々に引いていった。女性の顔に驚きと安堵が浮かんだ。

「ありがとうございます。あの――」

「お礼は後で伺います。貴女は引き続き皆さんに指示を」

女性は頷き、大声で呼びかけを再開した。誘導を手伝いながら、漣の胸に、らしくもない焦燥が蓄積していった。

階段を下りる人々の流れは、密度を増しながらも、今のところ奇跡的に平静に保たれている。

地上に近い階に事態がまだ伝わっていないのか。警備員が適切な誘導を行ってくれているのか。下のショッピングエリアにエスカレータがあるので、そちらを階段代わりにして動線を分けているのか。いずれにしても、最悪の状況に陥っていないのは僥倖(ぎょうこう)と言えた。

とはいえ、安心はできない。

ショッピングエリアには、オフィスエリアとは比べ物にならない数の人々がいるはずだ。全員が事態を知り、非常階段に押し寄せればたちまちパニックを引き起こすだろう。

それに――先程の爆発は何なのか？

爆音と振動の近さを考えると、直上の三十六階か三十七階辺りと思われるが……ガス漏れだろうか。しかし監視員の話によれば、アメニティエリアには入居者がいないはずだ。

……とすれば、爆弾か。

何者かが爆発物を仕掛け、起爆させた――ありえない話ではない。

ヒュー・サンドフォード絡みのビルでは、十年前に実例がある。非常階段を下りる人々の顔が強張っていたのも、過去の悲劇を思い出したからだろう。

だが、機械室やアメニティエリアは閉め切られていると聞いた。仮に爆発物だとしたら、誰がいつ、どうやって仕掛けたのか。鍵をこじ開けたのだろうか。あの爆音と衝撃を引き起こすほどの爆発物を犯人はどこから入手し、どうやってビル内に持ち込んだのか――

いや、推測は後だ。今は一刻も早く、確実に避難を完了させなければならない。

爆発が一度だけという保証はどこにもないのだ。原因が何であれ、このタイミングで第二、第三の爆発が発生すれば、避難者たちの間で保たれている危うい均衡は一気に崩れる。パニックがタワー全体を覆い尽くし、漣や警備員だけで抑え込むのは難しくなるだろう。そうなる前に、全員をタワーの外へ逃がさねばならない。

全員――

タワーの主、ヒュー・サンドフォードはまだ最上階にいるのか。すでに避難してしまったのか。いずれにせよ、当初の目的である希少生物の違法取引調査は諦めざるをえない。

そして。

マリアは今、どこにいるのか。

漣の危惧が単なる杞憂で、地上に出て自分を待っているのか。それとも――

杞憂に終わった。――二度目の爆発がなかった、という点においては。

非常階段を下りながら、状況を見て各階の誘導を手伝い、視認できる範囲で避難者の安全を確認。ショッピングエリアまで来ると人波は一気に増えたが、警備員たちが思いのほか手際よく指示を出していた。

誘導を警備員に任せ、一階エントランスから外へ脱け出たときには、爆発から三十分近くが過ぎていた。

タワーの周辺は大混乱の一言に尽きた。

サイレンとクラクションがけたたましく鳴り響き、拡声器越しに大声が飛び交う。敷地の境界沿いにロープが張られ、その外側に大勢の人々が溢れている。ガラスの塔から出た人々が、恐怖から逃れるようにタワーへ背を向けて走り出す。いの一番で駆けつけたらしい新聞社のカメラマンが、警察官に遮られながらもシャッターを切っていた。

漣はタワーを仰ぎ見て――絶句した。

南側面のちょうど中央付近に、縦幅にして約二階分の大穴が開き、炎と黒煙が延々と噴き上がっている。

穴周辺の窓ガラスも砕け、割れた箇所から火と煙を吐き出していた。

ガス漏れや化学実験のミスで部屋が丸ごと吹き飛んだ事例を耳にしたことがあるが、さすがの漣も、至近距離で爆発現場に居合わせた経験はない。あの真下に自分がいたのかと思うと、今更ながら肌が粟立った。

しかし漣を戦慄させたのは、爆発現場の凄惨さばかりではなかった。

火の回りが早い。

爆発の生じた階だけでなく、三、四階上の窓からも煙が出ている。爆発から三十分が過ぎたとはいえ、フロアの広さや防火設備の存在を踏まえれば、この段階で上層の階に火の手が及んでいるのは異常と言えた。

防火扉やスプリンクラーが機能していないのか。あるいは、よほど大量の可燃物が置かれていたのか。ここからは確かめようがない。

「君、早く離れなさい」

防火服姿の消防士が、漣に叱責の視線を突き刺した。

警察です、と名乗ろうとして思い留まる。ニューヨークでは消防と警察の仲が悪いと聞く。不要な対立を煽るべきではない。

「申し訳ありません。連れを探しておりまして——赤毛で赤い瞳の女性を見ませんでしたか」

「知らんな。さあ、早く行った」

消防士が漣を追い立てた。


マリアは現れなかった。

現場から遠い階の避難が後回しになっているためか、三十五階にいた漣が脱け出た後も、避難者の波は途切れることなく続いている。迂闊に動くのは逆効果と判断し、タワーから飛び出す人々にマリアの姿を求めたが、赤毛の上司が現れる気配はなかった。

タワー周辺の群衆は、歩道を埋め尽くし、車道にまで溢れている。野次馬とマスコミが集まったせいもあるだろうが、単純にタワーからの脱出者が増え、身動きが取れなくなりつつあるといった方が実情に近かった。

左右を見渡す。やはりマリアの姿はない。ただでさえ目立つ女だ。視界に入れば見逃すはずがないのだが、少なくとも近辺にはどこにも見当たらない。

漣を探しにタワーの裏側へ行ったのだろうか。こちらから探しに出たとして、すれ違いになる危険はないか。そもそも、漣の懸念が当たっていたらここに留まっていたところで時間の空費だ。

……冷静さを欠いている。普段の自分なら即断を下せるはずなのに。

さらに十数秒を思考に費やした後、漣は群衆を縫って動き出した。

今は最悪の事態に備えるべきだ。取り越し苦労なら笑い話で済むが、そうでなかったら、わずかな遅れが致命的な結果を招きかねない。
外部と連絡を取れる場所を求め、人波を通り抜けていたそのときだった。

爆音が炸裂した。

タワーを仰ぎ見る。
南西の角、最初の爆発地点よりやや高い階から噴煙が上がっていた。
ガラスの破片が舞い、地上へと降り注ぐ。
無数の絶叫と悲鳴が響き渡った。

第5章　グラスバード（Ⅲ）

――一九八四年一月二十一日　〇九：四〇～――


悲鳴が喉を嗄らした。全身の力が抜け、床に膝を突く。

死んでいる。トラヴィスが、つい先刻まで何事もなく会話を交わしていた相手が、死んでいる――

「セシリア！」

イアンに肩を揺すられた。「僕の顔を見るんだ。大きく息を吸って――吐いて」

瞳を覗き込まれるまま、深呼吸を繰り返す。恐怖は消えなかったものの、混乱は少しずつ収まった。

「僕はワインバーグ氏のところへ行く。君は見ない方がいい」

イアンの言葉に、セシリアは「いや」と首を振った。

「私は大丈夫だから。……だから、ひとりにしないで」

恋人に縋（すが）りつく。イアンはセシリアの手を引き、トラヴィスの部屋へゆっくり歩き出した。

透明化した壁に沿って、チャックとパメラが同じようにトラヴィスへ向かっているのが見えた。

トラヴィスは事切れていた。

粗末なベッドだけが置かれた簡素な部屋。ドアは大きく開け放たれ、リノリウムの床に血溜まりが大きく広がっている。まだ乾いてすらいない鮮血の海の中、トラヴィスはうつぶせに身を投げ出していた。

白服の背中がべっとり染まっている。刺傷の痕跡が複数見て取れる。床や背中だけでなく、透明化した壁の上にも血痕が散っていた。

凄惨極まりない状況に、セシリアは思わず口を押さえた。……ただの死ではない、どこから見ても殺人以外の何物でもなかった。

凶器は見当たらなかった。犯人が持ち去ったのだろうか。

「トラヴィスさん――」

チャックが声を上ずらせる。

パメラは無言だった。顔は無表情の仮面で覆われているが、腹部の前で組まれた指が、わずかに震えていた。

イアンが血溜まりを避けながらトラヴィスに近付き、かがみ込んで遺体の首に指を当てる。脈を取っているようだ。手遅れなのは誰の目にも明らかだったが、確認せずにいられなかったのだろう。やがてイアンは立ち上がり、静かに首を振った。

「温かい。……この様子だと、殺害されてから何分も経っていないかもしれない」

部屋に集まった皆を順に見渡す。「さて、念のために訊こうか。ワインバーグ氏を殺害したのは誰だい？」

名乗り出る者はなかった。重苦しい沈黙の後、「誰も何も」チャックがパメラへ敵意の視線を突き刺した。「彼女以外に誰がいるんだ。ぼくたちをここへ閉じ込めた張本人じゃないか！」

「早合点はいけないよ。これだけ血が飛び散っているんだ、犯人もかなりの返り血を浴びたに違いない。けれど」

イアンはパメラの頭から足先までを見やった。「見ての通り、どこにもそんな跡がない。疑いたくなるのは理解できる、でも証拠もなしに決めつけるのは禁物だよ」

イアンの言う通り、パメラの髪やエプロンドレスや肌には、血が一滴も散っていない。

シャワーで洗い流したのだろうかと一瞬疑ったが、髪も服も肌も乾いている。髪はシャワーキャップで覆えるとしても、服に血がかかれば簡単には洗い落とせない。イアンの言う通り、トラヴィスの死から何分も経っていないのなら、その間にエプロンドレスを着替えるのは困難だ。肌に散った血も、拭くか洗い落とすかするしかない。

仮に洗い落としたとして……水を使えば周囲に水滴が飛び散る。その痕跡を、一滴の見落としもなく拭い去るのは難しいだろう。

セシリアはさりげなくチャックを見やった。彼の皮膚（ひふ）にも白服にも、やはり血痕は付着していない。イアンも、そして自分も同様だった。

「レインコートでも被ってたんじゃないのか」

「なら、血まみれのレインコートがどこかにあるはずだよ。後で探しに行こうか」

イアンが周囲にぐるりと視線を巡らせる。《牢獄》を一望できるようになったが、それらしきコートはどこにも落ちていない。壁が透明と化し、バスルームのバスタブの陰だけは死角になっているが、あんなところに隠したところで、近付けばすぐ見つかってしまうだろう。

「見つかったとして、誰が使ったかまで解ればいいけれどね」

血の付いた上着の類がどこかに隠されていたとしても、犯人を直接指し示す証拠にはならない。イアンはそう言いたいのだ。

「誰って、ぼくたちは服まで着替えさせられたんだぞ。レインコートなんて持ってるわけないじゃないか」

それに、凶器は？　丸腰のぼくたちがトラヴィスさんをこんな目に遭わせられるって？」

「キッチンの包丁があるよ。所在も全員が知っている。ちょうどいい、今から皆で確認に行こうか」

キッチンのドアは開いていた。流しの下の戸棚には、包丁が大小二本、最初に見たときと同じ状態で収まっていた。

血はこびりついていなかった。刃が若干曇って（くも）いる。使われた痕跡と見えなくもないが、元元その状態だったと言われれば否定のしようがない。

調理台に食材と食器が並んでいる。流しに水滴がついていた。ここで血を落としたのか、単に食事の準備をしていただけなのか。やはり判断は難しい。ただ、流しの大きさを考えると、身体全体を洗うのは明らかに無理だった。

食器棚や冷蔵庫を覗いたが、凶器はおろか、レインコートも、血を拭った布も血痕も見つからなかった。

念のためバスルームを覗いたが、洗い場には水滴ひとつなく、バスタブも空だった。もどかしさを覚えたまま、セシリアは皆とともにトラヴィスの部屋へ戻った。

「残念。決定的な証拠は手に入らず、か」

「……トイレットペーパーで拭って流しただけかもしれないじゃないか」

チャックの反論は弱々しかった。「まだそんなことを言うのかい」イアンが大仰に首を振った。

「大体、僕たちを閉じ込めたのがパメラ嬢だとしても、彼女の行為を事前に誰も知りえなかったとは限らないよ」

一瞬の沈黙が流れた。

「イアン……どういうこと？」

「パメラ嬢の他にも、今回の件を知っていた人間――いわゆる共犯者が、僕たちの中にいた可能性は否定できないってことさ。

さてチャック、君にひとつ質問だ。先刻現れた硝子鳥(グラスバード)を、君はよく知っていた様子だったね。サンドフォード氏のペットである鳥を。

君は『彼女』をどこで知ったんだい？」

チャックの顔色が変わった。たった一手で盤面の石をすべて裏返されたような、驚愕混じりの青ざめ方だった。

そうだ。幹部のトラヴィスはともかく、職責上は一介の社員でしかないチャックが、ヒューの秘蔵のペットをいつどうやって知ったのか。

「……それは」

「言いたくないならいいさ。けれど理解した方がいい。君とサンドフォード氏との間に社長と社員以上の繋がりがあることは、他ならぬ君自身が証明してしまった。君がパメラ嬢に疑いをかけるなら、僕たちにとって第二の犯人候補は君だよ」

「ち、違――」

チャックの言葉が途切れた。拳を握り締め、唇を震わせ、やがて何かを呟いて視線を逸らす。

イアンはそれ以上問い詰めることなく肩をすくめた。

二人の口論を、パメラは無表情で見つめていた。痛々しい沈黙に耐え切れず、セシリアは声を上げた。

「ワインバーグさん……どうしてこんな目に」

「解らない」

イアンはトラヴィスの遺体へ目を落とした。「背中の有様を見る限り、犯人はよほど彼に恨みを抱えていたらしいとしか言えないよ。詳しい動機を推測するのは、今の僕たちには不可能だ」

動機の点では、パメラよりむしろ、トラヴィスと付き合いが深かったであろうチャックの方が怪しく思えてしまう。

けれど……仮にチャックが犯人だとしたら、なぜ、こ、ん、な、と、こ、ろ、でトラヴィスを殺害したのか。チャックがヒューと何らかのコネクションを持っていたとしても、ヒューの所有する建物で、それも標的のトラヴィスと一緒に幽閉されたふりをして……なんて、あまりに迂遠(うえん)すぎる。

そのチャックが、不意に顔を上げた。

「エルヤは⁉」

『エルヤ』──先刻、チャックが呼んでいた硝子鳥の名前だ。

壁が透明なガラスとなり、すべての部屋がほぼあらわに見える。だが硝子鳥の姿はなく、鳴き声も聞こえなかった。先程キッチンとバスルームを見て回ったが、その際も気配すら感じなかった。

どこへ行ってしまったのか。硝子鳥がすり抜けられそうな隙間は、天井にも床にも見当たらない。出入口といえば広間の鉄扉ひとつきりだ。

と──

雑音混じりの低い唸りが響き、ガラスの壁が再び灰色に戻った。

最初に壁が透明化したときと同様、何の予兆もない一瞬の変幻だった。

「え」

思わず声が漏れる。イアンが「これは……」と眉を上げる。チャックも出鼻をくじかれたように視線を左右に躍らせる。

まさか、この壁は。

「あ、あの。ミズ――」

メイドに尋ねようとして、フルネームを知らないことに気付く。

「パメラ・エリソンです。お気遣いなく『パメラ』と」

「……じゃあ、パメラ。

この壁は何？　急に透明になったり戻ったり……どういう仕掛けなの？」

「技術的なことは、私には何も。

ただ、旦那様がSG社へ、個人名義で特注で手配したものだと耳にしていますが」

「『透過率可変型ガラス』か！」

イアンが無邪気な声を発した。「まさかとは思ったけれど、もう量産化までこぎつけるとはね。早いな。

チャック、君はこれも知っていたのかい」

「……中量試作が行われたことは。でもこんなところに使われていたなんて、誰が知るもんか」

苛立ち混じりの返答だった。

——やっぱり。

透過率可変型ガラスのことは、セシリアも恋人から聞いていた。ヒューの前でプレゼンテーションが行われると決まって以降、練習と称してイアンが楽しそうに理論の詳細を明かしてくれたのを思い出す。

しかし、まさかこんな形で実物を目の当たりにするとは思わなかった。

プレゼンテーションが行われたのは昨年末。たった一ヶ月前だ。それからガラスの試作や据え付け工事を突貫で行ったとすれば、この《牢獄》が造られたのは本当に最近だということになる。

ヒューは何のためにここを造ったのか。

周囲は不気味なまでに静まり返っている。聞こえるのは空調の風の音だけだ。

と——

壁と床が小刻みに揺れた。

思わず悲鳴を上げる。揺れは大きなものではなく、すぐ収まった。

「大型トラックですね」

パメラが淡々と語った。「地盤の影響で、離れた場所にある幹線道路の振動がここまで響いてしまうようです。お嬢様は随分と気になさっていましたが、建物の造りそのものは頑丈ですのでどうぞご心配なさいませぬよう」

人がひとり殺されているのに、心配するなも何もあったものではない。それに——

ここは一体どこなのか。ここは本当に、ヒューの別宅なのか？

「そんなことはどうだっていい。パメラ、あの子を――エルヤをどこへやった」

チャックが詰め寄る。パメラは「貴方が知る必要はございません」と冷たい声を返した。

「何度でも申し上げますが、あれは旦那様の所有物です。僭越ながら、たかだか鳥一羽にあまり熱を入れられるのはいかがなものかと」

「お前！」

チャックがパメラの襟首を摑む。「やめて！」セシリアは叫び声を上げた。

「やめてください。人が亡くなっているのに……亡くなった人の前なのに。申し訳ないと思わないんですか」

トラヴィスの遺体を脇に置いて言い合う二人が、得体の知れない怪物のように思えてならなかった。

チャックが我に返ったようにパメラから手を離し、気まずそうに三人へ背を向ける。無表情の仮面を被ったままのパメラへ、イアンが問いを投げた。

「パメラ嬢、外部への連絡手段は？　サンドフォード氏がどんなつもりで僕たちを閉じ込めたか知らないけれど、ワインバーグ氏がこんなことになってしまった以上、遊びを続ける暇はないよ。早く警察へ連絡しないと」

「できません。少なくともこちらからは。

先刻も申し上げましたが、内線やインターホンの類は備え付けられておりません。正面の扉も、外側からしか解錠できないようになっています。旦那様に異常を察していただくしか」

怖気が走った。こんな事態に陥ってなお、自分たちは外へ出られないのか。

まるで鳥籠だ。……ヒュー・サンドフォードは、自分たちをここで飼おうとでもしていたのか？

それに――

「あなたは？」

あなたは本当に、私たちと同じようにここに閉じ込められているの？」

「はい」

他人事のような返答だった。

――なぜ君はここにいる。我々と一緒に閉じ込められたというのか。

――私はただ、旦那様のご意向に従うだけです。

そんな。

パメラはヒューのメッセンジャー役で、外部と自在に行き来できるものとばかり思っていた。

彼女がトラヴィスへ返した答えは、何の偽りもない事実だというのか。

「信じていただかなくとも結構です。皆様のご理解は望んでおりません」

セシリアは言葉に詰まった。

もし自分がパメラの立場だったら。いくらヒュー・サンドフォードの意向とはいえ、客人と一緒に得体の知れない場所へ閉じ込められろ、という理不尽な命令に、素直に従えるだろうか。

「パメラ嬢。チャックに代わってもう一度訊くよ。君は硝子鳥をどこへやったんだい」

「お答えできません。あれは見せ物ではございませんので」

「それは変だ。君も解っているはずだよ。外部との行き来ができないなら、硝子鳥は今もこの《牢獄》のどこかにいる。にもかかわらず、さっき壁が透明になったとき、硝子鳥の姿はどこにも見えなかった」

長い沈黙が過ぎた。パメラの無表情の仮面がかすかに揺れ動いた――ように見えた。

「……存じ上げません。

私も困惑しているのです。確かにしまったはずなのに、一体どこへ行ってしまったのか――」

食事の用意をするので部屋でお待ちを、と言い置き、パメラは去った。

トラヴィスの遺体に黙禱（もくとう）を捧げ、セシリアたちも外へ出る。結局、遺体はそのまま放置することになった。せめて姿勢を整えてあげたかったが、血が乾ききらないうちに作業を行い、服に血が付くことを思うと躊躇（ちゅうちょ）があった。現場保存のためにも動かさない方がいい、とイアンが慰めてくれた。

「食事、か」

通路を歩きながら、チャックが皮肉めいた吐息を漏らした。「こんな状況で……トラヴィスさんがあんな目に遭って、食事なんて喉を通るもんか。どういう神経してるんだ彼女は」

パメラへの疑惑があからさまに滲み出ていた。「また一服盛ろうとしているんじゃないかな」

イアンの笑えない冗談にチャックは顔をしかめた。

「ねえ、イアン……彼女の言ったこと、どこまで信じたらいいのかしら」

鉄扉は本当に外からしか開けられないのか。パメラが自分たちと一緒に閉じ込められたのは事実なのか。硝子鳥の行方を、彼女は本当に見失ってしまったのか。

「今は何とも言えない。ただ、何から何まで嘘と断言するのは早計だと思うよ」

「え？」

「仮に、実は彼女が扉を開けられる、もしくは外部と通信を交わせるとしようか。この状況で、パメラ嬢にとって最も警戒しなければならない事態は何だと思う？」

「ぼくたちに取り押さえられることだろう」

「そうならないために避けるべき事柄、って意味さ。僕たちに決定的な疑惑を抱かれかねない、絶対に回避すべき事態。——セシリア、解るかい」

パメラにとって、絶対に回避すべき事態……？

イアンの視線に心乱されつつ、セシリアは思考を巡らせた。ふと、ひとつの思いつきが浮かんだ。

「例えば……扉を出入りする瞬間を、私たちに見られること？」

正解、とイアンは笑みを浮かべた。

「鍵を開けられないという嘘が一発で露見してしまうからね。同じように、直接目撃されるのでなくても、扉が開閉可能なことを暗示する事態が発生すれば、やはり僕たちの疑惑を招くことになる。

――《牢獄》の中から何かが忽然と消えてしまった、といったような」

イアンの言わんとすることをセシリアは理解した。

扉が開閉可能なことを暗示する事態――硝子鳥の姿が見えなくなったことだ。パメラが意図して硝子鳥を隠したなら、なぜ彼女は自ら不審を招く行為を働いたのか。

「単にそこまで気が回らなかったんじゃないか」

「どうかな。

君が硝子鳥の不在に気付けたのはなぜだい？ 壁が透明化したからだろう。あれがなければ彼女の件は『どこの部屋に入れられたのか？』で止まっていたはずだよ」

図星を突かれたのか、チャックの表情に苦々しさが満ちた。

そうだ――パメラが鉄扉を開けて硝子鳥を外へ出したとしても、壁が透明になりさえしなければ、消失がこれほど早く発覚することはなかった。透明・不透明の切り替えを誰がどこから行っているかは解らないが、仮にスイッチがパメラの手にあるとしたら、彼女は二重に自らを追い込んだことになる。

それに……なぜこんな場所に硝子鳥がいたのか。

ヒューのペットが他にもここで飼われていて、引っ越しの際に彼女だけ置き去りにされたのだろうか。しかし、先程の推測が正しければ、ここが造られたのはごく最近だ。そもそもあんなものを忘れていくこと自体信じがたい。『珍しい生き物を飼っている』のなら個体管理は相応に行われるだろうし、自分たちを閉じ込めたパメラが、《牢獄》内を事前にチェックしなかったとも、硝子鳥の存在を見落としたとも考えづらい。

あるいは、例の鉄扉以外に、抜け道のようなものが隠されているのか。

それとも――

「ならイアン、君はどう考えるんだ」

「確信を持って言えることは何もないよ。

けれど、さっき指摘した矛盾を、仮にパメラ嬢が全部承知の上で事を進めているとしたら、その意図は恐らくひとつだ。

彼女は僕たちに、『鉄扉は開く』と思わせようとしている」

沈黙が降りた。

「……どういうこと？」

「ひとつは、扉の外へ容疑を拡散させるため。もっと言うと、ヒュー・サンドフォード氏へ罪を押し付けるため。

まさか『旦那様が犯人です』とメイドの立場で口に出すわけにはいかないだろうからね。硝子鳥を使って迂遠に容疑を逸らそうとしたのかもしれないよ。上手くいっているかどうかはさておき」

確かに、ヒュー・サンドフォードの動向は気になっていた。

彼は今、どこで何をしているのか。鉄扉の外でワイングラスを片手に自分たちを観察しているのだろうか。先刻見て回った際は、監視カメラの類は見つけられなかったが――

「『ひとつは』ってことは、他にも理由があるのか」

チャックの問いに、イアンは「単純さ」と返した。

「鉄扉が本当に開けられないことを隠すため」

足が止まった。

「……え?」

「パメラ嬢へ疑いを向けながら、僕たちは彼女に対して決定的な行動を取れていない。なぜか。彼女の意思なくしては鉄扉の外に出られない――と、無意識に判断させられているから。そうだろう?

彼女を取り押さえてリンチにかけたとしても、命を奪うことだけはできない。彼女の身に何かあれば、サンドフォード氏が本当に僕たちを置き去りにしてしまうかもしれないからね。

『鉄扉は開けられる』という認識が逆に彼女を守っているわけさ。

けれど、もしそれが間違っていたら」

鉄扉が、本当に開けられない?

「馬鹿なこと言うな。だったらエルヤはどこへ消えたんだ。キッチンの棚もバスタブの中も見たじゃないか」

「客室のベッドの中まで全部見たわけじゃないだろう? それに、物を消すなんてマジックの基本だ。僕もいくつかネタを知ってる。《牢獄》の外に出さなくたって、姿を隠すやり方はいくらでもあるんだ」

血の気が引いた。

自分を嘘つきだと思わせるために、パメラは敢えて矛盾した行動を取ったというのか。

『外側からしか解錠できない』というパメラの言葉が嘘でなかったら。

外にいるであろうヒューにその意思がなかったら――

私たちはどうあがいてもここから出ることができない。

イアンの推測が事実と証明されてしまったら、自分たちはどうなるのか？

「……いい加減なことを言うな。いくら何でもひねくれすぎじゃないか」

チャックの反論の声は、しかしわずかに震えていた。

「いい加減なことだよ。今のところ何の証拠もない。

けれど、そろそろ白黒をはっきりさせる必要がある。ワインバーグ氏があんなことになった以上、僕たちの身に同じことが起こらない保証はないからね」

私たちは命を狙われている――

奇妙な場所に幽閉され、トラヴィスの惨殺死体を目の当たりにして、不安や恐怖を現在進行形で味わっているのに、いざ言葉にしてみると、これほど現実感のない事態もなかった。

「どうするの、イアン？」

「簡単だよ」

イアンは微笑み、声の音量を落とした。「罠を張るのさ」

「……大丈夫かしら」

およそ十分後。セシリアはイアンと二人、部屋のドアの横に並んで座っていた。

《牢獄》で最初に目覚めてから、途中の睡眠を合わせて二時間近く過ぎただろうか。神経を張り詰めているせいか空腹を覚えない。手洗いに行きたいとも思わない。

ベッドへ目を移す。人が潜り込んだような形でシーツが膨らんでいる。他の部屋から何枚かシーツを剥いで丸め、上から一枚を被せたものだった。

パメラの目論見（もくろみ）に乗ったふりをして、犯人を現行犯で押さえる。イアンの策は、彼の言葉通り至って単純だった。

セシリアはイアンとともに最初の部屋で、チャックも彼の部屋でそれぞれ待機。パメラの指示に敢えて従い、敵を誘い込む作戦だ。

子供の悪戯のような仕掛けだった。「もう少しまともな手が打てればよかったんだけどね」イアンは自嘲気味に両腕を広げた。

とはいえ、仕掛けた罠はこれだけではない。

部屋に帰る前、イアンは広間に取って返した。自分の髪の毛を一本抜いて唾液で湿らせ、鉄扉の下部、床から数センチメートル上へ、二枚の扉の合わせ目を横切るように張りつけた。

（人の出入りがなかったかどうかはこれで解る。セシリア、君も髪の毛の位置を覚えておいてほしい）

パメラに目撃されることはなかった。キッチンのドアは閉まっていて、中の様子を窺うことはできなかった。

こちらにできる手は打った。後はパメラが――もしくはヒューがどう出るか。

監視カメラは、少なくとも見える範囲には設置されていない。イアンが仕掛けを施す場面を見られてはいないはずだ。

もっとも、実際に引っかかってくれるかどうかは別問題だ。先程のように壁が透明化したら、自分たちがドアの横で待ち伏せていることは一瞬で露見してしまう。

「大丈夫さ」

セシリアの不安を見越したように、イアンが髪を撫でてくれた。「犯人も迂闊には動けない。事を起こす前にこちらを警戒させる真似はしないはずだよ」

「……うん」

本心を言えば、これ以上何も起きてほしくなかった。

早くここから解放されて、いつも通りの日常に戻りたかった。奇妙な場所に連れてこられ、知人が惨殺された。タワーに足を踏み入れる前までの穏やかな日々からは、想像もできない異常事態だ。

だが、願いが叶う可能性は低い。パメラの台詞が脳裏をよぎった。

――ご伝言を預かっています。『その答えはお前たちが知っているはずだ』、と。

そしてトラヴィスが殺された。自分の身に危険は降りかからないと、セシリアは能天気に信じ込むことができなかった。

　身体を両腕で抱く。イアンが肩を引き寄せてくれたが、恐怖は収まらなかった。

　トラヴィスは誰に、どうやって殺害されたのだろう。

　彼の顔に張り付いていたのは、苦悶(くもん)というより驚愕だった。争った形跡もなかった。犯人へ背を向けた瞬間に不意を突かれた——死体の状態だけを見ればそう思える。

　しかし、トラヴィスが倒れていたのは部屋の中なのだ。

　彼とてそれなりに——特にパメラを——警戒していたはずだ。なのに犯人をあっさり部屋に通し、あまつさえ背を向けた。ヒューを介してパメラと面識があっただろうとはいえ、あまりに不用心すぎないか。

　それとも、部屋を出て通路を歩いているところを物陰から刺されたのか。そういえば、通路に血が落ちているのを見た覚えがない。犯人はトラヴィスを外で刺し、血がこぼれないよう部屋へ運んで、改めて背中をめった刺しにしたのだろうか。

　……こちらもあまり変わらないように思える。背中を刺されたということは、犯人に気付かず通り過ぎたということだ。部屋の外へ出るのなら、トラヴィスはなおさら警戒したはずだ。犯人を見落とすなどありうるだろうか。犯人が部屋の中に隠れていたとしても、ドアを開ける音で気付かないだろうか。

　解らない。でも——恐ろしい予感がする。

　おぞましい何かがこの空間を徘徊(はいかい)しているような、不気味な感覚が肌を離れてくれない。

セシリアが物思いに囚（とら）われかけたそのときだった。

遠くから悲鳴が聞こえた。

身体がびくりと震えた。

女の声だ——少なくともセシリアにはそう聞こえた。縊（くび）り殺される鶏の断末魔に似た、甲高く痛ましい悲鳴。

恋人と顔を見合わせる。一瞬の沈黙の後、イアンがいきなり立ち上がった。セシリアは彼に腕を引かれ、一緒に通路を駆け出していた。

「パメラ！　チャック！」

さすがのイアンも表情から余裕が失せていた。「聞こえるか！　返事をしてくれ！」

「——イアン！」

しばらくして、離れた場所からチャックの声が返ってきた。「今の声は⁉　ペイリンさんは無事か！」

「セシリアは大丈夫だ。君は——」

イアンが問い返そうとした瞬間、雑音のような唸りが聞こえ、壁から色が消失した。

また、壁が——⁉

トラヴィスのときと同じだった。マジックショーで目隠しの布が取り払われるように、視界を遮る壁が一瞬で透き通り、外周のコンクリート壁まであらわになった。
チャックの姿が見える。悲鳴を聞きつけて飛び出したのだろう、部屋を出て通路にいるようだ。不意の変容に驚いたのか、今は立ち止まって周囲を見渡していた。
何が起きたのか。セシリアも視線を巡らせ、
それを見てしまった。
パ、メ、ラ、が、死、ん、で、い、る。
トラヴィスの部屋の斜向かい。エプロンドレス姿の女性が床に倒れている。
ナイフのようなものが胸に突き立って。
――エプロンドレスに、赤黒い染みが広がっていた。

第6章　タワー（Ⅲ）

――一九八四年一月二十一日　一〇：〇一～――

――地震？

鈍い轟音と揺れを感じ、階段の電灯が消えたとき、マリアが真っ先に抱いたのはそんな疑問だった。

U国の内陸部に住んでいると、地震に遭うことは少ない。電気が止まるほどの大地震となると、それこそ学生の頃、友人と連れ立って西海岸へ遊びに行ったときくらいだ。あのときは津波まで発生し、同行した友人が口々に「あんたがいるとろくなことがないわ」と責め立てた。だから、地震という判断に確信があったわけではない。マリアに異常を知らせたのは経験ではなく嗅覚だった。

焦げ臭い臭気が、鼻の粘膜を刺激した――ような気がした。

怖気が走った。……まさか。

とっさに立ち上がり、脚がもつれて階段を転げ落ちそうになった。手すりを掴んで間一髪で体勢を立て直す。マリアは罵りを吐き、疲労の溜まった両脚を叩いた。

どうする――

すぐさま下りるか、それとも。

階段を見上げる。最上階まではあと二階分を上るだけだ。ヒュー・サンドフォードがいるかもしれない。電灯が消えたということは、エレベータも止まっている可能性がある。もし自分の勘が当たっていたら事は一刻を争う。

一瞬の逡巡の後、マリアは階段を駆け上がった。当初の目的は頭から吹き飛んでいた。

非常階段は、七十一階で一度途切れていた。

非常扉を開けると、そこにエレベータホールはなく、灰色の壁に囲まれた細い通路が一本、左手にまっすぐ延びている。モーターらしき大きな駆動音が鈍く響いた。機械室らしい。

ここで乗り換えか。しかも距離がある。面倒な構造だ。

通路の端まで走り切る。非常扉が立ちはだかっていた。扉を開け、階段を息を切らして駆け上がる。

ようやく最上階に辿り着いたマリアを待ち構えていたのは、重厚な扉だった。

防火扉のようだ。他のフロアとは明らかに造りが違う。戦車の装甲のような、鈍く黒光りする鉄扉。銃弾どころか手榴弾の爆風も跳ね返しそうだ。

半円状のノブに手をかける。押しても引いても微動だにしなかった。

「ねえ、誰かいる⁉」

マリアは大声を張り上げ、防火扉を叩いた。壁を殴るような重い手ごたえだった。「いるなら返事しなさい。警察よ。緊急事態よ！」

返事はない。

「ちょっと！　聞こえてる⁉」

再度呼びかけても答えはなかった。

誰もいないのか？　それとも居留守を決め込んでいるのか。いや、この防火扉の頑丈さでは、こちらの声や扉を叩く音が届いているかどうか。

歯ぎしりしつつ、マリアは扉に背を向けた。ひとまず呼びかけはした。別の非常階段から逃げているかもしれない。人が残っているかどうか判断がつかない以上、ぐずぐず留まっていると自分に危険が及ぶ可能性があった。

階段を下り、通路を走り、また階段を駆け下りる。上りより楽かと思いきや、両脚を貫くダメージは同等以上だった。何度も転倒しかけては手すりにしがみつき、目の回るような折り返し階段を下っていく。

五十階を切った辺りで、焦げ臭い臭気が、今度こそ本当に鼻をくすぐった。階を下るごとに臭気は強くなり、靄（もや）のようなものが周囲に立ち込める。

火事だ——マリアは手で口を覆った。嫌な予感が当たった。

先程の鈍い轟音と振動は、地震でなく爆発に違いない。ガス漏れか、それとも。

——十年前の爆破テロ事件のこと？

ヒュー・サンドフォードの関連施設が、また標的になったのか。どちらにしても留まるのは危険だ。早く外へ出なければ。

しかし、マリアの避難は頓挫を余儀なくされた。

「……嘘でしょ」

タワーの半ば、三十八階の踊り場で、マリアは呆然と足を止めた。

非常階段が崩れ落ちていた。

踊り場から三、四段下りたところで階段がごっそり消え失せ、代わりに、業火と黒煙が激しく渦巻いていた。

猛烈な熱気が顔を突き刺す。

下りられない——火と煙に遮られ、下の様子が全く見えない。仮に飛び降りたところで、この炎の勢いでは焼け死にに行くようなものだ。

よりによって非常階段が——しかし罵る余裕はなかった。ここは駄目だ、他の階段を見つけるしかない。

倒れたバリケード看板を踏み越え、非常扉のドアノブに触れた瞬間、マリアは悲鳴を上げた。

熱い。

火の熱気が扉を焼いたらしい。とてもではないが握れなかった。右手に火ぶくれが現れ始めた。もしまともに握っていたら……脂汗が背中を伝った。

駄目だ。上へ戻って、他の扉を探すしかない。そもそも、この火勢では足場がいつまでもつか。

酷使した両脚に鞭打って、マリアは再び階段を上り始めた。

五十階近くまで上がった頃だろうか――先程より強い轟音がどこかから響き、階段を揺らした。

開いている非常扉はひとつもなかった。

炎の熱は届かなくなったものの、三十九階から七十階までの非常扉は、ご丁寧なことにすべて施錠されていた。ドアノブを押し引きし、落胆しては次の階を目指し――そんな作業を延々繰り返すうちに、気付けば七十一階へ逆戻りしていた。

午前十時五十分。最初の揺れから一時間近くが過ぎていた。

結局……こうなるのね。

七十一階の非常扉に鍵がかかっていなかったのは、閉め忘れたわけではなく、ここが非常階段の乗り換え口だからだろう。通路の脇に何枚かドアがあったが、そちらは全部施錠されていた。

呼吸は荒れに荒れ、意識が朦朧としている。両足の感覚はほとんど無くなっていた。疲労困憊の身体を引きずり、マリアは通路から階段を上った。

最上階の防火扉は、先程見たときのままだった。

とんぼ返りするまでの道中、ヒューや他の人間には出くわさなかった。最初から誰もいなかったのか。それとも別の経路で下へ逃げたのか。いずれにしても残る行先はひとつ、屋上だけだ。

慌てて下りたのは大失敗だったかもしれない。徒労感に襲われつつ、マリアは階上へ向けて身体を引きずった。

――しかし。

「ちょっと、どういうことよこれ！」

マリアは唇をわななかせ、屋上へ繋がる扉へ平手を打ち付けた。

施錠されていた。

最上階と同じ堅牢な鉄扉だった。叩いても蹴っても微動だにしない。覗き窓すらなく、屋上の様子を確認することもできなかった。

何かないかと周囲を見回す。扉の右手の壁に、小さな長方形の蓋のようなものが嵌め込まれていた。蓋の上部には蝶番が、下部には手回し式のねじがついている。

ねじを回して蓋を開けると、中にボタンが並んでいた。『0』から『9』までの十個の数字、それから『ENTER』と記された大きめのボタン。

暗証番号式、か。でたらめにボタンを叩いてみたが、当然のごとく扉は沈黙を保ったままだった。

「ああもう！」

扉を蹴り、壁にもたれてへたり込む。しばらく休んでいると、思い出したように右手の火ぶくれが痛みだした。痛覚を刺激されているうちに、少しずつ冷静さが戻ってきた。

屋上の扉も、七十二階の鉄扉も、恐らくヒュー・サンドフォードが侵入者対策として造らせたのだろう。文句のつけようのない堅牢さだ。この非常事態に逃げることもできやしない。

どうする――

非常階段は破壊された。他の階へ続く扉は閉ざされ、屋上にも出られない。

慌てず騒がず、ここで鎮火と救助を待つ。それが現実的な対応とも思える。

……だが、それで間に合うのか。

爆発は一度だけではなかった。ガス漏れにせよテロにせよ、二度で打ち止めになる保証はどこにもない。これが人為的なものだとしたら、最上階や屋上とて安全とは言えない。

逡巡の後、マリアは立ち上がり、階段を下りた。

七十二階、ヒューの私邸に、今なお誰かが残っている可能性はゼロではない。その誰かを捕まえて屋上への扉を開けることができれば、助かる確率も上がる。細い糸だが、何もしないよりずっとましだった。

今日一日で一生分、階段を上り下りした気分だ。踵(かかと)が靴擦れで激しく痛む。時間をかけて七十二階まで下りると、マリアは防火扉を見据えた。

火ぶくれの痛む右手を無理やり握り締め、扉を叩いた。

「誰かいないの⁉　いたら返事して。ここを開けなさい！」

答えはなかった。やはり駄目か、と手を下ろしたときだった。

鈍い音が響き、鉄扉が揺れた。

爆発ではない。もっと弱い音が、扉の向こうから響いたように思えた。

「誰！」

マリアは扉に飛びつき、再び叩いた。「誰かそこにいるの⁉　返事して！」

叫び、耳を扉に押し当てる。

鈍い音と振動が、今度ははっきり鼓膜に伝わった。――二度、三度、四度。

間違いない。この裏で、誰かが扉を叩いている。

「開けて！」

マリアは扉の隙間に口を寄せ、声を張り上げた。「聞こえる⁉　早くここを開けなさい。緊急事態よ！」

しかし、ロックが解除される気配はなかった。マリアの声を無視したように、扉を叩く音が続く。

「ちょっと、聞こえてる⁉」

マリアも拳を振り上げ、急停止させた。

助けて（Help me）——悲痛な声が、扉の隙間から聞こえたような気がした。

恐ろしい可能性に気付いた。……まさか。開けられないの？

向こう側にいる誰かもまた、扉の開け方を知らないのか。マリアと同じように、開けてほしいと懇願しているのか？

「ねえ、落ち着いて！　こっちは駄目。開けられないのよ。他に誰かいないの⁉　開け方が解る人を——」

だが、答えはなかった。扉を叩く音が途切れた。

「ちょっと、どうしたの⁉」

マリアの叫びにも返答はなく、それっきり、向こうから扉が叩かれることは二度となかった。

防火扉を愕然（がくぜん）と見つめる。異様な雰囲気が、扉の隙間から流れ出しているようだった。

……何があったの。扉の向こうで、一体何が起こったの？

拳を力なく扉に当て、足元に目を落とし——マリアは息を呑んだ。


扉の下から赤い液体が滲み出し、ゆっくりと面積を広げていった。

指ですくい取り、鼻に近付ける。かすかに生臭い臭気がした。警察官には馴染み深い、鉄味を帯びた異臭。

血だ。

……何だ、何が起きている。

この非常事態で。堅牢な防火扉の向こう、ヒュー・サンドフォードの居城で。何事が発生したのか。

いや——今はそんなことさえどうでもいい。

たった扉一枚挟んだ向こう側の人間に——救いを求める声に、自分は応えることができない。

「くそっ（シット）！」

マリアは扉に拳を叩きつけた。鈍い痛みが走った。

第7章　グラスバード（Ⅳ）

——一九八四年一月二十一日　一〇：〇〇〜——


そんな——パメラが？

自分たちを閉じ込めたパメラが、なぜ？

今度は悲鳴を上げることもできなかった。「セシリア！」遠くなりかけた意識をイアンの声が引き戻した。

「……ごめんなさい……」

イアンの腕に縋りつくように、何とか姿勢を立て直す。彼に助けられるのは二度目だ——と、他人事のように考えている自分がいた。

「大丈夫……だから」

声の震えが言葉を裏切っていた。眼前の光景に認識がついていかない。イアンの手を握り締めながら、セシリアは見えない糸に引きずられるように、パメラの元へ向かった。

彼女が倒れていたのは、《牢獄》に多く存在する小部屋のひとつだった。（**【図2】**）

透明になった壁を透かして、中の様子がよく見える。セシリアにあてがわれた部屋より一回

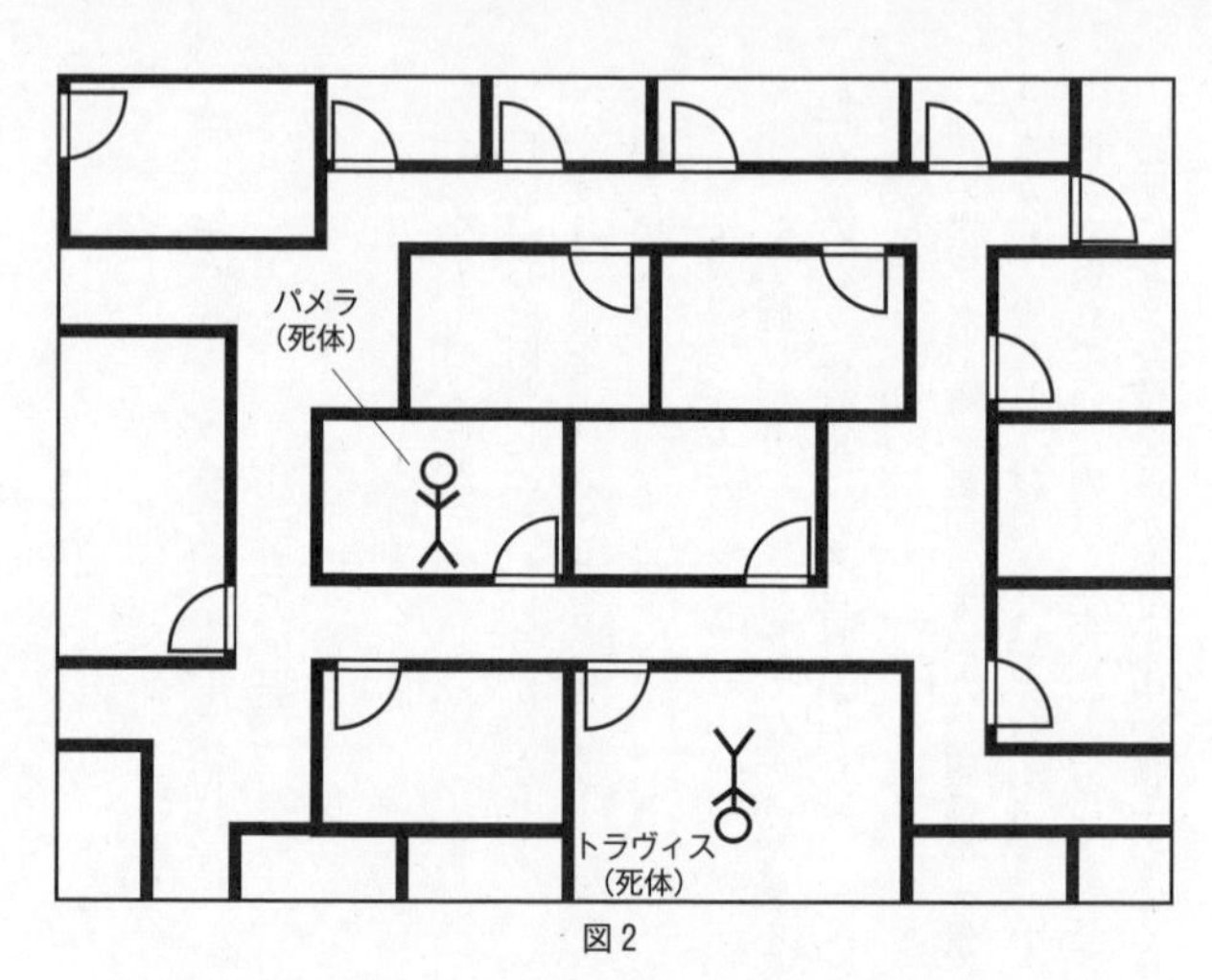

図2

り狭い。物置のようにも思えたが、ベッドがないからそう見えるだけで、実際は小物のひとつすらない空っぽの部屋だ。

そんな冷たい空間に、パメラは仰向けに倒れていた。

トラヴィスと同じ、苦痛と驚愕の入り混じった表情。胸に柄のようなものが突き出ている。包丁だろうか。――ただ、キッチンで見たものとは形状が違うようだ。

凶器の突き立った部分を中心に、白いエプロンドレスが赤黒く染まり、血が面積を広げていた。刺されて間もないことは明らかだった。

どうして――犯人は彼女じゃなかったのか。

部屋を囲むガラス壁の一角に、ドアノブが浮かんで見える。縦長の長方形の切れ目と蝶番。ドアだ。今は閉まっている。

イアンがドアノブに手を伸ばした瞬間、

「駄目だ！」

チャックの叫び声が響いた。全力で駆けつけたらしく、息が乱れていた。「透過率可変型ガラスは、透明度を維持するために高電圧をかけるんだ。……触っちゃいけない」

高電圧⁉

思わず身を縮める。イアンも手を引っ込めた。実用化されたのなら安全だと思い込んでいたのだろう。自分たちとパメラを阻むガラスを悔しげに見つめた。

背後を振り返る。トラヴィスの遺体が視界に映る。彼のときはドアが開いていた。もし閉まっていたら、誰かが――もしかしたらイアンがドアノブを握っていたかもしれない。

誰もが無言だった。ほんの数秒が、一時間にも二時間にも感じられた。

「……君らか」

やがて、チャックが声を震わせた。「全部君らの仕業だったのか⁉ ぼくらをここへ閉じ込めたのも、トラヴィスさんを殺したのも。みんな君らが糸を引いていたのか。用済みになったからパメラの口を封じたのか！」

イアンを危険から救った人間の口から、今度は彼を糾弾する言葉が流れ出す。明らかに錯乱していた。

「ち、違うわ！」

セシリアも叫んだ。誰かに向かって声を荒らげるなど、久しくなかったことだった。「だって……私もイアンも、ずっと部屋にいたもの」

そう言うあなたこそ――という言葉はチャックの反論にかき消された。

「君らは恋人同士じゃないか。互いのアリバイ証言なんて何の意味もないだろ」

「落ち着くんだ、チャック」

イアンがセシリアを庇うように割り込んだ。「僕たち三人の中に殺人者がいるとしたら、どうしてこのタイミングでパメラ嬢を殺す必要がある？　せっかくのスケープゴートを消してしまうばかりか、下手をしたらここから一生出られなくなるかもしれないじゃないか。愚行以外の何物でもないよ」

チャックが冷や水を浴びたように身体を強張らせた。セシリアも我に返る。気まずさと恥ずかしさで顔が熱くなった。

再び沈黙が訪れた。――と、イアンがいきなり踵を返して駆け出した。

「イアン⁉」

慌てて追いかける。途中、透明な壁に何度もぶつかりそうになり、その度に心臓が止まる思いを味わった。

広間まで来ると、イアンは鉄扉の前に屈み込んだ。セシリアも傍らに立って覗き込む。

イアンの髪の毛は、扉の合わせ目に貼り付いたままだった。

同じだ――セシリアが先程見た状態そのままだ。

愕然とした。鉄扉は開かれていない。犯人は《牢獄》の中にいる。

「どうしたんだイアン、急に」

チャックの声が響き、途切れる。扉に貼りついた毛髪を目にしたらしい。その意味するところを察したのか、振り返るとチャックの顔から血の気が引いていた。

犯人は《牢獄》の中にいる。……でも、どこに？

幾重にも連なる透明なガラス。ドア周りの金具。ベッド。キッチン。バスルーム。外周を囲う無骨なコンクリートと鉄扉。天井と蛍光灯。リノリウムの床。物言わぬ遺体と化したトラヴィスとパメラ――見えるのはそれだけだ。

鉄扉以外に出入口らしきものは見えない。セシリアとイアン、チャックのほかに、生きた人影はどこにも見当たらない。バスタブの陰に隠れている様子もなかった。あの浅さでは、全身を完全に隠すのは不可能だ。

イアンの推測通り、チャックも無実だとしたら。犯人はどこから現れ、どこへ去ったのか？

それとも――

視線をパメラの遺体に戻す。と、彼女の身体の足元が揺れ動いた――ような気がした。

危うく悲鳴を上げかけ、目をこすってもう一度見返す。パメラの身体は微動だにしなかった。

……錯覚か。思った以上に精神にダメージを受けているらしい。

「探そう」

ややあって、イアンが立ち上がった。「外へ通じる経路がどこかに隠されているかもしれない。それを見つけるんだ」

「どこかって、どこに！」

外周のコンクリート壁を、チャックはなぞるようにぐるりと指差した。「何もないじゃないか。今さら何を——」

チャックが畳みかけようとした瞬間、壁と床が震えた。思わぬ不気味な唸りが響き、周囲に灰色の幕が下りた。

ガラスの壁が色を取り戻した。思わぬ形で反論を遮られ、チャックは次の言葉を継げぬまま呻いた。

「何もない、か」

イアンが呟いた。「僕らがまだ見つけていない仕掛けが、どこかにあるのは確かなようだよ。皆で探しに行こうか」


今度の巡回は、最初のものより入念に行われた。

外壁と天井、そして床を重点的に、不審な隙間や仕掛けがないか全員で見て回る。キッチンの戸棚やバスタブ、便器など、抜け穴が隠されていそうな箇所は慎重に調べた。数ある空き部屋も——遺体のある部屋にはさすがに踏み込めなかったが——再度、一通り開けて回った。

セシリアにとっては、殺人者にいつどこで襲われるか解らない中での、恐怖と隣り合わせの作業だった。

が、空振りに終わった。隠し通路や隠し部屋は今回も発見できなかった。

外壁は剝き出しのコンクリート。床はのっぺりとしたリノリウム。隠し扉ひとつ見つからない。天井には、空調用の吸排気口と思しき開口部が点在したが、いずれも嵌め殺しの格子に阻まれ、人間どころか鳥一羽くぐり抜ける隙間もなかった。

キッチンの戸棚に出入口が隠されているのではと、イアンは当初考えたらしい。が、棚は金具で固定されていた。からくり仕掛けも何もない、ごく普通の棚だった。

バスルームも同様だった。バスタブにも便器にも、床のタイルにも、動かせそうな部分はどこにもなかった。

犯人が身を潜められそうな場所といえば、残るは客室のベッドの中だけだ。ひとつずつクッションを持ち上げたが、中がくり抜かれているといった仕掛けは皆無だった。

壁が透明になるのだから、隠し部屋を造ったところで無意味ではないだろうか。イアンにそう伝えると、「かもしれないね」と曖昧な返答が返った。

こんな状況だというのに、イアンは取り乱した様子がない。対照的に、チャックの表情は時を追うごとに険しさと絶望感を増していった。

「イアン。秘密の通路があるんじゃなかったのか!?」

「『かもしれない』と言っただけだよ。

それに、存在することと発見できることは必ずしもイコールじゃない。僕たちがまだ充分に調べ切れていない可能性も――」

「屁理屈を言うな!」

チャックの言葉は支離滅裂(しりめつれつ)に近くなっていた。「……そうか。疑っているわけじゃない素振りをしておいて、その実、ぼくに疑惑が向かざるをえないよう追い込んだんだな。二対一なら多数決で有利だものな」

「チャック、落ち着くんだ。今は全員で――」

「来るな！　信用できるもんか。ぼくにこれ以上近付くな！」

眼鏡の青年は後ずさり、不意にセシリアの方を向いた。「君も気を付けたほうがいい。君の恋人が、いつまでも君の味方でいてくれると思ったら大間違いだ！」

チャックの叫びがセシリアの心臓を刺し貫いた。気付いたときには、チャックの背中は曲がり角の向こうに消えていた。

重い沈黙がのしかかった。指先ひとつ動かせなかった。

「セシリア」

イアンが無言を破り、セシリアの肩を抱いた。「気にしちゃいけない。僕たちを犯人だと本気で思い込んで、少しでも仲違いさせようとしたんだろう。彼が落ち着くまで待とう。ひとりにさせるのは怖いが、あんな状態ではこっちから近付くのも逆効果だ」

「……うん」

呟きながら、セシリアは恋人を見た。いたわるような笑みを口元に浮かべていたが、いつもの飄々(ひょうひょう)とした雰囲気は消え失せ、心の内を読み取ることはできなかった。

イアンが、私を裏切る？

大丈夫だ、そんなはずない。チャックは取り乱しただけだ。イアンは私を守ってくれる。大丈夫——

——『その答えはお前たちが知っているはずだ』、と。

パメラの言葉が脳裏にこだました。……イアンがもし、あの言葉の意味に気付いてしまったら。

彼は本当に、私を変わらず愛してくれるのか。私を守り続けてくれるのか。

それに——そうだ。

どうしてチャックは、あんな場面であんなことを言ったのか。なぜ——

※

セシリアの部屋に戻り、イアンと並んでベッドに腰を下ろす。自分の身体が小刻みに震えていることに、セシリアは初めて気付いた。

「ねえ、イアン」

縋りつくような声がこぼれ出る。「私たち、どうすればいいの？　このままだと……」

トラヴィスに続いてパメラまで殺された。犯人の正体も、動機も解らない。自分たちが犯人の餌食にならないという保証は、もう、欠片も存在しない。

「例の鉄扉をどうにかして破る。そして外へ助けを求める」

イアンの声に硬さが混じった。「理想的にはそれが一番だ。けれど」

手段がない。彼もそれは承知していたようで、自分の言葉に首を振った。

フォークか何かを隙間に差し込んで、鉄扉をこじ開けられるだろうか。けれど、あの重厚な扉を破るには強度が足りそうにない。イアンと自分が二人で体当たりしても……仮にチャックが加わっても、果たして破れるかどうか。

あるいは、重量物を勢いよく叩きつけるか。しかし、鉄扉を壊せるほど重いものなどいくらもない。キッチンの戸棚は固定されている。ベッドは――今足元を覗いてみたが、やはり金具で留められ、さらにボルトの頭が金属で埋められていた。

ぞっとした。……思考を先回りされたようだった。これでは、ベッドでドアを塞いで部屋に立てこもることもできない。

「望みは薄そうだ。となると残る手はひとつ。犯人を捕らえるしかない。鉄扉からの出入りがなく、他の出入口もないとすれば、犯人は《牢獄》の内側に身を潜めている可能性が高い。そこを逆に捕まえるんだ。

今までは犯人の出方を待つばかりで、パメラ嬢をみすみす殺害させることになってしまった。同じことは繰り返さない。今度はこちらから攻めに出るんだ。どうせ待ち構えたところで、こちらが警戒していることは犯人も読んでいるだろうからね」

危険を本から絶つ。それがイアンの結論だった。けれど。

「身を潜めているって、どこに？　壁が透明になってしまうのに隠れる場所なんて」

大きな鏡を用意して裏に隠れたのだろうか。バスルームに鏡はないし、先程見て回った限り、そんな仕掛けは見つからなかったのだが。「そこはそれさ」イアンは思わせぶりな微笑を浮かべた。

「ともあれ、犯人を捕まえるには危険を伴う。相手がどんな武器を持っているかも解らないしね。

けれど、それは今も同じだ。むしろ受け身に回る方がリスクが大きいと僕は思う。君を危険に晒したくなかったけれど、こんな状況でゼロリスク戦略を取るのは無理だ」

どうだい、とイアンが眼差しで問いかける。

犯人の出方を待つか、こちらから積極的に動くか。

目を伏せた。自分の身を案じてくれるイアンの言葉が、胸にじわりと染み込む。セシリアは頷きかけ――

――君の恋人が、いつまでも君の味方でいてくれると思ったら大間違いだ。

チャックの捨て台詞が、呪いのように耳元に蘇った。

「ごめんなさい」

長いためらいの後、セシリアは詫びた。「あなたが正しいと思う。けど……気持ちが追いつかないの。怖くて……もしあなたに万が一のことがあったら、って。

悠長なことを言っている場合じゃないのは解ってる。でも……ごめんなさい。少しだけ、考える時間が欲しいの」

イアンの顔に一瞬、傷ついた表情が浮かび、また静かな笑みが戻った。

「とっさに決心のつくことじゃないか。了解、ゆっくり待つよ」

「……あの、イアン？」

「ん？」

「肩を抱いてくれるのはとても嬉しいんだけど……その、落ち着いて考えられないというか……しばらくひとりで考えたいというか……」

いつまでも甘えてしまいそうになる。断腸の思いで身体を離そうとしたとき、突然、壁と床が小刻みに振動した。

またい、だ。気付くとセシリアは恋人の胸に顔を埋めていた。はは、とイアンが笑いながらセシリアの頭を撫でた。

「解った。それじゃ――しばらく囮作戦続行と行こうか。

僕は隣の部屋にいるよ。考えがまとまったら呼びにおいで。何かあったらすぐ叫ぶんだ」

結局、落ち着いて考えるなどできなかった。

体感で二十分は過ぎただろうか。いつまでも恋人を待たせるわけにもいかず、セシリアは意を決し、イアンの部屋のドアを叩いた。

一瞬、変わり果てた彼の姿を妄想したが、ドアの向こうから「セシリア？」と聞き慣れた声が返り、思わず安堵の息を吐いた。

「落ち着いたかい」

セシリアが部屋に入るなり、イアンは彼女の頰に手を伸ばした。セシリアは彼の手に自分の手を重ねた。

「あなたの言う通りにする。……でも」

「チャックか」

再び頷く。彼が本当に無実なら――彼がセシリアたちへ敵意を向けずにいてくれたなら――三人で協力して犯人を探すことも、あるいは容易だったかもしれない。けれど先程の取り乱し方を思い返す限り、チャックの助力を得るなど夢のまた夢だった。

「声をかけるだけかけてみよう。そろそろ落ち着いてもいい頃だ」

万一に備え、身を守る道具を用意した。

イアンの両手には細長くまとめたシーツ。「長い布は意外と武器になる」らしい。

セシリアも両手にフライパンを握っている。先にキッチンへ寄り道して調達したものだった。包丁も二本、手つかずで残っていたが、イアンは二本とも両開きの棚に放り込み、シーツの一部を裂いて紐にし、取っ手を固く縛り付けて封印してしまった。

「僕たちの目的は身の安全を確保することだ。犯人を殺すことじゃない。刃物を握ったところで、相手も刃物を持っていたら受け切れるか解らない。下手に振り回して怪我をするくらいなら、こうしてしまった方がいい」

少しでもリーチの長い武器の方が確実だ——それがイアンの判断だった。不安は残ったが、密かに安堵する自分もいた。刃物を握るのはやはり怖い。

準備を整え、チャックの元へ向かう。

空き部屋のドアを通り過ぎるたびに——曲がり角に差し掛かるたびに、得体の知れない何かが飛び出すのではないかと身体が震えた。

——チャックの部屋のドアは閉まっていた。

物音は聞こえなかった。壁が不透明状態となっている今、チャックがいるかどうか外からは判断できない。

「チャック、いるかい?」

イアンがドアをノックする。——返事がない。

「チャック?」

イアンが再度呼びかける。返ってきたのは不気味な沈黙だけだった。

「いないのかしら……」

「いや」

イアンの表情が険しくなった。「セシリア、周囲を見ていてくれ。

——チャック、開けるぞ!」

イアンがドアノブを掴み、一気にドアを開け放った。

血の臭いが鼻をかすめた。
目の前のイアンが硬直した。
セシリアは部屋の中へ視線を向け——あってはならない光景を見た。

チャックが息絶えていた。

腹部を真紅に染め、仰向けに倒れている。
目から光が消えていた。眼鏡のレンズが蛍光灯を反射した。

手からフライパンが滑り落ち、派手な音を立てる。
今度の悲鳴は、滑稽なほどに掠れた。

第8章　タワー（Ⅳ）

――一九八四年一月二十一日　一一：〇〇～――


「ええ、タワーに取り残されている可能性は少なくありません」

漣が伝えた瞬間、受話器から息を呑む音が聞こえた。

「現場の警察と消防にはすでに伝えましたが、現時点では残念ながら、両者とも指揮系統に混乱が生じているようです。事は一刻を争います。もし可能なら――

……本当ですか……了解しました、ご尽力感謝します。こちらは引き続きマリアの捜索に当たります」

受話器を置き、電話ボックスを出る。髪を乱した女性が、漣を押しのけるように電話ボックスへ飛び込んだ。

――午前十一時。順番待ちの人々が長蛇の列をなしていた。

最初の爆発からおよそ一時間。サンドフォードタワー近隣は混乱の極みにあった。

爆発が続いたことを受けて立入禁止区域が拡大。周囲のビルへも避難指示が出され、押し退けられた大勢の人々が、タワーを遠巻きに囲んでいる格好だ。固唾（かたず）を呑んでタワーを見つめる者、焦燥の表情を浮かべながら右往左往する者、必死の形相で駆ける者。救助活動を行う消防士や警察官たちも、事態を収めるどころか目の前の仕事を捌くのに手一杯の様子だ。

数少ない電話ボックスは取り合いになっていた。紙一重の差で、さほど待たずに使えたのは僥倖だった。

ともあれ、打てる手段のひとつは打った。人々の混沌とした流れの中を、漣は進み始めた。

避難者や消火救助活動の情報を集めるのは容易でなかった。

現場の警察官や消防士を何人か捉まえたものの、「避難は終わったと聞いています」「いや、何人かエレベータに閉じ込められたらしい」「いやいや、救助は一通り済んだが火勢がひどい」──と、情報が相当に錯綜していた。警察と消防の意思疎通も全く取れていないようだ。

それでも、焦燥を抑えつつ聞き込みを続けるうちに、およその状況は見えてきた。

──避難そのものは、奇跡的に滞りなく進んでいる。煙を吸ったりガラスで皮膚を切ったり足を挫いたりといった怪我人は出たものの、いずれも軽傷。死者は今のところ出ていない。

──爆発はオフィスエリアより上、三十七、八階付近で発生した模様。発生当時は無人だったと思われるが、爆発による直接の死者は不明。

現場の指揮系統が乱れる中、重症者も出ず避難が進んでいるのは幸運と呼ぶほかなかった。

が、肝心のマリアの行方は未だ解らない。

そんな中、ひとつの情報が漣に冷水を浴びせた。

「非常階段が？」

聞き返す漣に、ああ、と消防士のひとりが頷いた。

「全部吹き飛ばされてやがった。あれじゃ階上には行けん。不幸中の幸いだな。下の階の避難ももう少しで終わりそうだ。俺たちにも退却指示が出たところだ」

「……最上階にはヒュー・サンドフォード氏がいるはずです。彼の所在は？」

「え、そうなのか？ とっくに避難したと聞いたような……いや、仕事で外出中だったか？」

首をかしげる消防士。「万一のことがあります、救出の手配を」と伝え置き、漣は踵を返した。

非常階段がすべて破壊された――

フロアガイドによれば、非常階段はエレベータホール内に三箇所。互いに五メートルも離れていない。これほど至近距離にあったのでは、爆風ひとつですべて吹き飛んでもおかしくない。

偶然だろうか。……とてもそうとは思えなかった。

何者かが非常階段の構造的欠陥に目をつけ、爆発物で一気に潰した。それが最も筋が通る。

何者の仕業か。どうやって仕掛けたか。今は調べる手段も時間もない。だが、偶然の事故と能天気に信じられるほど漣は単純ではなかった。

目下の問題は、タワーの上半分が孤立状態に陥っているという事実だ。

仮にマリアが取り残されているとしたら、自力で脱出する術はない。エレベータはタワーの上半分と下半分でほぼ分離している。業務用エレベータや直通エレベータも動いているかどうか解らない。下手をしたら非常階段もろとも吹き飛んでいるかもしれない。残る脱出経路は屋上だけだ。

もしヒュー・サンドフォードが最上階にいれば、直ちに救助が行われ、ついでにマリアも助かる……といった期待も持てた。しかし先程の消防士の話からするに、ヒューはタワーを離れた――と、少なくとも現場レベルでは認識されてしまっているようだ。先程の救助手配の依頼も果たして上まで届くかどうか。

指揮所が立ち上がっているはずだ。直に出向いて掛け合うべきかもしれない――

「刑事さん！」

不意に声をかけられた。制服姿の女性が駆け寄った。

「貴女は――」

二十九階で避難誘導をしていた女性だ。思わぬ再会だった。避難時の混乱でろくに言葉を交わせぬまま別れてしまい、それきりになっていた。

「ずっとお礼を言いたくて探していたんです。良かった、刑事さんも無事で……本当にありがとうございました」

混じり気ない感謝の笑顔が、今の漣には胸に痛かった。女性は漣の様子に気付いたのか、

「刑事さん？」と首をかしげる。

「申し訳ありません。実は少々急いでおりまして。同僚を探しているのですが」

正確には『上司』だが、細かいことはひとまず措く。「そうですか……」と女性は俯き、また顔を上げた。

「あの、お手伝いさせていただけませんか。私も一緒に探します」

お気遣いなく、と社交辞令を返していられる状況ではなかった。人手が少しでも増えるのは実のところありがたい。エマ・グラプトン、九条漣、と名乗り合った後、漣はマリアの容姿を伝えた。

「長い赤毛で、スーツ姿の女性……？」

エマの表情が怪訝なものに変わった。「あの、もしかして、紅玉色のような瞳で物凄い美人でスタイルも良くて、けど髪は寝ぐせだらけでブラウスの裾がスーツからはみ出している二十代後半から三十歳くらいの女の人ですか？」

頷く。エマが「知ってます！」と両手を叩いた。

「爆発の二十分くらい前にエレベータで乗り合わせたんです。私は二十九階で降りたんですけど、その人は階上へ行ってしまって……あんな目立つ人、全然見たことなかったから覚えてたんです。あの人刑事さんだったんですか⁉　寝起きのモデルさんかと思いました」

思わぬところに目撃者がいた。

背中を汗が伝った。爆発の二十分前に階上へ行った——間違いない、マリアは自力で最上階へ向かったのだ。最悪の予想が当たってしまった。

「爆発の後に彼女を見ましたか」

一縷（いちる）の望みを賭けて問う。「見かけたら絶対気付いたと思うんですけど……」エマは申し訳なさそうに首を振った後、顔から徐々に血の気が引いていった。

「もしかして、その人、まだ上に」

「解りません。引き返して難を逃れた可能性も残っています。もし彼女を見かけたら、私の名前を出して確保をお願いします」

はい、とエマは頷いた。

※

合流場所と時間を決めて一旦エマと別れ、漣は消防局の指揮所へ向かった。近くにいた消防士から本部の場所を聞くことができた。

……まずい。

マリアがタワーに取り残されているのはほぼ確定してしまった。もはや一刻の猶予（ゆうよ）もならない。この瞬間、また次の爆発が起こってもおかしくないのだ。

しかし、漣を待っていたのはどうしようもない現実だった。

「ヘリコプターがない？」

――立入禁止区域の一角、サンドフォードタワーに近いビルのロビー。

消防局の指揮所で、五十歳前後の消防隊長は苦い顔で首を振った。

「そういうわけだ。残念ながら君の希望には応えられない」

「……高層ビルの林立するマンハッタンで、消防局にヘリコプターがないのですか」

「屋上からの救助は最後の手段だ。救助活動はあくまで建物内から行うのが基本となっている。一度に数人しか乗せられず、気象条件に左右される不安定な手段を前提にするわけにはいかんのでな。

ヘリコプターを使いたければ、警察（きみ）の仲間に頼むのが早いのではないか？」

そっけなささえ滲む返答に、さしもの漣も言葉を失った。

設備がないことについて今さら言っても始まらない。あるべき理想に対し、予算や人員といった様々な制約をかけられるのが組織だ。漣の所属するフラッグスタッフ署にはヘリがないし、U国で爆発的に普及しているジェリーフィッシュも、係留場所や予算の問題から、郡レベル以下の地方公共機関への導入例は未だ皆無に近いという。

だが、事がここに至ってなお警察との連携を取ろうとすらしない発言に、漣は問題の根深さを思い知らされた気がした。これが、U国を代表する大都市の防災機構の内実か——

「ヘリを所有する他の消防局へ要請をかけられませんか」

「取り残されている人間がいる、と断言できれば話は早いが」

消防隊長は視線を横へ向けた。テレビがロビーの端に設置されている。炎と煙を噴き上げるタワーの様子が上空から映し出されていた。テレビ局のヘリだろうか。救助活動の主体組織で

ある消防局が、現場の状況把握を他の機関に頼るしかないのは皮肉としか言いようがなかった。

屋上の様子が映った。

人影は——ない。

最初の爆発から一時間が過ぎている。だが、屋上に避難者はただのひとりも見えなかった。

「御覧の通りだ。

下の階からは多くの通報があったが、上の階——サンドフォード邸からは一本の電話もない。回線が生きていたのでこちらから電話をかけたが、誰も出なかった。恐らく出張か旅行にでも行ったんだろう。でなかったら、今頃は早く助けろだの何だので大騒ぎのはずだ」

最上階から応答がない？

ＳＧ社の受付嬢は、ヒューが不在だとは言わなかったはずだ。それともこちらの読み間違いだったのか。

だが、これで事情は解った。消防士がヒューの不在を語ったのは、最上階の反応がないことから上層部がそのように判断し、現場へ伝達したためだろう。判断理由まできちんと伝わらなかったせいで情報に一部混乱が生じたのだ。

……しかし、マリアは。

非常階段が潰された以上、屋上に出るしかないことはマリアも解っているはずだ。にもかかわらず、未だ屋上には人影もない。何があったのか。

爆発に巻き込まれてしまったのか。あるいは、屋上に出られない何らかの事態が発生したのか――

「いずれにせよ、確固たる情報がない限り、いつ爆発するかも解らない現場へ隊員を送り込むことはできん。君の要請は認識したが、実行の可否やタイミングは返答しかねる」

消防隊長が冷徹な声を発した。

※

警察の反応も大差なかった。

漣の要請は一応聞き入れられたものの、警察署のヘリを救助活動に使うには、消防局の要請と消防士の同行が必要だという。

「では、ニューヨーク市警から消防側へ働きかけてもらうことはできますか」

先程も思い知らされたが、部外者の漣では交渉力に限界がある。無理を承知の要望だったが、案の定、応対に当たった警察官は首を振った。

「こっちも半分パニックだからなぁ」

現場周辺の監視や交通整理に人手を取られており、手続き自体にも時間を要するという。

警察と消防の連携不足――というより欠如――を改めて見せつけられた。半ば追い立てられるように、漣は指揮所を後にした。

※

徒労感を拭い切れぬまま、漣は公園へ戻った。

「刑事さん！」

エマが手を振って迎える。その隣に、彼女より年上と見える制服姿の女性が立っていた。見覚えのある顔だ。

「申し訳ありません、遅くなりました」

「いえ、時間ぴったりです」

エマは微笑み、すぐに顔を引き締めて傍らの女性を紹介した。「それで、こちらの方なんですけど……刑事さんに頼みがあるって」

漣と二手に分かれた後、エマは周囲の人々へ片っ端からマリアの所在を訊いて回ったという。ほとんどが空振りに終わったが、ひとり、エマに反応を示した女性がいた。

件の女性が驚きの声を上げた。

「刑事さんってあなたのこと？　商社の営業のはずじゃ」

SG社のオフィスでマリアとやり合った受付嬢だった。

「諸般の事情で身元を伏せていました。お詫びします。——それで、お話とは？」

受付嬢が我に返り、漣に詰め寄った。

「刑事さん、お願いします。社長を探してください。

社長が――サンドフォード社長がつかまらないんです」

「……サンドフォード氏が？」

受付嬢は頷き、言葉を詰まらせながら事情を語った。

――爆発直後、社員のひとりがヒューの指示を求め、最上階へ電話をかけた。

十五階のオフィスと最上階との間には内線が引かれており、就業時間外でも上から指示が飛んでくることは日常茶飯事だった。オフィスから最上階へお伺いを立てることも幾度となくあったという。

今回、緊急事態ということで指示を仰いだが、いくら待っても何度かけ直しても、最上階と連絡が取れなかった。回線自体はまだ生きていたという。

「メイドが常駐していますので、いくら待っても誰も出ないということはないはずなのですが」

「確認させてください。今日のサンドフォード氏のスケジュールは？」

「午前中は私用。午後からB州で社外打ち合わせ……となっていました。

プライベートのご予定は把握していないのですが、外出される場合は大抵、自動車を出すようオフィスへ連絡が入ります。しかし……」

今回はそれもないまま連絡が途絶した、ということか。

不吉なものが背筋を這い上がった。

消防によれば、最上階から未だ救助要請が出ていない。たまたま外出して難を逃れた可能性もあったが、事前連絡がなく内線電話にも応じない——しかもメイドが常駐する中で——となると話が変わってくる。エマも表情を硬くしていた。

「昨日はいかがでしょう。前日のうちにメイドの方ともども外出された、といったことは」

「ありえません！」

悲鳴に近い声だった。「昨日は、社長のご自宅——タワーの最上階で、別の部署の方々や社外のお客様を交えて懇親パーティーが催される、と聞いていました。ですので……少なくともパーティーが終わるまで、社長は上にいらしたはずです」

社内外の人間と懇親パーティー？

「パーティーの開始および終了時刻は」

「……詳細は私たちも把握していないのですが、社長が退社されたのは十七時頃でした。終了時刻は……解りません。二十二時より後ということしか」

受付嬢は俯き、口を手で覆った。頬が薄く朱に染まっている。

漣は敢えて気付かないふりをした。そんな時間までパーティーが終わるのを——参加者が解放されるのを待っていたのだろうか。にもかかわらず「解らない」ということは、いつまで経っても誰も階下に降りて来ないので、結局諦めて帰ったということか。待ち人は……先程からの様子を踏まえると、ヒュー・サンドフォードその人だろうか。仕事のふりをして電話をするつもりだったのか。

いや、下世話な推測は後回しだ。

二十二時以降もパーティーが続いたのなら、その後にヒューがこっそり遠出したという状況はどうにも考えづらい。火急の要件でもない限り、些事は翌日に回してベッドに潜るだろう。

いや、それとも違うのだろうか。それほどの要件だったからこそ、今日の午前を予備時間として『私用』に充てたのだろうか。

が、仮にヒュー・サンドフォードが運よく難を逃れたなら、直ちに何らかの声明を出してもよさそうなものだ。最初の爆発からそれなりに時間が過ぎている。居城のあるビルを爆破されたというのに、現時刻に至るまでなぜ沈黙を保っているのか。

ヒューは今、どこで何をしているのか？

「サンドフォード社長のご家族は無事ですか。御社に連絡が入っていませんか」

受付嬢ははっと顔を跳ね上げた。

「そういえば、何も……。お嬢様がいらっしゃるのですが、どこにいるかまでは」

ヒューにひとり娘がいることは漣も把握している。大学生だったはずだ。一月下旬、U国では春学期が始まるか始まらないかの微妙な時期だ。外へ遊びに出ている可能性は充分ある。

が――こちらも何かしら反応があってよい頃だ。マスコミも、コメントを取ろうと一家を死に物狂いで探しているだろう。しかし、消防局の指揮所で観た限り、一家のコメントや映像はテレビに一秒たりとも流れなかった。

今もって、サンドフォード父娘は沈黙を保っている。

単に、混乱のせいで公の場に出られないだけなのか。それとも……何かのっぴきならない事態が生じたのか？

「今回のようなケースは過去にありましたか。社長やお嬢さんが秘密裏に姿を消す、といったことは」

受付嬢は青白い顔で首を振った。

「お嬢様のことはあまり存じ上げないのですが……社長に限って言えば、秘書に黙ってお出かけになったことはございません」

受付嬢と漣の傍らで、エマが緊迫と困惑の表情を浮かべている。立ち聞きしてしまってもいいのだろうか。そんな気まずさが滲み出ていた。

「他の警察関係者には、このことを？」

「言いました！　近くにいた警察官に何回も！　ですがちっとも動いてくれなくて……」

状況は混乱の極みにある。現場から指揮官へ情報が正しく伝わっていないのだろう。当事者には何の言い訳にもならないが。

漣にとっての本題であるマリアの行方について尋ねたが、受付嬢は首を振った。SG社のオフィスでのやりとり以後は見ていないという。

タワーを見上げる。高度約百五十メートル、四十階よりやや下から炎と黒煙が噴き上がっている。火勢は未だ収まる気配もない。あの高さでは消防車の放水も届かない。

あの中にマリアが取り残されているとしたら。残された時間は恐らく少ない。

そして——もし仮に、ヒューもまたタワーの中にいるのなら。

何らかの理由で、外部へ連絡できないでいるとしたら——

「解りました、こちらでも社長の足取りを追ってみます。貴女も諦めず、引き続き警察へ要請を。

早速ですが——サンドフォード社長と近い立場にいて、今すぐ連絡を取れる方をご存じありませんか」

※

幸運にも、該当する人物には程なく対面できた。

「——顧問弁護士の、ヴィクター・リスターだ」

スーツ姿の痩身の男が、やや息を荒らげながら身分証を掲げた。外見は五十代半ばから六十代。短い頭髪は八割がた白く、地毛と思しき薄茶色がまばらに散っている。

ヒューと立場が近く連絡の取りやすい人間、との問いに、受付嬢が真っ先に挙げたのがヴィクターだった。事務所がタワーの近隣にあり、ヒューの私邸へも頻繁に訪れていたという。

周辺の電話ボックスは塞がっていたが、エマが伝書鳩役を買って出てくれた。留守の可能性もあったが、杞憂に終わってくれたようだ。

そのエマは、ヴィクターを連れてきた後、受付嬢とともに再びマリアやヒューを探しに出て行った。後で充分に礼を言わねばならない。

漣は自分の身分証をヴィクターに見せ、これまでに知り得た情報をかいつまんで語った。A州からサンドフォードタワーを訪れた理由については「ある事件の捜査で」とだけ伝えた。

ヴィクターの表情が強張った。

「君の同僚とヒューが、タワーに……⁉」

「確証はありません。民間の方々にも協力いただいて情報を集めている最中です。が……難を逃れたとの連絡も未だありません。メイドやお嬢さんの所在も解らなくなっているようです」

現時点で判明しているのは、爆発の約二十分前にマリアがタワーの上層階へ向かったということだけだ。サンドフォード一家については、警察もマスコミも、SG社の関係者も所在を摑めていない。

「顧問弁護士の貴方なら何か情報をお持ちではないかと思いまして。どんなことでも構いません。お心当たりはございますか」

漣の問いに、ヴィクターは険しい顔のまま答えた。

「ヒューとはゆうべ顔を合わせたが、特におかしな様子はなかった。パーティーを主催する予定だったらしく、多少浮かれているようにも見えたが……些細なことで機嫌が変わるのは、あいつにはよくあることだ」

ヒューを語る口調に深い親密さがあった。弁護士と雇用主という立場を超えた親交を持っているらしい。

メイドとは顔を合わせたが、ヒューの娘——ローナという名前は漣も耳にしていた——は見ていない、外出中か部屋に籠っていたのかは解らない、とのことだった。

「サンドフォード社長とお会いしたのは何時頃でしたか」

「十七時から十八時の間だったはずだ。詳細は伏せるが、ある訴訟案件の進捗状況の確認ということで急に電話があってな。……思い立ったらすぐ呼びつけるのがあいつのやり方だ。顧問弁護士など引き受けるのではなかったと後悔することもある」

冗談めかした言葉の後、ヴィクターは真顔に戻った。「タワーにいたのは……そうだな、三十分ほどだったと思う。懇親パーティーの件はその際に聞いた。あまり長居するわけにはいかないと思い、早めに辞したのだが……」

「それ以降、サンドフォード社長とは連絡を取ってない、と」

ヴィクターは硬い顔で頷いた。

受付嬢によればヒューの退社が十七時。ヴィクターがヒューを訪れたのがその直後。パーティーの開始はさらにその後——恐らく十八時以降か。

「懇親パーティーについて、他に詳細をご存じありませんか。出席者と顔を合わせたり、サンドフォード氏から出席者の氏名を聞いたりといったことは？」

パーティーは少なくとも二十二時過ぎまで続いた。そしてそれ以降――いや、厳密にはパ、ー、テ、ィ、ー、が、始、ま、っ、て、以、降、、ヒューの所在を誰も確認していない。

不測の事態が生じたのは、今日、爆発が発生した前後とばかり思っていた。

だが、もしそうでなかったとしたら？

「……共同研究の関係者を招いての、小規模な新年パーティーだとは聞いた」

重要性を察したのか、ヴィクターの眉間の皺が深くなった。「具体的な人数や参加者の素性は知らん。ＳＧ社と共同研究先、互いのお偉方が合わせて数名といったところではないだろうか。

姿を見たかどうかだが……すまない。タワーを出る際、それらしきスーツ姿の人間をエントランスで見た気もするが、よく覚えていない」

共同研究？

私邸での懇親パーティーと聞いて、他の大企業や政官界の要人といった大物を招いたのかと思っていた。それがただの――というと語弊があるが――共同研究関係とは、ヒューのイメージにどことなくそぐわない。よほど重要なプロジェクトだったのか。

いや、詮索は後だ。パーティーの出席者のリストアップ、および所在の確認。彼らと接触できれば、ヒューの所在の手がかりを得られるかもしれない。

だが、間に合うか。

最悪の事態が発生する前に、出席者たちを確保することができるのか。

それに、タワーにいるはずのマリアを救出する手立ても、未だ目処が立っていない。可及的速やかにヒューの所在を掴み、マリアを保護する。道のりは果てしなく困難だ。

湧き上がる焦燥を抑え、礼を述べた漣へ、「クジョウ刑事」とヴィクターが声をかけた。

「私にも手伝わせてくれ」

「え？」

「君の同僚が閉じ込められているのかもしれんのだろう。私ならこの地域の官庁幹部にある程度顔が利く。少しは助けになるかもしれん」

エマが訪れる数十分前まで、初老の弁護士は事態を把握するために現場周辺を駆け回っていたらしい。事務所で少し休むつもりだったが、そうも言っていられんようだ——と、漣を責めるでもなくヴィクターは付け加えた。

「申し訳ありません。大変助かります」

管轄の消防や警察にとって、漣はしょせん部外者でしかない。ヒューの顧問弁護士という後ろ盾がついてくれる意義は大きかった。

タワーを見上げる。ガラスの塔は今なお煙を上げている。一刻の猶予もなかった。消防局の指揮所へ向けて足を踏み出しかけた——そのときだった。

視界の端、空中に白い影が見えた。

第9章　グラスバード（V）

――一九八四年一月二十一日　一〇：四〇～――


どうして……どうして。

誰が……誰がこんなことを⁉

チャックの腹部から流れ出た血が、部屋の中央に広がっている。凶器は見当たらなかった。手遅れなのは明らかだった。

「チャック――」

イアンが歩み寄り、トラヴィスのときと同様に遺体の首筋へ指を当て、静かに首を振った。驚愕より困惑に近い表情だった。「あれほど警戒していたチャックが、なぜ」

……本来なら、イアンを問い詰めてしかるべき場面だった。

そして、セシリア自身が糾弾されてもおかしくないはずだった。

ひとりでいる間、あなたは――君は――何をしていたのか、と。

トラヴィス、パメラ、チャック――五人のうち三人が殺害され、残されたのはイアンと自分の二人。犯人はどちらかしかいない。自分でないなら、容疑者は彼ひとりしか残らない。

だが、彼を問い詰めることも、殺人者と罵ることも、セシリアにはできなかった。

イアンを見つめる。セシリアへ疑いを抱いている様子はない。演技とも思えなかった。チャックの死に、ただ困惑していた。

束の間の安堵が胸を満たし、消える。疑い疑われるのとは全く別の恐怖が湧き上がった。

彼がやったのでないとすれば──答えはひとつしかない。

自分たち以外の人間が、今、《牢獄》の内側に潜んでいる。

どこに……一体どこに⁉

──と、

「あれは?」

イアンが不意に呟いた。

彼の視線の先を追う。白っぽい小さなものが部屋の隅に転がっていた。

イアンが拾い上げる。セシリアも駆け寄って目を落とした。

スイッチだ。

手の中に隠せるサイズの、クリーム色の平たい小箱。薄茶色の四角いボタンが上面に埋め込まれている。問うより早く、イアンが躊躇なくボタンを押した。

唸りが響き、周囲の壁が一瞬で透明なガラスと化した。

「──これって」

透き通った壁を唖然と見つめる。イアンは無言でボタンを繰り返し押した。壁が灰色へ、透明へ。再び灰色へ、また透明へ――万華鏡のように切り替わる。

「なるほどね」

イアンが満足げに頷いた。「犯人はこいつで透明度を切り替えていたわけか」

「……犯人はチャックだったの？」

凶器がない以上、彼の死は自殺ではありえない。愚問と解っていたが訊かずにいられなかった。案の定、イアンは首を振った。

「ワインバーグ氏やパメラ嬢が殺されたときの取り乱しようは、とても演技に見えなかったしね。

そもそも、彼がこんな手の込んだ犯罪計画を立てられたとも思えない。能力的にでなく性格的に」

硝子鳥（グラスバード）の件でチャックに疑いをかけたイアンが、今はチャックを擁護（ようご）している。彼の声にかすかな後悔が滲んでいるようだった。

けれど――犯人は、今どこに？

壁が透明となり、外周のコンクリート壁まで全体が見通せる。亡骸（なきがら）と化したトラヴィス、パメラ、チャックの三人。そしてイアンと自分。他には誰の姿もない。

生者と死者は合わせて五人だけ。六人目などどこにも見えなかった。

もう一度辺りを見回し――パメラの遺体へ視線を止める。彼女の身体に刺さっていた刃物が無くなっていた。彼女の命を絶った凶器が、チャックの殺害に使われたのだ。その凶器が今、

『六人目』と同様に姿を消している。

突然、イアンがセシリアの手を引いた。

「ちょっ――イアン⁉」

恋人は答えずドアへ向かう。「ま、待って――」セシリアは恋人を引き留め、空いた手で慌ててフライパンを拾い上げた。

チャックの部屋を出て通路を歩く。程なくして、二人は鉄扉の前に辿り着いた。

イアンが扉の前に屈み込む。髪の毛が貼り付いたままだ――位置も、先程から全く変わっていない。

パメラのときと同じだ――『六人目』は鉄扉を通り抜けていない、、、、、、、、、。

「どういうこと？」

声が震える。対照的に、イアンは口元に笑みを浮かべていた。

「いや、これで確信が深まったよ。

間違いない、この《牢獄》のどこかに隠し部屋がある」

――隠し部屋？

「待って……待って。おかしいわ、一体どこに？

だって私たち、あんなに調べて回って、それでも何も見つからなかったのに――今も、隠れるところなんてどこにもないのに」

「探し方がまずかったのさ。おいで」

再び手を引かれる。セシリアは困惑に包まれたまま、イアンについて歩き出した。

彼が向かったのはバスルームだった。

脱衣所へ入り、洗い場のガラス壁へ順に視線を走らせる。バスタブに向かって右手のガラスのさらに奥はコンクリート壁。平面図上、バスルームと外壁の間に通路が一本走っている。セシリアたちは今、バスルームの中からガラスを透かして壁際の通路を覗いている格好だった。

「僕の推測が正しければ――」

イアンが呟く。やがてお目当ての宝を発見したように瞳を輝かせた。「セシリア、見てごらん。そこに隠し部屋がある」

彼の指差した方向へ目を向ける。何もない。ガラスを通してコンクリート壁が立ちはだかっているだけだ。

「立ち止まっていたら解りづらいかな。見る位置を変えてみるんだ」

何が変わるのだろうと思いつつ、セシリアは前へ出たり首を動かしたりして視点を変化させ――思わず声を上げた。

ずれている。

コンクリートに刻まれたわずかな陰影や染み――注意深く観察してようやく解るそれらの紋様に、奇妙な断絶が生じている。

いや。壁にではない。

ガラスだ――ガラスを透かして映る像が、シャワーの配管を挟んで右側と左側とで不連続に

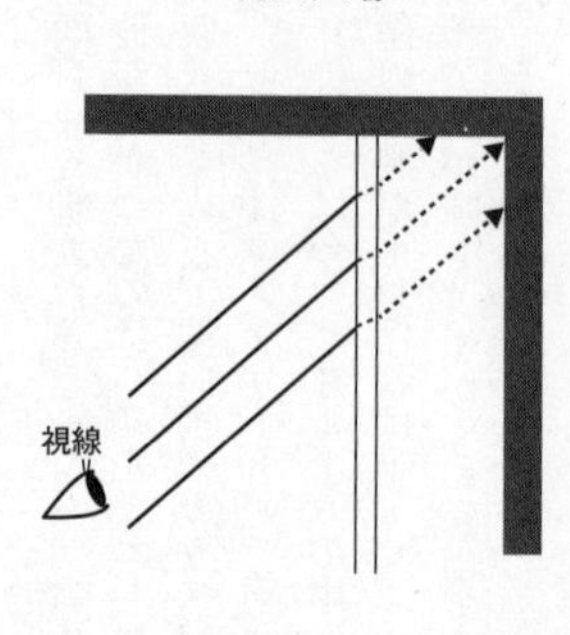

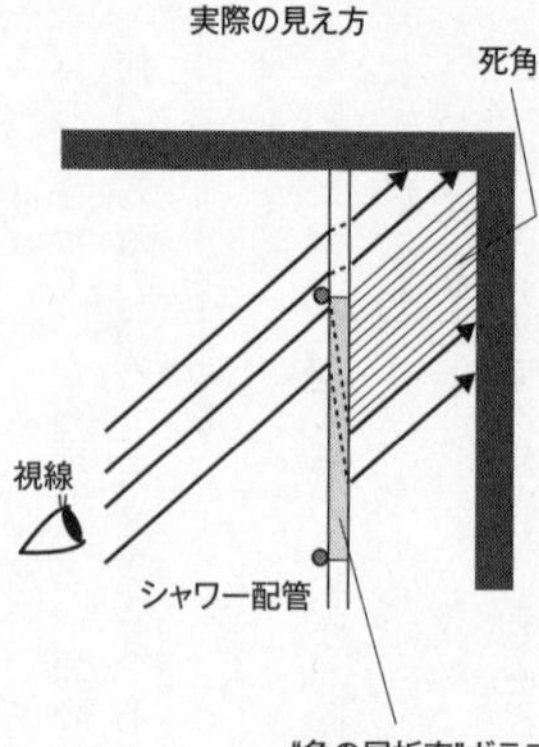

図３

なっているのだ。通常ではありえないほどに。

「イアン、これ――！」

「『屈折率可変型ガラス』」

答え合わせを行う教師のような口調だった。

「バスルームの壁の一部分にだけ屈折率可変型ガラスが使われているんだ。透過率可変型ガラスとの二重構造になっているんだろうね。――隣のガラスとの繋ぎ目はシャワーの配管で隠されている。上手いこと造ったものだよ」

「それじゃあ、『隠し部屋』って」

「物理的なものじゃない。屈折率可変型ガラスによって生じた光学的な死角だ。犯人はそこに隠れていたんだよ。――恐らく今も」（【図３】）

危うく悲鳴を上げそうになり、セシリアは口を片手で覆った。――犯人が今、あのガラスの裏に⁉

そんな……こんな大胆な仕掛けにどうして気付かなかったのか。閉じ込められた直後、そしてパメラが殺された後。二度も調べて回ったのに――

いや、違う。

最初の探索でも二度目の探索でも、壁は透明になっていなかった。透過像のずれなど気付きようがなかった。

壁が透明化したのは、トラヴィスとパメラが殺された直後だけだ。二人の死体や、他に人影が見えるかどうかだけに気を取られ、《牢獄》の隅に仕掛けられた像のずれを注意深く観察する余裕がなかった。

この場所は鉄扉から遠く離れている。わざわざバスルームの中まで入らない限り、光は数枚から十数枚のガラスを通過することになる。そうなれば、普通のガラスでも光の軌道は多少ずれる。屈折率可変型ガラスによるずれだとは解らないだろう。

けれど――

「ありうるの？　そんな光学的な死角なんて」

光が水面で屈折する図は、物理の教科書でよく目にする。

だが、一度曲がった光がその方向を維持できるのは、あくまで水の中だけだ。水底に辿り着いた時点で反射や吸収を余儀なくされる。

ガラスも同じだ。光の屈折は、表面から入射した場合だけでなく、裏面へ突き抜ける際にも生じる。この二度目の屈折が最初の屈折を相殺してしまう。

始点と終点の物体が同じ――この場合は空気――である限り、どれほど屈折率の異なる物質を間に挟んだとしても、理論計算上、光の進む向きは変わらない。

人間ひとりが隠れられるほど巨大な死角を生じさせるには、ガラスをとてつもなく分厚くしなければならないはずだ。

「無理だろうね。普通のガラスなら。

けれど思い出してごらん。僕の屈折率可変型ガラスの特徴は？」

――あ。

「負の屈折率……」

「そう。光が逆戻りするんだ。それもかなり極端に。

具体的に言うと――ガラス平面方向のずれ量は、ガラスの厚みの（$\tan\theta_0 - \tan\theta_g$）倍。$\theta_0$、$\theta_g$はそれぞれ、ガラス外部および内部の、光速度ベクトルとガラス平面の法線とのなす角。$\tan\theta_g$は、θ_gがマイナス九十度に近付くほどマイナスの無限大に近付くから……まあ要するに、ガラスの厚みが二、三センチもあれば、人間ひとりの身体の幅、六、七十センチは充分稼げる計算だ」

「でも……それは、斜めから見た場合でしょ？　真正面に回り込まれてしまったら」

屈折が起こるのは、光が斜めに入射した場合だけだ。垂直方向の光には何の影響も及ぼさない。そう反論しかけ、セシリアは自分の誤りに気付いた。

回り込めない。

正確には――死角の正面に回り込めるのは、バスルームか、通路のごく一部か、外壁に隣接

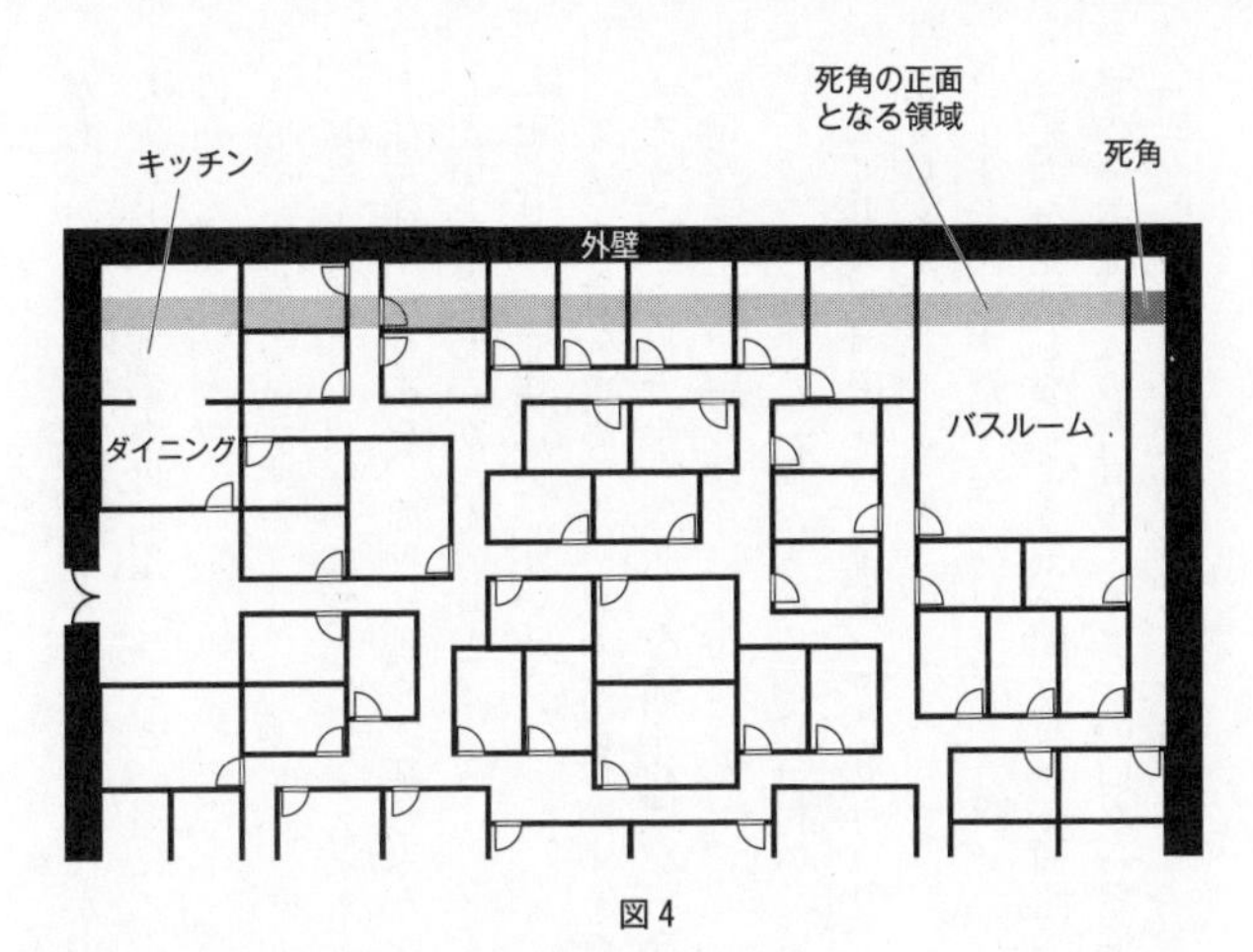

図4

するいくつかの部屋だけだ。自分たちの部屋は、それらの場所から離れている。（【図4】）

「部屋や通路がそういう風に配置されているんだ。誰かが正面に来ようとしたら、リモコンで壁を元通りにしてしまえば済む」

　そんなことが――

「犯人が何度か壁を透明にしたのは、私たち五人の他に誰もいない、と思わせるため？」

「だろうね。

　死角に身を隠し、自分の不在を見せつけることで、僕たちの間に疑心暗鬼を生じさせるつもりだったんだ」

　いくつかの謎が氷解した。……チャックの部屋にスイッチが置き去りにされた理由は、未だ謎のままだが。

「あなたの屈折率可変型ガラスのプロジェクトは、立ち消えになってしまったんじゃ？」

「量産に持ち込めなかっただけで、理論に誤りがあったわけでも、サンプル実証ができなかったわけでもないよ。サンドフォード氏がこっそり作らせて、透過率可変型ガラスと一緒にここへ組み込んだんじゃないかな。どういう悪戯かは知らないけれど」

いや——解る気がする。

ヒューはここを秘密の観察地点にするつもりだったのだ。《牢獄》に閉じ込められた人々が右往左往するさまを、間近に眺めて楽しみたかったのかもしれない。とても理解できないし、したいとも思わなかったけれど。

「セシリア、覚悟はいいかい」

イアンが耳元で囁(ささや)いた。思わず身体がすくむ。

そうだ……自分たちは犯人を捕えねばならない。透明な壁の向こう側にいるはずの何者かを。

足が震えた。手のひらに汗がにじんだ。

「行こう。向こうも僕たちの意図に気付いているはずだ。けど、もう逃がさない」

壁を透明化するスイッチはイアンの手の中にある。犯人が死角から一歩でも逃げ出せば、姿は丸見えだ。

——そのはずだった。

犯人を見逃さないよう気を配りながら通路へ戻り、角を曲がり——犯人が身を潜めているはずの一本道へ入った直後、イアンの口から驚愕の声が漏れた。

「……馬鹿な」

誰もいない。

左手に透明の壁、右手と最奥にコンクリート壁。人影は欠片も見えない。行き止まりの通路が前方に続いているだけだった。

《牢獄》を見渡す。三人の死者が血に染まり横たわっている。生者の姿は見えない。

そんな――六人目が、いない？

イアンが奥に向かって走り出す。セシリアも慌てて後を追った。

屈折率可変型ガラスが嵌まっている箇所で、イアンは足を止めた。ガラスに視線を走らせ、しゃがみ込み、床面に近い部分を凝視する。

――掌紋がついていた。

手のひらの跡がガラス面にうっすら付着している。セシリアの手よりやや大きい。

誰かがここにいたのだ。身を縮めて座り込み、立ち上がる際につい触れてしまったのだろう。

ここは袋小路だ、散歩でこんな場所を触りに来る人間はいない。イアンの推測は半分だけ当たっていた。

なら、隠れていたはずの六人目は今、どこにいるのか。

イアンはなおも掌紋を凝視していたが、突然立ち上がって駆け出した。「イアン⁉」慌てて追う。

恋人が向かったのは、チャックの部屋だった。

彼の死体は、先程と変わらず部屋に横たわっている。血の生臭さと遺体の生々しさに、セシリアは気分が悪くなり屈み込んだ。

と——ベッドの下に青いものが見えた。

羽根だ。根元側が黒く、中央から先端にかけてコバルトブルーのグラデーションがかかっている。羽枝の一本一本が透き通るように美しい。

硝子鳥の羽根だった。

背中が粟立った。どうしてチャックの部屋に羽根が？　さっきは気付かなかったが——死体とスイッチに気を取られて見落としてしまったらしい。

イアンに呼びかけようとして、セシリアは固まった。イアンはチャックの遺体も硝子鳥の羽根も、セシリアさえも無視し、壁に視線を這わせている。やがて、ドアの内側へ目を釘付けにした。

掌紋がついている。

ドアの重心のほぼ真上。イアンの顔の高さよりやや下——チャックの顔の位置と同じだろうか——に、右手の掌紋がひとつ烙印されている。袋小路にあったものより大きいようだ。

イアンの唇が震えた。いつも余裕ある振舞いを見せていた彼に似つかわしくない、混乱と驚愕が入り混じった声だった。

「……なぜだ。

どうしてここに掌紋がついている⁉」

「ありえないんだ。

透過率可変型ガラスには高電圧がかかる、と言ったのはチャック自身だ。彼を刺した凶器が見つからない以上、チャックは犯人でないし――さらに推論を重ねれば、透過率切替スイッチも彼のものじゃなかったことになる。

いつ高電圧が加わるか解らないドアを、彼はなぜ触ることができた⁉　僕なら怖くて近付けたものじゃないのに」

駄目――

心の中で叫んだ。イアン、お願い。それ以上考えないで。

「透過率可変型ガラスだと気付く前に……うっかり触ってしまっただけじゃ」

「違う。ドアノブ周りならともかく、こんな場所は普通触らない。仮にドアの開け閉めで触れたとしたら、もっと多くの掌紋が残ってもいいはずだ」

ドアの掌紋はひとつきりだった。まるで、儀式で焼き付けられた刻印のように。

「普通なら触らない箇所に、手の跡がひとつだけ残っている。チャックは自分の意志で触ったんだ。安全なことを確かめるために」

おかしいことはまだある。

チャックが透過率可変型ガラスの危険を僕たちに教えたのは、パメラ嬢が殺された後だ。なぜその時点まで黙っていた？　壁が透明になるのはワインバーグ氏の死体発見の時点で解っていたはずなのに。

答えはひとつだ——これは僕の透過率可変型ガラスじゃない。高電圧なんかかかっていないんだ」

イアンは透明な壁に手のひらを押し当てた。

何も起こらない——イアンは微動だにしない。高電圧がかかっていれば痙攣では済まないはずなのに。

言葉を返せなかった。イアンは床に膝を落とし、ガラスと床の接触面を指差した。

細長い断面をさらに細切りにするように、薄い黒線が走っている。……一枚ものではない。二枚のガラスに、薄い膜のようなものを挟んで貼り合わせてあるのだ。

「透明電極を嚙ませているのかと思っていた。違うんだ。電圧をかけるには両端に電極がいる。ガラス全体に電圧をかけるなら、こういう構造は普通取らない。電圧がかかっているのは内側の薄膜の部分だけだ。

液晶なんだ、恐らく。

ガラスが透過率を変えていたんじゃない。間に挟まった液晶が、ブラインドのスラットのように分子の向きを変えて、光を遮断したり通したりしていただけなんだ」

イアンはゆらりと立ち上がった。憤怒（ふんぬ）とも悲哀とも、激情とも狂気ともつかない色が、両の瞳に渦巻いている。

セシリアは後ずさった。フライパンが手から滑り落ち、激しい音を立てる。踵を返して通路へ飛び出した。恋人から逃げるなど、ほんの数分前までありえない行為だった。数メートルも逃げられぬうちに手首を摑まれ、無理やり振り向かされた。イアンの指が両肩に深く食い込んだ。

「セシリア、君が、や、っ、た、の、か!」

――ああ。

知、ら、れ、て、し、ま、っ、た。

絶望と諦念、後悔と自責。あらゆる負の感情がセシリアの心臓を握り潰した。

※

トラヴィス・ワインバーグから新規製品開発の協力を打診されたのは四年前。最初の懇親パーティーで顔を合わせてから二週間後のことだった。

何の冗談だろう、と最初は思った。

自分の研究テーマは液晶であってガラスではない。門外漢の浅知恵など役に立つとは思えない。電話口で固辞したものの、結局押し切られた。

簡単な助言程度で構わない。研究上の責任を押し付けることは一切ない。だから気軽に考えてくれればいい——そんな殺し文句に揺れ動いてしまったのは事実だ。が、一番の決め手となったのは、生臭い話だが報酬だった。

(ご協力いただければ、いくらか謝礼をお出しします——ご実家の助けになる程度には)

父親の事業が苦境に陥り、家族には多額の負債がのしかかっていた。少しでも援助したかったが、自分も奨学金の返済を抱えていて、月数百ドルの仕送りもままならなかった。

それでも、家族や自分のことだけならまだ耐えられた。しかしセシリアはすでに、誰よりも大事な人に出逢ってしまっていた。

もしイアンが、自分の家族の窮状を知ったなら。

彼のことだ、きっと自分たちを救おうとしてくれるに違いない。だからこそ言い出せなかった。言えばきっと、彼に多大な重荷を背負わせることになる。

それに——多額の債務者を身内にもった女と結ばれることを、彼の親族がどう思うか。何より、彼に負担を強いることを自分自身が許せるか。

……大丈夫、大丈夫だ。

少し手伝いをするだけだ。誰に迷惑がかかるわけでもない。ただ意見を述べるだけで家族を救えるのだ、何をためらうことがあるのか。

そんな言い訳とともに、セシリアはトラヴィスの要請を呑んだ。

トラヴィスから依頼された『仕事』は、本当に意見を述べるだけだった。研究員の進捗報告――チャック・カトラルからのものが多かった――と思われる資料を読み、コメントを添えて返す。外部への流出を避けるためか、資料はトラヴィス自身が、イアンとのミーティングなどでM工科大学を訪れる際に持参した。人目のない会議室で資料を受け取り、トラヴィスが席を離れている間に慌ただしく目を通す。別紙へコメントを記入し終わったところでトラヴィスが回収する。その繰り返しだった。

資料の内容は、ほとんどがイアンの関わる新規ガラス開発プロジェクトに関するものだった。なぜ彼本人に頼まないのだろうと最初は疑問に思ったが、資料を読むうちに理由が解った。

イアンの理論は、検証を試みることさえ困難な机上の空論だった。

理論そのものに瑕疵があったわけではない。基礎研究なら――大学の研究者なら、充分に誇りうる業績だ。しかしSG社の立場は違う。彼らは一企業として――あのヒュー・サンドフォード率いる営利団体として、プロジェクトの成果を製品化し、販売して利益を上げねばならない。彼らにとってイアンの理論は、美しいだけで草木も生えない極寒の氷原に等しかった。

セシリアの役割は要するに、氷原を溶かして苗を植えること――イアンの理論を実践するための方法論を、SG社とともに考えることだった。

その役割の担い手として、トラヴィスがなぜ自分を選んだのか。実のところ今もよく解らない。

イアンの恋人なら彼の理論を一番よく理解しているはずだ、とでも思われたのだろうか。そんなはずないのに。研究者としての自分は、イアンの足元にも及ばないのに。

だがトラヴィスの認識は違ったらしい。事あるごとに「あなたは自分を卑下しすぎる」と言われた。

それが社交辞令でなかったのかどうか、確かめる術はもうない。

セシリアが知っているのは、イアンの提唱した『屈折率可変型ガラス』が、量産品としては結局ものにならなかったことだけだ。

彼女のコメントを基に、トラヴィスとチャックがどうにか製造条件を決定し、サンプルの製造にかかった矢先、試作現場であるSG社の研究所で爆発事故が発生した。

作業員の操作ミス――とトラヴィスは語った。

しかし、事故の本当の原因が、装置に多大な負荷をかける極端な製造条件にあったことは明白だった。

三名の社員が命を落とし、結果として、屈折率可変型ガラスのプロジェクトは終息を余儀なくされた。

あなたのせいではない、とトラヴィスは語った。

慰められたところで自責の念は消えなかった。イアンも、関係者の席上で哀惜の意を示したそうだが、彼にとって理論の実行はあくまでSG社側の責任だった。

セシリアが口を出したせいで人命が失われた、と知ったら、イアンはどう思うだろう。

いや、それ以前に、彼のあずかり知らぬところでセシリアがプロジェクトに介入していたと知ったら。

彼のことだ、笑って許してくれるかもしれない。けれど本心は違う。きっと深く傷つくだろう。そうなったとき、彼は自分を愛し続けてくれるのか。

何も言い出せないまま、ずるずると時間だけが過ぎた。

新しいプロジェクトが立ち上がってからもセシリアの仕事は続いた。

が、爆発事故を境に、プロジェクトの内実は明らかに変質した。

イアンの理論をいかに実現させるか、ではなく、イアンの理論となるべく同じものをいかに実現するか、へと。

透過率可変型ガラスの理論に真っ向から挑むのでなく、『透過率が変わるガラス』という機能をいかに安全に、簡便に、量産可能な手法で――イアンの理論を無視してでも――実装するかが、最優先に検討されるべき事項になった。

共同研究という枠組みにおいて、それはイアンに対する明白な背信だった。

しかし、トラヴィスに罪の意識は薄いようだった。むしろ、これ以上犠牲を出してはならないという悲壮感すら表れていた。SG社にとってイアンの理論は、氷原どころか毒ガスを噴き出す沼以外の何物でもなくなっていた。

チャックの心情は知る由もなかったが、イアンへ多かれ少なかれ対抗心を抱いているらしいことは、最初の懇親パーティーで言葉を交わしたときから何となく察せられた。イアンの理論を無視することへの抵抗感は、やはり薄かっただろう。

何も知らないのはイアンだけだった。

トラヴィスとチャックは沈黙を貫いた。共同研究の契約期限までかなりの日数が残っており、イアンの理論を無視することは契約違反に繋がりかねなかったためだ。

そしてセシリアは、裏切りが露見することへの恐れから、やはり口を閉ざした。

それぞれの思惑によって、透過率可変型ガラスの改竄は隠蔽された。

この時点で協力を止めていれば、まだ引き返す余地はあったかもしれない。

だが、セシリアにその選択肢はなかった。

罪もない社員たちを死に追いやる遠因を作りながら、無責任に逃げることが許されるのか。それに——ここで手を引くと言い出したら、トラヴィスがセシリアの仕事の件をイアンへ伝えるかもしれない。その恐れがセシリアの退路を断ってしまった。

透過率可変型ガラスの代替手段として、自分の専門である液晶を提案したのは、今思えばある種の逃避だった。

ガラス開発のプロジェクトで、ガラスでない材料を主軸に据えるなど受け入れられるはずがない。トラヴィスたちも諦めてくれるのではないか——そんな期待がなかったと言えば嘘になる。

が、淡い願望は打ち砕かれた。

二枚のガラスに液晶を挟み込むアイデアは、拒絶されるどころか称賛され、チャックの手であっけなくサンプル作成まで進んでしまった。

ヒューへのプレゼンテーションが成功裏に終わったと知ったとき、セシリアの胸に去来したのは安堵だった――イアンに知られずに済んだ、という。

イアンの目の前でサンプルのデモを行うと聞いたときは不安に襲われたが、トラヴィスがうまく切り抜けたらしい。

恋人を裏切り、あまつさえ罪が露見しなかったことを喜んでいる。イアンへ微笑みを返しながら、自分がどこまでも汚れていくような気がした。

――『その答えはお前たちが知っているはずだ』、と。

なぜ自分たちを閉じ込めたのかとの問いに、ヒューの伝言としてパメラが返した言葉。トラヴィスやチャックには、「よくも私に虚偽の説明をしたな」とでも聞こえたかもしれない。

だがセシリアにとってそれは、彼女の罪の数々に対する弾劾だった。

――お前が手を貸さなければ、何の罪もない人々が命を落とすこともなかった。

――お前は、恋人を裏切った。

※

「セシリア、どうなんだ！」

険しい顔でイアンが詰め寄る。

「ごめんなさい……ごめんなさい」

頰を涙で濡らし、力なく首を振る。口に出せたのは空虚な謝罪だけだった。

液晶の駆動にはほとんど電圧を必要としない。セシリアのアイデアが、偽の透過率可変型ガラスの機構としてあっさり採用された理由のひとつだ。

チャックは当然知っていた。だからドアに手を触れることができた。ただの安全確認行為が、結果的にセシリアの罪を暴くことになるとは思いもしなかっただろう。

イアンだけが何も知らなかった。彼にとって、理論の実用化は『泥臭い作業』でしかなかった。現実の透過率可変型ガラスの機構や動作条件——危険かそうでないのか——など、敢えて知る必要すら感じなかったに違いない。

……ほんの数分前までは。

危険と言った当人が簡単に手を触れたのなら、高電圧云々の説明は虚偽であり、透明・不透明を切り替える別の原理が存在することになる。そのひとつとして液晶を連想するのは、イアンにとって恐らくたやすいことだった。

「謝るだけじゃ何も解らない」

イアンが肩を揺さぶった。「きちんと説明するんだ！　君は本当に、僕を」

声が唐突に途切れた。

何の前触れもなかった。イアンの目が見開かれ、口から小さな呻きが漏れる。

肩を摑む両手から力が失われる。イアンが緩慢に背後を向いた。

「……馬鹿な」

ただ一言だけを呟き——セシリアを力なく押しやりながら、イアンの身体が崩れ落ちた。セシリアはバランスを崩し、リノリウムの冷たい床に尻餅を突いた。

「イアン？」

恋人は答えない。顔を床に押し付けたまま身動きひとつしない。背を覆う白服に、赤い染みがじわりと広がっていた。

脳が理解を拒絶した。

背を血に染めて倒れ伏すイアンを、セシリアは床にへたり込んだまま見つめ——後方、通路の奥へ視線を動かす。

何も、い、い、い、何も見えない。

無機質な天井が、通路を挟む透明なガラスが、最奥のコンクリート壁が広がっているだけだ。

その、何もない空間の片隅に、セシリアは赤いものを見た。

真紅に濡れ光る、鋭い何か。

「――い」

視界に映るすべてが唐突に意味をなした――イアンが倒れている、背中を刺されている。そして。

「いやああああっ」

悲鳴が喉からほとばしった。尻餅を突いたまま後ずさり、脚をもつれさせながら立ち上がる。

「助けて！」

必死に通路を走った。「誰か、誰か――」

不意に目の前が開けた。広間だ。セシリアは鉄扉の前に駆け寄り、力の限り叩いた。

「お願い、開けて！　ここから出して！」

扉の外にいるとも解らない誰かへ、セシリアは懇願した。扉を叩く手に血が滲んだ。

「許して！　もう許して。お願い、何でも言うことを聞くから。だから――」

懇願の続きを、セシリアは紡ぐことができなかった。

冷たい衝撃が心臓を貫いた。

短い呻きが喉からこぼれ出る。

振り向く力もなかった。衝撃が灼熱の激痛へ変化する。視界に赤黒い幕が下りる。全身の力が、意識が、急速に無くなっていく。

――イアン……。

恋人の顔を思い浮かべようとした。影が虫食いのように視界に浮かび、しかし像を結ぶ前に消えた。

意識が永遠の闇へ滑り落ちる直前――

どこかで、硝子鳥の歌が聴こえたような気がした。

第10章　タワー（Ⅴ）
――一九八四年一月二十一日　一一：四〇～――

薄灰色の煙が非常階段を這い上がり、最上階の踊り場へ流れ込み始めた。

――まずい。

マリアのこめかみを再び汗が伝い落ちた。とうとうここまで煙が回ってきた。

最上階の空気は少しずつ、しかし確実に、焦げ付くような異臭を強くしていた。気温も心なしか上昇したように感じる。火勢を確認しようにも、煙がここまで上ってきてしまった今、階段を下りるのは自殺行為に等しい。

屋上には出られない。最上階や他の階への扉も閉ざされている。非常階段はタワーの半ばで破壊されてしまった。

逃げ場はどこにもない。このままでは間もなく窒息だ。

防火扉を見やる。隙間から滲み出た血痕が書類一枚ほどに広がり、赤黒く固まり始めている。

十一時四十分。たった扉一枚の隔たりをどうすることもできず、名も知らぬ誰かを死なせてから四十分以上過ぎていた。

「冗談じゃないわよ！」

マリアは防火扉に蹴りを入れた。「そこにいるんでしょ、この人殺し！　さっさと開けて出てきなさい！」

返るのは沈黙だけだった。

防火扉は微動だにしない。向こう側にいるはずの殺人者の声も聞こえなかった。マリアは扉を平手で叩いた。

――マリア、くれぐれも慎重に。……決して無茶をなさらないよう。

不意に、生意気な部下の声が蘇った。

……レン、どうしてくれるのよ。

こういうのを言霊（コトダマ）と言うんだっけ？　あんたの国の言葉で。あんたが余計なことを言ってくれたおかげでこっちは大事（おおごと）よ。

無茶苦茶な理屈だったが、怒りや愚痴を無理やりにでも言語化しなければ、忍び寄る恐怖を抑えられそうになかった。

部下を案ずる感情は浮かばなかった。漣のことだ。とっくにタワーを脱け出して、こちらの行方を探しているに違いない。まったくあの人は、とでもぼやきながら。

どうする……どうする。

高さ二百六十メートル強。非常階段が壊れて孤立状態と化し、次の爆発がいつ起こるかも解らない。そんな場所へ自力で救助に来るのはたとえ漣でも不可能だろう。

それに、煙が到達した今、膝を抱えて救助をのんびり待つ選択肢は無くなった。ここに取り残されていることをマリア自身が外部に発信して、一刻も早く公的機関の救助を呼ぶしかない。漣も手を回してくれてはいるだろうが、NY州の消防や警察が、部外者の漣にどれだけ耳を傾けるか。

ヒュー・サンドフォードの所在は気になるが、もしマリア同様、最上階から出られないでいるのなら、さっさと救助を要請して、屋上への扉を開け放っているはずだ。未だそんな気配もないということは、とうの昔に最上階から脱け出したのかもしれない。となると、最上階へ救助が派遣される可能性はますます下がる。

何とかしなければ……何とか。

屋上へ向かう階段の途中に、嵌め殺しの窓が見えた。しかしかなり高い位置にある。叩き割るのは難しい。そもそも道具がない。タワーに金属探知機が設置されていると聞き、拳銃をホテルの金庫に置いてきてしまったことをマリアは心底悔やんだ。

なら、屋上の扉の暗証番号をでたらめにでも入力して、宝くじを引き当てることに賭けるか。絶望的な確率だ。何兆分の一……いや、それ以下か？

それとも、体当たりして力ずくで防火扉を破るか。

こちらも絶望的だ。警察官としてそれなりに鍛えているとはいえ、自分ひとりで体当たりして、果たして何回目で頑丈な扉を壊せるか。だが、迷っている間にも時間と選択肢は確実に削られているのだ。

運に賭けるか力に賭けるか。胸に手を当て、呼吸を整える。

……運任せは、あまり性に合わないわね。

数歩下がり、扉めがけて突撃しようとしたそのときだった。


がちゃり、と扉が音を立てた。


出鼻をくじかれ、マリアは思わずたたらを踏んだ。

何かが飛び出してくるかと思ったが、扉は閉まったままだ。慎重にハンドルに指をかけ、力を込める。あれほど微動だにしなかったのが嘘のように、防火扉が軋みを立てて手前に開いた。

電子ロック式だったらしい。詳しい構造は解らないが、どこかの電気回線が火災で故障したようだ。運任せを捨てた矢先に幸運が転がり込むとは、皮肉にも程がある。

扉を開け放つ。目にしたくなかった光景がマリアの網膜に焼き付いた。

人が倒れている。

女性のようだ。長い黒髪が肩を覆っている。痩せぎすの身体。病衣のような白い服を着ているが、背中の広い範囲が血の色に侵食されている。刺傷が見えた。固まり切らない血溜まりが、防火扉の外へわずかに流れ出た。

扉越しに助けを呼んだ相手に違いなかった。

女性の首筋に指を当てる。体温はわずかに残っていたが、脈はない。マリアは唇を噛み、遺体の上半身をこちらへ向けた。

二十代半ばだろうか。表情が苦悶と哀願に歪んでいる。本来なら目鼻立ちの整った顔だったであろうだけに、マリアは余計に見ていられなかった。遺体の瞼を閉ざし、元の位置に戻した。

扉の外へ目を向ける。先程より煙の量が増していた。赤黒い炎の先端が、非常階段の下から見え隠れした。

時間がない。遺体を背負う余裕もなかった。マリアは死者に詫び、フロアの奥へ足を踏み入れた。赤黒い血痕が点々と、マリアを誘うように床に連なっていた。


中は薄暗かった。

蛍光灯が消えている。防火扉のロック同様、照明の電気系統も死んでしまったようだ。代わりに、非常灯の光が天井から弱々しく注ぎ、周囲を朧(おぼろ)に照らし出していた。

ガラス張りの巨大な空間だった。

天井まで届く大きなガラスが、迷路の壁のように何重にも張り巡らされている。四方をガラスで仕切った小部屋——檻、と呼んだ方がいいだろうか——が縦横に連なっている。檻の間を縫う通路は一直線でなく、分岐や曲がり角だらけだった。

「……何よ、ここ」

思わず声が漏れた。

床はリノリウム、天井と外壁は剝き出しのコンクリート。窓はない。ヒュー・サンドフォードの私邸と呼ばれる最上階に、こんな場所が造られていたとは。

何のための場所なのか、という疑問は、すぐに答えが出た。

奇妙な動植物たちが、ガラスの檻に閉じ込められていた。

派手な模様の鳥。白毛の猿。豹に似た猫――名も知らぬ生物たちが、何体、いや何十体も陳列されている。周囲の異常を感じ取ったのか、暴れている個体も多い。

動植物園だ――それも、普通の動植物園ではまずお目にかかれない生物たちの。

希少生物のコレクションルームだ。生物にあまり詳しくないマリアも直感で理解できた。自分と蓮がサンドフォードタワーへ来た目的、違法取引の生ける証拠だった。

ガラスの檻の一角に、見覚えのある花が一輪咲いていた。まだ世に出回っていないはずの、深い青色のバラ――《深海》。

……署長の野郎、横流ししやがったわね。

マリアたちの捜査に横槍を入れたのはこれが理由だったのか。証拠を押さえたいところだが取り出し方が解らない。透明なドアらしきものは見つかったが施錠されていた。

ガラスめがけて拳を叩きつける。――割れない。壁を殴りつけたような痛みが拳に返った。強化ガラスか。

ぶち破るための道具も見当たらなかった。壊すのは一旦諦め、マリアはガラスの迷路を走り、数メートルも進まないうちに足を止めた。

通路の先に人が倒れている。

男性のようだ。金髪に覆われた顔をこちらに向け、うつぶせに横たわっている。防火扉の女性と同様、病衣に似た簡素な白い服を纏い――背中を赤く染めていた。

「ちょっと！」

駆け寄り、肩を揺する。「大丈夫!? どうしたの！」

反応はない。手のひらに伝わる体温は恐ろしく冷たかった。……手遅れだ。

倒れているのはひとりだけではなかった。

金髪の男の近くに二人目。やはり男のようだ。茶色の巻き毛に眼鏡。衣服は同じく白。腹部から流れ出たらしい血が、床に池を作っている。

やや離れた場所に三人目。こちらも男。黒髪を後ろへ撫でつけている。衣服はやはり白の病衣――と言えるかどうか。身体の上半分がべったりと、元の色が判別できないほど赤黒く変色していた。

さらに離れた位置に四人目。こちらは女性らしい。後頭部で束ねた赤銅色の髪が解けかかっている。胸に生々しい血痕が広がっていた。

全員身動きひとつしない。駆け足で順番に首筋へ指を当てる。誰も脈がない。明らかに死んでいた。

皆、刺されているようだ。しかし刃物の類がどこにもない。……殺されたのか。

四人――いや、防火扉の女性を入れれば五人。見た目で十代から二十代、年長でも三十代だろうか。少なくとも、五十代のヒュー・サンドフォード本人でないのは明白だった。

……誰。彼らは何者？　どこから来たの。

こんなところで何をしていたの。誰が彼らを殺したの？

訝しむ余裕はなかった。焼け付くような臭気がマリアの鼻腔をかすめた。

煙が追いかけてきた。マリアは舌打ちし、振り切るように死者たちから離れた。

入り組んだガラスの壁の間を抜けると、いきなり開けた場所に出た。

ちょっとしたパーティールームのような、広い部屋だ。足元には柔らかい絨毯。天井には豪奢なシャンデリア。部屋の中央には楕円形のテーブルと何脚かの椅子が置かれている。

テーブルの傍らに、二人の人間が倒れていた。

ひとりは、十代後半と思しき少女。アッシュブロンドの髪をポニーテールに結んでいる。ピンクのセーターにジーンズという若者らしい服装で、身体の右側を下にして横たわっている。

だがその有様は、若者らしさとはかけ離れた凄惨なものだった。

眉間に弾痕が刻まれていた。

頭部を中心に、絨毯に赤い染みが広がっている。濁りを帯びた両の瞳が、虚ろに絨毯を見つめている。頬からセーター、ジーンズに至るまで血飛沫が飛んでいた。右の手のひらから袖口までもが血に染まっていた。

そしてもうひとりは、五、六十代の男。

少女から十数歩離れた場所で、仰向けに倒れている。こちらも眉間を撃ち抜かれていた。広い額に白髪。恰幅のいい大柄な体格。ガウンがはだけ、肉の付いた胸が覗いている。手足はだらしなく絨毯に投げ出されている。

ヒュー・サンドフォードだ。

啞然とした。

マリアも顔を知るU国随一の実業家が、物言わぬ遺体と化して横たわっている。違法取引の件を摑んだときは、いずれ相対する日が来るだろうと思ったが、爆破テロらしき事態に見舞われたビルの中、他殺体として出くわすことになろうとはさすがに予想できなかった。

ということは……傍らの少女がヒューの娘、ローナ・サンドフォード。

父親の巻き添えになったのか。あるいは最初から犯人の獲物のひとりだったのか。どちらにしても、痛ましく許しがたいことに変わりはなかった。

凶器の銃は見つからなかった。人影もない。後方の壁に本棚が並んでいる。一箇所、本棚の並びが途切れていて、その奥に薄暗い空間が続いていた。

自分はあそこから出てきたらしい。出入口にしては場所が不自然だった。隠し扉か。迷路のようなコレクションルームといい、ヒューは随分と子供っぽい趣味をお持ちだったようだ。

テーブルを挟んだ向こうに扉が見える。

ここまでの道程に、生きた人間の気配はなかった。殺人者がいるとしたら、あの先。

相手は凶器を持っているはずだ。こちらは丸腰。ためらう時間的余裕はなかった。本棚に駆け寄り、一冊摑んでスーツの胸元に突っ込む。防弾というにははなはだ頼りないが、何もないよりましだ。椅子を武器にしたかったが、持ってみると結構重く、逆に身動きが取りづらくなりそうなので諦めた。

意を決し、マリアは扉を開け放った。

エレベータホールだ。

誰もいない。右手にホームドアが見える。これが直通エレベータか。昇降ボタンを押したが何の反応もなかった。稼働していたら一気に地上まで降りられたかもしれないが、さすがにそこまで甘くはないようだ。

迫る火の手。姿なき殺人者。二重の危機に精神力を削り取られながら、マリアは絨毯敷きの廊下を進んだ。

誰もいない。

ヒューやローナの私室と思しき部屋。ダイニングルーム。キッチン――広いフロアの中、目についたドアを片っ端から開けてみたが、殺人者の姿はどこにもなかった。

行き止まりに突き当たった。フロア全体で見ると、マリアが入って来た防火扉の反対側辺りだろうか。こちらは扉でなく、のっぺりとした壁があるだけだ。

廊下は一本道だった。……誰とも出くわさなかった。殺人者は姿も形もなかった。

逃げられたか――しかし、どこへ？

これまでに確認できた限り、最上階へ出入り可能な箇所は二つだけだ。マリアが入った防火扉、そしてエレベータ。

行き止まりへ突き当たるまでの間、マリアは誰ともすれ違っていない。エレベータは停止している。犯人はどこから来てどこへ逃げたのか。

部屋を覗いている間に、別の部屋からこっそり逃げたのか。あるいはコレクションルームのどこかに身を潜めていたのか。……人の気配があれば気付いたはずだと思いたいが、現に殺人者がいない以上、見落としがあったと考えるしかない。

どうする。犯人を追いかける？　こんな状況で悠長に鬼ごっこをする余裕があるか。第一、相手がどこへ逃げたかも解らないのに——

……屋上？

防火扉のロックが外れて最上階に入れた。屋上への扉も、同様に解錠されている可能性がある。犯人はマリアをやり過ごし、防火扉を出て屋上へ逃げたとしたら。

凶器を持った犯人に待ち伏せされるかもしれないが……ここでぐずぐずしているよりはましだ。屋上へ出られるなら、自分が助かる可能性も高くなる。

踵を返して走り出した直後——巨大な炸裂音が前方から響いた。

床が揺れた。突然の風圧に押され、マリアはたたらを踏んだ。

焦げ臭い埃が漂う。顔をしかめ、口を手で押さえながら煙を掻き分け——マリアの眼前に、赤く揺らめく光と凄まじい熱量が立ちふさがった。

「……嘘でしょ⁉」

エレベータホールが燃えていた。

シャトル内に爆発物が仕掛けられていたらしい。ホームドアが、巨人に踏みにじられたかのように内側からひしゃげ、黒煙を噴いている。絨毯が燃え上がっていた。ご丁寧に可燃物が仕込まれていたのか、灯油のような刺激臭が鼻に刺さった。

進めない――火と煙と放射熱に遮られ、パーティールームの扉までの数メートルを進むことができない。

パーティールームへも火が回り込んでいるのが、揺らめく炎と煙から垣間見えた。

くそっ――！（くそっ：シット）

マリアは再び方向転換し、廊下を走った。もう脚の痛みを気にする余裕も、犯人を追う時間もなくなった。ダイニングルームに飛び込み、ドアを閉める。高級感の漂うテーブルと椅子が並んでいる。向かい側に窓。無数の摩天楼が広がっている。

窓――

鍵は見当たらない。嵌め殺しだ。マリアは椅子を摑み、渾身の力で窓に叩きつけた。

激しい音が響いた。窓に亀裂が入った。二度、三度、四度――叩きつけるたびに亀裂が広がる。

「この――！」

五撃目を振り下ろした。甲高い音とともにガラスが砕け散った。

風が吹き荒れた。危うく倒れそうになるのをどうにか踏み留まり、窓枠から下を覗き――直後、見なければよかったと激しく後悔した。

地面が遠い。

人が、自動車が、公園の植え込みが、砂粒のように小さく見える。野次馬だろうか、群衆が蟻のごとくタワーを遠巻きにうごめいている。

顔を窓の外へ突き出したまま、視線を恐る恐る上へ移す。窓の上縁から屋上の縁まで、目算で四、五メートル。途中は凹凸のないガラス壁。自力で這い上がるのは無理だ。カーテンを結んでロープにしようにも、引っかけられそうな場所がない。

しかも――屋上から黒煙が垣間見えた。

直通エレベータ同様、屋上にも何か仕掛けられていたのか。あれでは救援のヘリも着陸できるかどうか。

駄日だ……どこにも逃げ場がない。

燻(いぶ)すような臭いが強まった。ダイニングルームのドアの隙間から煙が侵入し始めている。あと数分もすれば火の手が及ぶだろう。

……ここまで、か。

警察官になって、幾度となく厄介な事件に巻き込まれた。ろくな死に方をしないかもしれないと覚悟していた。が、よもやこんな壮絶な最期が待ち受けていようとはさすがに想像しなかった。

もう少し、日頃の行いに気をつけるべきだったかしらね。

家族や友人に最後に会ったのはいつだったろうか。同僚には挨拶もしていない。ボブに奢ってもらった呑み代も返していない。

生意気な部下に、面と向かって文句も言えやしない。

……まったく。

こんなところで、どうでもいい後悔ばかりが浮かんでくる——

「冗談じゃないわよ！」

割れた窓から身を乗り出し、マリアは叫んだ。「レン、何してるの！　あたしはここよ。聞こえないの⁉　早く助けを呼びなさい、この馬鹿！」

絶叫は空しく風に掻き消えた。マリアは再度息を吸い込み——

巨大な影が頭上を覆った。

白く滑らかな円形の気嚢。ゴンドラと橋脚。

プロペラの羽音が風に乗って響く。

ジェリーフィッシュだった。

気嚢の横にロゴのようなものが記されている。マリアの位置からは見えづらいが、辛うじて文字が読み取れた。

――『AIR FORCE』。

ゴンドラから紐のようなものが垂れ下がっている。縄梯子だ。下端から一メートルほど上の位置に誰かが摑まっている。揺れを抑えるためか、梯子の下端に重しが結ばれている。

横風と、タワーから噴き上がる煙に煽られ、ジェリーフィッシュが大きく揺れる。白い機体は風に抗うように体勢を立て直し、高度を下げた。屋上から激しい音が響く。橋脚を屋上の床に接触させたらしい。機体の横揺れが静まった。屋上の様子は見えないが、煙の発生源を避けているらしいのがおよその位置から察せられる。

橋脚と床の擦れる音が続いた。縄梯子が静かに揺れながら近付く。梯子に摑まった人物を見て、マリアは思わず声を上げた。

「ジョン⁉」

「マリア！」

U国第十二空軍少佐、ジョン・ニッセンが声を張り上げた。

ヘルメットからはみ出した銅褐色の髪。豹のように精悍な体軀――見間違えようもない。マリアのよく知る青年軍人が、縄梯子にしがみつきながら決死の表情で叫んでいた。

「今行く！　そこを動くな！」

言葉を失った。

一瞬の虚脱感が全身を包み――やがて、笑い出したい衝動に襲われた。

……ちょっと、何よこれ。

絶体絶命のピンチに助けが来るなんて、どこのアクション映画よ本当に！

背後を振り返る。ドアの隙間から煙が忍び込む。濃さと量が見る間に増していく。もうわずかの猶予もならなかった。

向き直り、窓枠に残っていたガラスを椅子で叩き落とす。椅子を絨毯に放り、両手を窓枠に当て、片足をかけて身を乗り出した。ジョンの顔色が変わった。

「やめろ、無茶をするな！　自分が行くまで――」

「そんな暇ないわ。火がすぐ後ろまで来てる。燻製（くんせい）になるのはごめんよ！」

縄梯子がさらに近付く。ジョンは顔を引き締め、腕を伸ばした。

「摑まれ！」


マリアは窓枠を蹴った。

一瞬の浮遊感。

身体が強い力で引かれる。

勢いのままマリアは右腕を伸ばし、ジョンの身体越しに縄梯子を摑んだ。

ジェリーフィッシュが上昇を開始した。

助かった——と、安堵する余裕はまだなかった。

縄梯子を握る手が汗でにじむ。宙に浮いた両足が頼りない。恐ろしくて視線を下に向けられない。

「……良かった」

耳元で囁きが聞こえた。そのとき初めて、ジョンの腕が自分の腰に固く回されているのに気付いた。彼の震えがジャケット越しに伝わった。

「知らせを聞いたときは……どうなるかと——」

マリアはとっさに言葉を返せず——やがて、静かに息を吐いた。

「ありがと。助かったわ」

精神を削り取られるような絶望感は消え失せていた。頭上にゴンドラが見える。縄梯子はまだ大きく揺れていて、船酔いのような眩暈(めまい)が続くのはどうしようもない。早く硬い床に足を下ろしたい——

「ちょっと、どこ触ってるの！　どさくさに紛れて変なことするんじゃないわよ！」

「安全帯を巻いているだけだ！　頼むから動かないでくれ！」

※

縄梯子が巻き上げられるまで数分を要した。

ジョンとともにゴンドラに収容され、身体を支えられながら床に足を下ろす。軍服姿の作業員が数名、広いゴンドラの中を慌ただしく動き回っている。

ようやく一息つける。安全帯を外し、数歩歩いた途端に膝が崩れた。

「大丈夫か！」

ジョンが駆け寄る。「……平気」返したものの、身体に力が入らない。限界まで体力を消耗していたようだった。

「——まったく、無茶をするなとあれほど注意したでしょう」

懐かしい声がした。寸分の隙なくスーツを纏い、眼鏡をかけた黒髪のJ国人が、呆れたような泣き笑いのような表情を浮かべた。

「部下の言うことも聞けないとは、幼稚園児ですか貴女は」

「うるさいわよ、レン」

命からがら救助された上司に早速小言とは、思いやりのない部下だ。「……あんたが軍（ジョン）を呼んでくれたのね」

「不幸中の幸いでした。ニッセン少佐が軍務で東海岸（こちら）にいらっしゃらなかったら、初動はかなり遅れていたかもしれません」

電話で捉まえるのは少々苦労しましたが、と漣。

そういえば、ジョンから出張の話を聞いた覚えがある。漣の記憶力と機転がマリアの命を救ったわけだ。最大限の感謝の言葉を探したが、「……ありがと」以外の一言は出てこなかった。

漣は静かに微笑み、「いえ」とだけ返した。

「ところでマリア。最上階へ行かれたのですね。どうやって中に入られたのですか。まさか強引に扉を蹴破ったなどということは」

「そうよ！」

疲労感が一気に消し飛んだ。本当に蹴破ったのですか、という漣の呆れ顔を無視し、部下と青年軍人へ詰め寄った。

「レン、ジョン。今すぐ最上階に戻れる？　時間がないわ。現場が――」

ゴンドラの窓が揺れた。

風でもプロペラでもない、地響きのような鈍い音が窓を揺らす。

マリアは窓に飛びつき、視線を下へ落とした。

タワーは今や、側面に穴の開いた煙突のような有様だった。先程の揺れは新たな爆発だったらしく、濃さの違う煙が側面の一角から巻き上がっている。

近付くのは無理か、と歯嚙みした瞬間だった。

タワーが崩れ落ちた。

わずか十秒にも満たない出来事だった。

中央部分のフロアが蛇腹(じゃばら)のように潰れ、上半分が丸ごと垂直に沈む。巨大な重量が下半分にのしかかり、押し潰す。瓦礫(がれき)同士が衝突して砕け、砂で造られた煙突のように粉々に崩れ去る。

轟音が遅れて響く。ガラスの破片が舞い落ちる。とてつもない量の粉塵が巻き上がる。タワーの周囲数百メートルが、薄灰色の煙の中に呑み込まれる。

幾千の悲鳴が聞こえる。風に煽られた砂粒のように、群衆が逃げ始める。


「……十一時五十八分。現場、崩落」

ジョンの押し殺した声を、マリアは呆然と聞いた。

※

「マリア、もう一度お尋ねします」

漣が手帳とペンを構えた。「サンドフォード父娘および他の五人は、貴女が最上階に入った時点ですでに死亡していたのですね？」

「だから何度も言ったでしょ。しつこいわよ」

事情聴取で同じ質問を訊き返すことはよくあるが、いざ自分が受ける側になるとこれほど苛立たしいこともない。質問者が小憎らしい部下ならなおさらだ。「急ぎ足だったけれど、一通り脈は取ったわ。……死んだふりをした奴がいたら、絶対に気付いたはず」

ろくに検分する暇もなかったが、その点は首を賭けてもいい。

「矛盾はないな」

ボブ・ジェラルド検死官が書類をめくった。白髪を掻き、小太りの身体を軽く揺すりながら、褐色の瞳を紙の上に走らせる。「ニューヨーク市警の検死によれば、七人の遺体は肺から粉塵が検出されず、崩落時に生じたと思われる傷からも生活反応が確認されなかったとのことだ。崩落の時点で死亡していたことは確実と言ってよかろう。

しかし、どの遺体もひどい有様だな。あちこち潰れた挙句に全身炙り焼きか。現場があんなことになっては仕方あるまいが……むしろよくここまで調べられたものだ。さすがは天下のニューヨーク市警といったところか」

しきりに頷いている。読んでいるのが検死報告書の写しであることを除けば、傍目にはグラビア誌へ熱心に目を通す近所の親爺そのものだった。

「死因や身元についてはどのように述べられていますか」

「さすがに全員の身元特定には至っておらんようだな。

確定したのはヒュー・サンドフォードと娘っ子の二人だけだ。辛うじて歯型と弾痕を確認できたようだが——そこの赤毛の証言がなければ、判断は難しかったろう」

マリアが九死に一生を得てから三日後。サンドフォードタワーの崩落は、今なおU国全土のニュースを騒がせていた。

瓦礫の山と化したタワー周辺は、現在も立入禁止規制が敷かれている。瓦礫の撤去作業は終了の目処が立っていない。

――崩落を目撃した後、マリアは漣とジョンに、自分が最上階で目にしたものを伝えた。

マリアはすぐ病院に担ぎ込まれたため、漣が地元当局とどんな交渉を行ったかは知らない。

ともかくマリアの証言を基に捜索が行われた結果、崩落からまる一日過ぎた一昨日になってようやく、瓦礫の中から七名の遺体が発見された。

そのうち二名がヒューとローナであることが昨日報じられ、以降、マスコミの報道合戦は過熱する一方だった。

マリアは一通りの治療を済ませた後、漣とともにA州に戻った。

ニューヨーク市警の執拗な事情聴取に嫌気が差したこともあるが、一番の理由は、『タワー崩落直前に最上階から救出された謎の女』の入院先を、マスコミに危うく突き止められそうになったせいだった。病室に押しかけられたら色々な意味で只事では済まなかった。

救出の場面はU国全土に生中継されたが、幸い画像が粗く、マリアの身元が暴露されることはなかった。ニューヨーク市警も、マリアの件についてはノーコメントを貫いてくれている。

フラッグスタッフ署へ帰還後、マリアは雑務をすべて放り投げ、タワー爆破およびサンドフォード家殺害事件の調査に心血を注いだ。今はフラッグスタッフ署の会議室でいつものメンバーと議論中だ。

署長は黙認している。とある知人から《深海》の株を借り、「横流しの証拠は挙がってるのよ」と迫ったら何も言わなくなった。当分この手が使えるわね、とマリアは内心ほくそ笑んだ。

タワー崩落の被害者は、他に負傷者が二百名強。ほとんどが避難時の転倒などによる怪我人だ。崩落の規模と、当時タワー内にいた人々の数――一万人強と言われている――を考え合わせれば、犠牲者が救助要員含め事実上ゼロで済んだことは奇跡に等しかった。

もっとも、物的被害は甚大だった。各テナントやオフィス、地下駐車場に埋もれた自動車などの補償。回収されずに終わったタワーの建設費。瓦礫の回収費用……サンドフォード系列の関係者は、さぞ気の遠くなる思いを味わっているに違いない。

さらに、タワーで働いていた人々は文字通り職場を失ってしまったわけで、彼らをどう支援するかも大きな課題となっていた。漣も、混乱の最中に知り合ったという女性社員二人の行末を気にかけている様子だった。

遺体で発見された七名の死因は伏せられたままだ。表向きは全員が、爆発や崩落に巻き込まれて死亡したという扱いになっている。事実をいつ公表するか、そもそも公表する機会が訪れるのか否か、現時点で見通しは立っていなかった。

「死亡推定時刻はどう?」

「『解剖日から少なくとも一日以上前』としか書いておらん。遺体の損傷が激しかったせいもあるが、死体発見までに時間を食ったのも効いたようだ。時刻単位での特定は無理だな」

やはり厳しいか。死亡時刻は別のアプローチから絞り込むしかない。

「父娘以外の五人の身元に当たりはついたの？　メイドやお付きの人間とか」

「メイドは一名のみ、残りの四名はヒュー・サンドフォードの客人だったようです」

漣が資料に目を落とした。今回の事件の捜査は、所轄であるニューヨーク市警主体で行われている。その捜査資料を、漣の交渉によりこちらへ回してもらえることになっていた。

五人の氏名と肩書を、漣は順番に読み上げた。

「パメラ・エリソン（31）――サンドフォード家のメイド。

イアン・ガルブレイス（28）――M工科大学の助教。

セシリア・ペイリン（26）――M工科大学大学院博士課程の学生。

トラヴィス・ワインバーグ（44）――SG社技術開発部部長。

チャック・カトラル（30）――SG社技術開発部研究員。

警備員が避難の際に受付記録を持ち出してくれていました。事件当日までに最上階へ赴き、現時点で行方が解っていないのが、イアン・ガルブレイスからチャック・カトラルまでの四名。メイドのパメラ・エリソンも消息を絶っています。他の関係者は一通り消息を確認できました」

「M工科大学？」

世界最高峰の理工系大学だ。経営畑のヒューの客人としては正反対のイメージがあるが。

「SG社とM工科大学で共同研究を行っていたようですね。事件前夜、関係者を交えて懇親パーティーが行われたという証言が出ています。恐らく社長直轄に近いプロジェクトだったのでしょう。現在、ニューヨーク市警が裏を取っているところです」

「四人は家に帰らずに最上階に泊まって、そのまま事件に巻き込まれたってこと？　前夜にパーティー？」

「状況証拠からはそのように推測できます」

最上階への出入りの状況を、漣は会議室の黒板に記した。

●一月二十日（事件前日）
〇八：三〇　ヒュー・サンドフォードおよびローナ・サンドフォード、最上階から一階へ
〇九：三〇　パメラ・エリソン、最上階から一階へ
一一：〇〇　パメラ・エリソン、一階から最上階へ
一三：〇〇　ローナ・サンドフォード、一階から最上階へ
一六：五五　ヒュー・サンドフォード、一階から最上階へ
一七：一〇　ヴィクター・リスター（顧問弁護士）、一階から最上階へ
一七：四五　ヴィクター・リスター、最上階から一階へ
一七：五〇　イアン・ガルブレイスおよびセシリア・ペイリン、一階から最上階へ
一七：五五　トラヴィス・ワインバーグおよびチャック・カトラル、一階から最上階へ

●一月二十一日（事件当日）

出入りなし

「警備員や監視員の証言、受付記録などを整理すると以上の通りです。

出入りはすべて直通エレベータ経由。御覧の通り、被害者たちは前日の十八時までに最上階へ赴き、その後地上へ降りていません。

唯一の例外として、ヒュー・サンドフォードの顧問弁護士が十七時十分頃に訪れましたが、被害者たちが訪れる前にタワーを出ています」

「その、ヴィクター・リスターとかいう顧問弁護士は、何の用でヒューのところへ行ったの」

「訴訟案件の進捗確認とのことでした。近隣に事務所があるためか、ヒュー・サンドフォードは打ち合わせの日取りを事前に決めず、空いた時間に突然呼び出すことが多々あったそうです。事件前夜もそのように呼び出された、と」

「そっちの裏取りは？」

「リスター弁護士がタワーを訪れる十分ほど前、十七時頃に、タワー最上階から弁護士事務所へ電話があったことが確認されています。ヒュー・サンドフォードが私邸へ戻った直後ですね。急に呼び出されたという証言に嘘はないと思われます」

「弁護士が訪れたとき、ヒュー父娘や私邸の内外で変わった様子は？」

「なかったそうです。もっとも、顔を合わせたのはサンドフォード社長とメイドの二人だけだったそうですが」

黒板を見やる。弁護士のヴィクターがタワーを訪れたとき、最上階にはヒューとメイドのパメラ、そして娘のローナの三人がいた。娘の姿は見なかったということか。

突然呼び出されたという点に怪しさを覚えたが、客人の四人が最上階に入ったのはヴィクターが去った後だ。手の出しようがない。

「最後の二人——トラヴィスとチャックが最上階に入った後の出入りは？」

「ありません。少なくとも正規の手続きを通しては。……記録上も、証言上も、前日十七時五十五分が最後となります」

以降、誰も最上階を訪れず、出てもいない。

友人の家で呑んだくれて一泊した経験なら、マリアも腐るほどある。だが——

「招待客が全員泊まった、というのが引っかかるわね。皆がヒューと特別に親しかったわけでもないでしょうに」

被害者の中には若い男もいた。娘と同じ屋根の下へ男を泊めることに、ヒューは抵抗を感じなかったのだろうか。

「招待客にとっても、宿泊の件は事前に予定されたことではなかったようですね。

被害者のひとり、トラヴィス・ワインバーグが、十八時十五分頃に最上階から自宅へ電話をかけています。電話を受けたワインバーグ夫人によれば、『今夜は戻れそうにないから先に休んでくれ』と伝えられた、と。

また、イアン・ガルブレイスとセシリア・ペイリンが十七時頃、M地区のホテルにチェックインしたことが解りました。彼らは三十分後に連れ立って――恋人同士だったようですね――ホテルを出、そのまま日付が変わっても戻っていません」

「いや待て九条刑事。それは妙だ」

ジョン・ニッセン空軍少佐が、不意に沈黙を破った。「近場にホテルを取っていたのなら、どれほどパーティーの閉幕が遅くなろうとそちらへ帰るのが普通ではないだろうか。仮にサンドフォード氏の厚意があったとして、ホテルへ一報を入れても良さそうなものだが」

「あら。あんたにしてはいいところに気付くじゃない、ジョン」

「どういう意味だ。そもそもなぜ私がこの場にいなければならないのだ。私は君の救出に当たっただけで、今回という今回は事件とは無関係だろう」

「呼んでないのにフラッグスタッフ署へ来たのはあんたでしょ。てっきり捜査会議に参加したいのかと思っちゃったんだけど」

ジョンが呻いた。「それは……君の見舞いというか……」いつもの彼らしからず言い淀む。頬も心なしか赤くなっているようだ。

「まあまあ、細かいことは気にするな」

ボブの口元がにやりと緩んだ。「人が多ければそれだけ議論も白熱するというものだ。何と言ったかな、ことわざで――」

「『三人寄れば文殊の知恵』ですね。J国の表現ですが」

漣が真面目腐った顔で返した。モンジュとは何だろう。「――ニッセン少佐の指摘された点はニューヨーク市警の捜査資料でも触れられています。ただ、『サンドフォード氏の側から強引に引き留められた可能性は否定できない』とも書かれていますが」

「引き留められたどころの話じゃないでしょ。ホテルに帰ることも外へ連絡を取ることも、物理的に不可能になってしまったとしたら？」

会議室が静まり返った。

「……拘束された、というのか。事件の起こる前夜に」

「助けてくれた後、すぐにあんたにも話したでしょ。ヒューとローナ以外の全員は、希少生物のコレクションルームみたいな場所で殺されていたの。それも、同じ白い服を着て」

最上階での、凄惨かつ異常極まりない光景が網膜に蘇った。「詳しい経緯は知らない。完全にあたしの勘だけど――彼らは懇親パーティーに訪れたところを捕らわれて、あの場所に監禁されたんじゃないかしら」

「そして囚人よろしく着替えさせられ、挙句の果てに殺害された、ですか。どこぞの猟奇映画のようですね」

「……ちょっとレン、馬鹿にしてる？」

いいえ、と漣は首を振った。

「現実に発生した事態の方がよほど映画じみています。こう言ってしまうのも何ですが、真相がどんなものであろうと不思議はありません」

U国随一の大富豪の所有する高層ビルが爆破され、跡形もなく崩れ落ちてしまったのだ。事実はアクション映画より奇なりだ。

「待て待て。猟奇だろうとアクションだろうと構わんが、それなりに辻褄を合わせてもらわんと困るぞ」

ボブが口を挟んだ。「テロリストどもがサンドフォード一家や訪問客を監禁し、タワーを爆破してどこかへ消えた、ということか？　そいつらはどこからどうやって忍び込んで、どうやって逃げた？　最上階はガチガチに監視されていたと聞いたぞ」

「いえ、むしろ逆じゃないかしら」

「逆？」

「イアン・ガルブレイスとセシリア・ペイリンは、ホテルに何泊する予定だったの？　レン」

「……二泊、と資料にありますね。パーティーの後、ニューヨーク市街を観光するつもりだったのでしょう」

「チャック・カトラルは？」

「実家を出てひとり暮らしです。宿を取ったかどうかは解っていません。恐らく取っていなかったものと思われます」

「そしてトラヴィス・ワインバーグは、『帰れない』と家族へ伝言した。

……招待客の四人が、事件前日から当日にかけて連絡が取れなくなったとして、疑問に思う人間は誰もいなかったわけよね？」

三人が顔を見合わせた。

イアンとセシリアが二泊する予定だったなら、少なくともホテル側にとって、一泊目に二人が戻らなくても大きな問題にはならない。ホテルに一報を入れるはずだとジョンは指摘したが、それはあくまで客のモラルの問題だ。

ひとり暮らしのチャックは考慮不要。家族のいるトラヴィスも、『帰れない』と電話するよう仕向けてしまえば何の問題もなくなる。

「テロリストがタワーを破壊するついでに被害者たちを監禁したんじゃなくて——犯人が最初から、他の被害者たちを監禁するつもりだったとしたら？

タワーの破壊が主目的なら、テロリストが被害者たちの服をわざわざ着替えさせる理由なんてないわ。何らかの私怨を持った犯人が、恐らくは彼らから武器を奪うために服を剝いで——監禁して殺害したのよ」

漣が顔を上げた。

「そ、そ、そのために非常階段が破壊されたというのですか？　被害者たちを足止めするために。タワーを丸ごと破壊したのはそのカモフラージュだった、と？」

「おかげで偉い目に遭ったわよ、こっちは」

逃げ道を塞がれたときの絶望感がまざまざと蘇る。まさか犯人も、決行当日に警察官が迷い込むとは思わなかっただろうが。

ジョンは深刻な顔で腕を組み、「待て、やはりおかしい」と首を振った。

「犯人が被害者たちの監禁殺害を主眼に置いていたのなら、爆発物を用いる必然性がどこにある？　周囲の——いや、U国全土の注目を浴びるだけではないか。

それに、君の証言が正しければ、サンドフォード父娘は服を替えさせられていなかったのだろう。犯人は彼らだけを特別扱いしたのか？」

「そうなのよねぇ……」

その辺りを突かれると痛い。犯人の行動がどうにもちぐはぐに過ぎる。

「爆発物といえば、そっちの方から犯人を追えんのか？　高層ビルを丸ごとぶっ壊すなど素人(しろうと)の仕業とは思えんが」

「その点もニューヨーク市警が追跡中です。タイマー式、もしくは無線起爆式であろうとの見解ですが……どうも妙な雲行きになっています」

「というと？」

「十年前、ヒュー・サンドフォードの所有する別のビルが爆破テロに遭った事件をご記憶ですか。

事件後にビルは放棄され、昨年になってようやく解体工事の準備が進められたのですが——今回の事件を受けて調査したところ、解体業者が発注した爆薬の量と、倉庫に保管されていた爆薬の量が食い違っていたそうです」

「盗難——⁉」

「管理がかなり杜撰だったらしく、いつ盗難に遭ったかは判明していません。解体工事の計画自体が頓挫しており、爆薬も半年近く倉庫に放置されていたそうです」

「ビルの解体を嗅ぎつけた者が、これ幸いと盗み出したのか」

爆薬の手配そのものは正規のルートで行われる。横から掠め盗ってしまえば足はつかない。

問題は、爆薬に関する情報を犯人がどうやって入手したか、だが――

「ヒュー・サンドフォードの関連会社に所属する人間なら、誰でも機会はあった、ってこと?」

マリアの問いに漣は頷いた。

「十年前の事件があったビルですが、名義上の所有者はSG社の子会社でした。さらに言えば、今回の被害者のうち三名――イアン・ガルブレイス、トラヴィス・ワインバーグ、そしてチャック・カトラル――は、昨年末にもサンドフォード邸を訪れていたそうです。共同研究のプレゼンテーションだったようですが……その際に何らかの方法で、あるいはサンドフォード自身の口から情報を入手した可能性は捨てきれません」

爆発物を調達できたのは誰か、という観点から犯人を絞り込むのは難しい……か。

「爆薬の入手経路はそれで説明できるとして、タワーの中にどうやって運び入れたの？　三十七階から上は非常口が施錠されていたはずよね」

マリアも今回の事件で確認している。通常のエレベータは三十五階止まりだったはずだ。

「業務用エレベータを使ったのではないでしょうか。

来場者用とは別に、大型の荷物を運搬するためのエレベータが、一階から七十階まで通っています。最上階へはアクセスできませんが、途中のアメニティエリアなら乗り入れられます。捜査資料によれば、昨年末まで業者が何度か内装工事のために使用していたそうです」

それに紛れて運び込んだ、か。

あるいは、その時点で運び入れずとも、どこかのフロアの非常口をこっそり解錠しておく手もある。非常階段経由でそのフロアに入ってしまえば、後は荷物運搬用エレベータのシャフトを伝って他のフロアへ移動することも不可能ではない。準備がすべて終わったら非常階段の扉を閉め、隙を見てシャフト経由で三十五階以下へ降りるだけだ。かなり体力を使うが。

そもそも、非常口の合鍵を入手できたなら、エレベータのシャフトを使う必要もない。

「しかし」

ジョンが首を捻った。「爆薬を入手し、タワー内に出入りできたとして、最新の高層ビルをあれほど見事に——という表現は不謹慎だが——崩落させるには相応の専門知識が必要となるはずだ。そこから犯人を絞り込むことはできないだろうか」

「セシリア・ペイリンの父親が、U州の地元で建設会社を営んでいます。経営状態は芳しくないようですが——その伝手で、彼女が建造物に関する知識を持っていたことは考えられますね。ただ、こちらも非常に悩ましいのですが……タワーを崩落させるのに、犯人がさほどの知識を必要としなかった可能性が指摘されています」

「どういうこと？」

「十六年前の建築基準法の改正以後、新築の高層建築物は、以前に比べて大幅に安全を軽視した設計が許されるようになりました。

　必要な非常階段の数は六から三へ半減。柱や床の耐火基準も緩和されました。それどころか、今回のサンドフォードタワーをはじめ、改正後に建設された高層ビルの多くで、実態に即した耐火試験が行われていないという話もあるようです。ある研究機関がテストしたところ、耐火時間は二時間にも満たなかったとか」

「ちょっと、何よそれ。実はあのタワーは、吹けば飛ぶようなとんでもなく脆い構造だったってこと⁉」

「強風に持ちこたえる程度の強度はさすがにあったでしょうが……タワーの内殻——エレベータホールを囲む壁——が燃え落ちれば、全体が簡単に瓦解した可能性があると専門家が指摘しています。

　十年前のテロ事件の後、現場のビルが放棄される羽目になったのも、爆発の影響で支柱が破損したからだとの噂まであるようです」

　タワーの一部を吹き飛ばすだけのつもりが、思いのほか火が回り、そのまま崩落に繋がってしまったのかもしれないということか。

　ぞっとした。……堅牢と信じていた摩天楼が、急に牛乳パックのように頼りなく思えた。

　ヒューもよく居を移したものだ。宣伝効果を狙ったのだろうとはいえ。耐火試験の不備の件はさすがに知らなかっただろうが。

「その割には、よくも死体の数がこの程度で済んだものだな。もう少しでお前さんの分も増えていたかもしれんが」

「笑えない冗談はやめて」

捜査報告書によれば、最上階の鉄扉の電子ロックを司る電気回路があのタイミングで焼き切れたのは、ほとんど偶然の産物だったらしい。もしあのまま開かなかったら本当にどうなっていたか。……しかし。

頬を引き攣らせながらも、マリアはボブの指摘を軽口と片付けることができなかった。

犠牲者の数が少なかった理由として、タワーの上半分がほぼ無人だったこと、爆発物が無人のエリアにのみ仕掛けられていたことなどが、捜査報告書で指摘されている。爆風による直接の犠牲者が出ず、避難も比較的迅速に済んだ。

裏を返せば、もしタワーの下半分――多くの人々が詰めかけるショッピングエリアやオフィスエリアに爆発物が仕掛けられていたら、犠牲者の数は桁違いに増えていたはずだ。なぜ犯人はそれをしなかったのか。

ヒューたちの殺害とタワーの爆発が、全く別々の犯人の手で行われたとも考えにくい。発生のタイミングが重なりすぎている。

となると――犯人の目的はあくまでヒューたちの殺害であって、第三者を巻き添えにするのは本意でなかったということだろうか。

では、犯人はなぜ爆破という派手な手段に出たのか。ジョンの疑問への答えが見つからない。

タワーを破壊したい強い動機を、犯人が持っていたということか？

「あくまで『人間の』死体は、ですね。最上階に囚われていた希少生物たちを救えなかったのはまことに痛恨の極みです」

「……それを言うのもやめて頂戴。あたしだって心が痛まないわけじゃないのよ」

マリアが目撃した希少生物たちは、一体残らず崩落の犠牲となった。

生きて救出された個体はひとつもなかった。あるものは瓦礫に押し潰され、残りは炎に焼かれて灰になった。最上階に入るのがあと十分早ければ、全部とは言わずとも何体かは救えたかもしれない。そう思うと、密売の証拠云々を抜きにして、マリアの口の中を苦いものが走った。

彼らの件は報道されていない。密売組織に情報を与えないため、というのが主な理由だが、ただでさえ手一杯なところへ動物愛護団体を刺激するネタを与えたくない、という捜査関係者の思惑も透けて見えた。

「気にするな、とは言わないが」

ジョンがもどかしげに髪を掻いた。「あまり背負い込むのも毒だ。君に救えなかったのなら、他の誰も救うことはできなかっただろう。そもそも君があの場に居合わせたこと自体、奇跡の産物のようなものだからな。

彼らの無念は密売組織の摘発で晴らせばいい。そうだろう、ソー――」

ジョンは不意に言葉を止めた。目を逸らした後、真剣な視線をこちらに向けた。

「マリア」

「そうね、ありがと。――ん？　どうしたのよジョン」

「あ……いや」

かすかな落胆の表情が、ジョンの顔に浮かんで消えた。咳払いし、言葉を続ける。「話を戻すが――ヒュー・サンドフォードが希少動物を最上階に飼っていたことを、他に知っていた人間はいるだろうか。犠牲者たちがコレクションルームで死んでいたということは、犯人もコレクションルームの存在を知っていたことになるが」

マリアが確認できた限り、コレクションルームへの出入口は、非常階段側の防火扉と、パーティールーム側の扉が各々ひとつ。そのうち後者は、本棚の一角をぽっかり空けた形で設けられていた。あの隠し扉の存在を知る人間はそう多くないはずだ。

「サンドフォード家の関係者――娘のローナとメイドのパメラ・エリソンは、間違いなく知っていたはずです」

漣が資料の束から一部を抜き取り、机の上に広げた。「それを裏付ける証拠が、チャック・カトラルの自宅から発見されました。彼の日記です」

チャックの？

マリアは机上の資料に目を落とした。ノートの複写だ。

罫線の上に手書きの文章が躍っている。熱に浮かされたような不安定な筆跡だった。

『十二月二十日（火）

何から書けばいいだろう。いや、そもそも書き記すべきかどうかも解らない。……』

※

「……は?」

読み終えた直後、思わず間抜けな一言が漏れた。「ちょっと、何よこれ」

漣の説明に嘘はなかった。

ヒュー・サンドフォードが『あの場所』で『非合法な存在』である生物を飼っていて、ローナはその場所を知っており、パメラが『彼ら』を世話している――ヒュー本人のみならず、娘やメイドも希少生物たちの存在を認知していたことが、明確に記されている。重要な部分はほぼかされていたが、『あの場所』とは例のコレクションルームで間違いあるまい。

だがチャックの日記において、それらの記述は脇筋でしかなかった。

「『硝子鳥(グラスバード)』?」

マリアが聞いたことのない、おとぎ話に出てくるような響きの美しい鳥を『あの場所』で見せられ、恋人への想いが揺らぐほどに心惹かれ、罪悪感に苦悩する。そんなチャックの異様な心情が生々しく綴られていた。

恋人への愛が掻き乱れるほど魅惑的な鳥? そんな謎めいた鳥をヒューが飼っていたというのか。

「お前さんは直に見たのだろう、コレクションルームとやらの中を。それらしい鳥はいなかったのか？」

「……派手な柄の鳥はいたけど、魅入られるほど美しかったかと言われると」

生きるか死ぬかの瀬戸際だったうえに、被害者たちの遺体にも気を取られていた。希少生物たちを一体残らず記憶に留める余裕などなかった。

「ボブ、それは無駄な質問です。マリアの身だしなみを見れば、彼女の美的センスがまるで当てにならないことは一目瞭然（いちもくりょうぜん）でしょう」

「あたしのスーツのどこが古臭いのよ！」

「いや、そういう意味ではないと思うが……」

ジョンが小声で呟き、次いで表情を引き締めた。「九条刑事。この『硝子鳥』とやらに思い当たる節は？　君たちが入手したという取引記録に、それらしい動物の記述はなかっただろうか」

「鳥類に属する動物の記述は確かにありましたが、それが『硝子鳥』かどうか、日記の記述からだけでは何とも言えません。ヒューが個人的にそう呼んでいただけでしょうから。

それと、ヒューと取引していた業者が、我々の押さえたひとつだけとは限りませんので」

「どんな鳥なのかしら。まさか本当に、ガラスみたいに透明な鳥ってわけじゃないわよね」

「『ルリコノハドリ』――Fairy Bluebird のことかもしれません」

耳慣れない響きが漣の口から紡がれた。「『瑠璃（ルリ）』とは、私の母国の古い言葉でガラスを意味します。分類上はスズメの仲間で、赤い瞳に青と黒の羽毛を持った美しい鳥と言われます。今のところ絶滅危惧種（レッドリスト）には登録されていませんが——何らかの変異種だった可能性はありますね」

コレクションルームには、白毛の猿や双頭の蛇などの突然変異個体もいた。『硝子鳥』もそうした変異種のひとつかもしれないということか。日記に詳しい記述がなく、希少生物たちの多くが燃えてしまった今、確かめるのは困難だ。

しかし、それよりも——

「『硝子鳥』はひとまず措いて、ローナとチャックよ。社長の娘と一社員というだけの関係じゃなかったのね」

サンドフォード家および来客、と、被害者たちの属性を無意識に切り分けていた。が、両者を繋ぐ糸が存在したとなると話は変わってくる。前者しか知らなかった情報を、チャックを通じて後者も知りえたかもしれないのだ。

「チャック・カトラルが取り入ったというより、ローナの方が彼に熱を上げていたようです。数年前の親睦パーティーで出逢ったとか。……日記でほのめかされた通り、連れ立って直通エレベータに乗り込む二人の姿が警備員に何度も目撃されています」

「父親のヒューは知っていたの？」

「メイドのパメラ・エリソンから警備員へ口止め要請があったといいます。警備員たちも、ヒュー本人と直接会話をすることはなかったと」

知らぬは父親ばかりなりか。天下の大富豪が少々哀れに思える。

だが、ヒューとローナは殺害されてしまった。恋人のチャックも、さらにはメイドのパメラも、他の来訪者の三人も。

誰が彼らを殺したのか。

そいつは最上階へどうやって侵入し、どこから逃げ出したのか？

「目下の疑問点は以下の通りでしょうか」

漣は黒板にチョークを走らせた。

（1）犯人の正体、および動機
（2）犯人の侵入経路、および脱出経路
（3）タワーが爆破された理由

「（1）はひとまず措くにしても」

ジョンが唸り声とともに腕を組んだ。「（2）の後半、脱出経路の方はさほど難しくないのではないか。爆発物を仕掛けたのが犯人なら、停電の前にエレベータで降りることも、避難の人波に紛れて脱け出すことも、容易にタイミングを見計らえたはずだ」

「それは、犯人が誰にも見咎められることなく、最上階から三十五階以下まで自力で降りられればの話ですね。

タワー内のすべてのエレベータは、管制室で二十四時間監視されています。最上階と一階を繋ぐ直通エレベータを含め、無人の階でエレベータが怪しい動きをすれば、たちどころに気付かれたはずです」

「なら、非常階段は？」

設計の都合か、階段そのものは七十一階で乗り換える必要があったが、避難経路としては屋上から一階まで繋がっていたはずだ。

「最上階――七十二階の踊り場に監視カメラが設置され、エレベータ同様、管制室で監視対象となっていました。

監視カメラの電気系統は、最初の爆発で非常階段が破壊されてから数分後までは生きていました。管制室には、タワー崩落直前まで警備員が残っていたそうですので、怪しい人間が通れば彼らが気付いたはずです」

「念のため訊くが、カメラの映像が途絶えるまでの目撃情報は？」

「事件当日、私が訊いた際は何もなかったとの回答でしたが――」

漣が呟きながら捜査報告書をめくり、不意に手を止めた。

「いえ、ありました。

回線が切れる四、五分前、不審な人物が二度にわたってカメラの前を通過しています。写真もありますね。警備員がビデオテープを確保してくれたようです」

え⁉

「ちょっと、早く言いなさいよ」

漣の手から報告書をひったくる。開いていたページの次をめくると、白黒の写真――監視カメラの録画の一コマらしい――に、漣の言う不審人物が写っていた。

女だ。

長い髪があちこちで跳ねている。スーツのボタンは外れ、ブラウスの裾がはみ出ていた。粗い画像でも解るほど表情が険しい。溺れかけた酔っ払いのような、目も当てられない顔つきだった。

「あたしじゃない！　何が不審人物よ！」

「おや失礼。気付きませんでした」

涼しい顔で漣。ボブも「ふむ、最近目が悪くなったかな」と目元をこする。張り倒してやろうか二人とも。

写真全体を観察する。七十二階の踊り場が天井から床まで死角なく写っていた。陰に隠れてカメラを回避するのは不可能だ。

「つまり」

ジョンが強めの咳払いを放った。「非常階段経由で最上階を通った者は事実上存在せず――不審者の見逃しもなかったことが、図らずも証明されたということか」

図らずも、の発音に微妙な抑揚（よくよう）が含まれていた。苛立たしいことこの上ない。

「しかしそうなると、可能性はだいぶ絞られんか。

脱出者が目撃されなかったということは、侵入者も目撃されておらんのだろう。遺体となった七人の誰かが犯人という結論にはならんのか？」

「ならないわね」

マリアは断言した。「だって、凶器がどこにもなかったのよ。遺体の周辺のどこにも。彼らを殺害して凶器を持ち去った人間がいる。それは確実よ。誓ってもいい」

サンドフォード父娘の額を撃ち抜いた銃も、五名を刺し貫いた刃物も、最上階には全く見当たらなかった。

それに——防火扉の前で息絶えた黒髪の女性。

捜査報告書には、生前の被害者たちの写真が焼き増しで添付されている。

黒髪の女性はセシリア・ペイリンひとりだけだ。控えめな、しかし柔らかく温かな笑顔。彼女に限った話ではないが、マリアの見た凄惨な死に顔とは全く印象が違う。

セシリアは扉の外へ助けを求め、背中を刺されて死んだ。自殺ではない。他の六人の誰かが犯人だとしたら、そいつはセシリアを殺害した後、わずか数十分の間に何らかの方法で凶器を処分し、自ら命を絶ったことになる。

……ありえない、状況的に。

マリアがあの場に居合わせたのは偶然でしかないのだ。最終的にタワーを丸ごと破壊するのなら、自殺に使った凶器を遠くへ隠す工作など無意味だ。

犯人は他にいる。そいつはどこから入り込み、どこへ消えたのか。

最上階とて陸の孤島ではない。食料や消耗品の搬入が定期的に行われたはずだ。それらの荷物に紛れて入り込んだのだろうか。

「食料やリネンといった生活必需品は、メイドのパメラ・エリソンが一階まで降り、警備員の立ち会いの下、業者から受け取っていたそうです」

マリアの考えを読んだように、漣が口を開いた。「その際、荷物はすべて警備員が開封チェックしていました。人が隠れていたことはなかったとのことです。

不定期の搬入物や、来客の運んできたトランクも同様。十年前の爆破テロ以降、荷物チェックについては厳しく言われるようになったようですね」

「ということは、事件前日の来客たちも？」

「特に怪しいものはなかった――と警備員たちが証言しています。どの客の鞄も、人間が入るサイズではなかったと。

その意味では、むしろ一ヶ月前の方が気を遣ったそうですが」

チャックの日記に『新規開発品のプレゼンテーション』と記されている。日付は今回の事件のちょうど一ヶ月前、十二月二十日。最上階で行われたとある。恐らくこの件だろう。

「社外秘サンプル入りのトランクケースを開けねばならないということで、トラヴィス・ワインバーグが当初、拒否反応を示したそうです。最終的に同意を得たものの、警備員個人の氏名と連絡先を逆に聴取されるなど、結構な一悶着があったとか」

よほど大事なサンプルだったらしい。まさか爆薬一式ということはあるまいが。

「ちなみに、中身は電極付きの灰色の板がひとつ。ビニールに包んだ透明な粘土の塊(かたまり)のようなものがひとつ。詳細は不明とのことです。……ワインバーグ氏もこれに懲(こ)りたのか、一ヶ月後の事件前日は、かなり簡単な荷物しか持ってこなかったとか」

サンプルの詳細は後で確認を取るとして、企業秘密入りのトランクケースを開けさせるほどだ。犯人が荷物に紛れ込んだ線はほぼ消えたといっていい。

仮に紛れ込めたとしても、よほど注意深く隠れ潜む必要がある。となると、定期的に荷物を運搬していたというメイドのパメラの協力が不可欠になるが——

……いや、待った。

パメラはヒューの希少生物を世話していた。生物たちの食料はどうしたのか。コレクションルームには五匹や十匹どころではない数の動物たちがいた。必要な食料は結構な量になったはずだ。サンドフォード父娘の分として搬入するには恐らく多すぎる。

それに——捜査の途中で現場そのものが無くなってしまったが——ヒューはどうやって、彼ら希少生物を最上階へ運び入れたのか。

アメニティエリアへ爆弾を仕掛けるのとは話が違う。直通エレベータには警備員が、非常階段には監視カメラがそれぞれ立ちはだかっているのだ。

ヒューの権力で警備員たちを黙らせた可能性も、もちろんある。だがヒューは死んでしまった。警備員たちが今さら口を閉ざす義理はないはずだ。が、密売事件に関して彼らから重要な証言を得たという話を、マリアは未だ耳にしない。

指の先端を顎の下に当てる。——どこかにあるはずなのだ、希少生物を運び入れたルートが。そのルートを使って犯人が現場を出入りしたとすれば。

エレベータでも非常階段でもない、第三のルート——

「そうよ！」

テーブルを叩く。他の三人が一斉にこちらを向いた。

「本当に間抜けだわ、あたしったら。答えが目の前にぶら下がっていたのに全然気付かないんだもの！」

「マリア。普段の貴女自身に対する反省を口にするのは結構ですが、あまり唐突な発言は正気を——」

「屋上よ」

部下の失敬な発言をマリアは遮った。「エレベータも駄目、非常階段も駄目なら、残る経路はひとつしかないわ。犯人はタワーの屋上から最上階に侵入したのよ」

「隣のビルから飛び移った、とでもいうのか？

それは無理だ——マリア。ビルの高さを考慮したのか。サンドフォードタワーは、周囲の建物より明らかに頭一つ抜けていた。立地も、道路や公園を挟んで周囲から大きく隔たっていた。仮にロープを渡せたとしても、誰にも見咎められずに済んだはずがない」

「ロープなんて必要ないわ。あんたはあたしをどうやって助けてくれたの？」

ジョンは両目を見開いた。

「ジェリーフィッシュか！」

「ヒュー・サンドフォードほどの大金持ちなら、ジェリーフィッシュの一隻(せき)や二隻持っていてもおかしくないわよね。

　あたしも崩落の間際に一瞬だけ見たけど、タワーの屋上はかなり広かったわ。ジェリーフィッシュ一隻なら楽に停泊できそうなほど。

　ヘリの離着陸場のような印もあった。きっと、ヒューが専用のポートとして整備したんだわ。

　ということは——タワーへは過去に何度もジェリーフィッシュが飛来して、周辺の人々にとっては日常の一部になっていたんじゃないかしら」

　だとしたら、事件の前日にジェリーフィッシュがタワーへやって来た可能性がある。そこへ犯人が密かに乗り込んだとしたら。

　ジェリーフィッシュの応対はパメラが行ったはずだ。彼女が屋上へ現れた隙を突いて、最上階へ侵入したとすれば。

　希少生物をどうやって運んだのかもこれなら説明がつく。空を飛んで来たのならエレベータも非常階段も関係ない。

　安全性に難のあるタワー最上階へサンドフォード父娘が移り住んだのも、ひとつには、万一の際は屋上から逃げられるという判断があったからだろう。

「あたしの勘が当たりなら、何かしらの目撃情報があるはずよ。報告書には載ってない？」

「……警備員の証言、それと被害者たちの身元と足取りが中心です。現場周辺の聞き込み情報は別途取りまとめ、となっていますが」

「今すぐニューヨーク市警に電話して。ヒュー・サンドフォードや彼の会社がジェリーフィッシュを持っていたかどうかも、ついでに確認して頂戴」

了解、と漣は席を立った。

※

「当たりでした。——半分は、ですが」

一時間後、漣は会議室に戻って告げた。

「貴女の予想通り、事件前夜、ジェリーフィッシュがサンドフォードタワーの屋上に停泊したという証言が、複数得られたそうです。

また、UFAのジェリーフィッシュ購入者リストを当たったところ、ヒュー・サンドフォードの名前が見つかりました。

購入時期はおよそ五年前。タワーに居を移した後は、彼の所有する運送会社の敷地の一角を係留場所にしていたようです。タワーから百二十キロほど西の州境ですね」

UFA社はジェリーフィッシュの製造元だ。約一年前に発生した大量殺人事件で、マリアは漣とともに事情聴取を行った。ジェリーフィッシュの購入者リストもその際に入手済みだった。

「運送会社に問い合わせたところ、目撃情報のあった事件前夜を含め、月に一度から三度の頻度でジェリーフィッシュを動かしていたことが解りました。ニューヨーク市警に確認しましたが、タワーの屋上で何度もジェリーフィッシュを見た、という証言が出ています。

　むしろマリアの指摘通り、ニューヨーク市ではジェリーフィッシュが珍しい存在ではなくなっているようですね。所有者層である富裕層が多いこと、海に近く着水場所を確保しやすいことから、下手な田舎町よりも目撃頻度はずっと多いとか」

　ほう、とボブが感嘆の声を上げた。

「たまには的中するものだな、お前さんの勘も。いつもその調子なら競馬ですっからかんになることもあるまいに」

「してないわよ競馬なんて！」

　とっくの昔に足を洗ったというのに。「それでレン、『半分』ってどういうこと」

「停泊した時刻と時間です。

　目撃情報を総合すると、タワーへの着陸時刻は事件前夜の十八時十五分。離陸が五分後の十八時二十分。他の時間帯における目撃情報はありません」

「……五分間だけ？」

　しかもその時間帯は、確か――

「トラヴィス・ワインバーグが自宅へ電話をかけた時刻と重なっています。正確には十八時十八分。ワインバーグ夫人が電話口から異常を感じた様子はありません。この時点で凶行はまだ行われていなかったとみてよいでしょう。

　犯人がジェリーフィッシュで現場を脱出したとすれば、凶行を終えてジェリーフィッシュに乗り込むまで、わずか二分の猶予しかなかったことになります」

　二分――屋上へ上がってゴンドラに乗るだけで、その程度の時間はあっという間に過ぎてしまうだろう。加えて七人もの命を奪うなど、どんな凄腕の殺人者にも不可能だ。少なくともトラヴィス以外の六名は事前に殺害しておかなければならない。だが。

「ジェリーフィッシュを降り、直ちに他の六名を殺害。ワインバーグが電話を終えるのを待って殺害し、残る二分でジェリーフィッシュへ飛び込んだとしても……やはり余裕がなさすぎる」

　ジョンが唸った。

　ゴンドラを降り、最上階へ忍び込み、トラヴィスの目を盗んで六名の命を絶つ。猶予は五マイナス二の三分間。こちらも人間業ではない。いくらアクション映画並みといっても限度がある。

　となると――

　ジェリーフィッシュから最上階へ『侵入』し、帰りは諦めて最上階に残ったか。

　事前に最上階へ潜り込み、凶行を終えてからジェリーフィッシュで『脱出』したか。

　犯人が使えたのは、どちらか一方の片道切符だけだ。

「さらに、他の情報を考え合わせると、犯人がそもそも片道切符すら使えたのかどうかも疑問符を付けざるをえません」

「どういうこと？」

「まず『脱出』の方ですが——被害者たちが現場に揃った時刻自体、ジェリーフィッシュの到着する二十分前でしかなかったことを思い出してください」

漣は黒板に目を向けた。

——『一七：五五　トラヴィス・ワインバーグおよびチャック・カトラル、一階から最上階へ』。

「殺害が行われたのは、少なくとも彼らが最上階へ向かった後です。犯人がジェリーフィッシュを『脱出』に用いたとすれば、与えられた時間は最大二十五分。……三分に比べれば余裕は増えましたが、それでもアクション映画並みの強行スケジュールです」

さらに、少なくともひとり——セシリア・ペイリンが翌日まで生きていた。

致命傷を負ってから実際に死亡するまでに、タイムラグが発生することは珍しくない。入院中の被害者が治療の甲斐なく数日後に命を落とす、という事例も、マリアは幾度となく経験した。

が、タワーに爆弾を仕掛けるほど計画的な犯人が、被害者の生死を確認しそこねるほど過密なスケジュールを組むだろうか。

どうせタワーを丸ごと破壊するのだから関係ない、と言われれば反論のしようがない。が、爆破前にわざわざ殺害する必要もなかったはずだ。タワーが崩れれば、わざわざ手を下さずとも瓦礫が被害者たちを殺してくれるのだから。

「だったら『侵入』一択なんじゃないの？」

『脱出』の線は考えにくい。ジェリーフィッシュはあくまで『侵入』にのみ使われた。最上階へ忍び込んだ犯人は、被害者たちをコレクションルームに監禁し、殺害。タワー崩落までの間に何らかの方法で姿を消した。

……こちらも不自然な点は多いが、少なくとも犯人視点で考えれば、『脱出』より遙かに時間的余裕があるはずだ。

が、漣は首を振った。

「先の運送会社によれば、事件前日にジェリーフィッシュを動かした際、ゴンドラには誰も乗っていなかったそうです。直前に複数の社員が確認したので間違いない、と」

「本当？　操縦士（パイロット）が実はグルだったって話はないの？　タワーへ向かう途中で犯人を乗せた、とか」

「操縦士はいません。無人運転だったそうです」

え？

「――自動航行システムか！」

ジョンが顔を跳ね上げる。漣は頷いた。

「一年前の事件をきっかけに、ヒュー・サンドフォードが興味を抱いたようですね。ＵＦＡによれば、事件直後にサンドフォード氏から接触があり、半ば強引に試作品を売却させられたとのことです」

ジェリーフィッシュの自動航行システムは、UFAが一年前に開発したものだ。同じタイミングで発生した事件の影響で、一般への販売は今年の四月以降にずれ込んだと聞く。外付けタイプの試作品が複数作成されたことが明らかになっているが、そのひとつをヒューが入手したということか。

《深海》といい他の希少生物といい、欲しいものはどんな手段を用いてでも手に入れる類の人間だったらしい。「まったく……機密事項を何だと思っているのだ」ジョンが歯噛みした。

漣によれば、運送会社がゴンドラの内部を確認し——複数の社員によってかなり念入りに行われたらしい——無人で離陸させたのが十六時三十分頃だったそうだ。運送会社のある州境からニューヨーク市の大都会まで、空を渡って二時間弱の長旅だったことになる。

「その自動航行システム、途中でどこかに立ち寄るような設定にはできないの？」

「プロトタイプということで、目的地設定は一箇所のみ可能のようです。事件前夜はタワーの屋上に設定した——と、こちらも複数の社員が証言しています」

係留地からタワー屋上まで空の上だったわけか。パラグライダーでも使わない限り、犯人がゴンドラに乗り込むのは不可能だ。航空機に造詣の深いジョンも、難しげな表情を作っていた。

『侵入』の選択肢も潰された。これでは漣の言う通り、ジェリーフィッシュが事件に関係あるかどうかすら断言できない。ニューヨーク市警の捜査報告書に書かれなかった理由をマリアは遅まきながら理解した。

「件のジェリーフィッシュは、十八時二十分にタワーを出てどこへ行ったのだ。よもや、雪山へ突っ込んだのではあるまいな」

ボブの問いに、「運送会社に戻っています」と漣が答えた。

「帰着したのがその日の二十一時頃。ゴンドラは無人のまま。特に異状はなかったとのことです」

「ちょっと待って」

マリアは指を折った。「……一時間余分にかかってるじゃない」

行きで一時間四十五分。帰りも同じ時間だけかかったとすれば、帰着予定時刻は二十時五分のはずだ。

「ジェリーフィッシュの速度は風向きの影響を大きく受けます。一時間前後のずれは充分ありうる、とのUFAの見解です」

「戻ったジェリーフィッシュがどこから飛んできたか、記録は残ってる？」

「容量の都合上、目的地設定の履歴は保存されないそうです。商用旅客機であればフライトレコーダーの設置が別途義務づけられますが、個人所有の機体にはその義務がありません」

帰りに寄り道したのかそうでなかったのかは確認不能——か。

しかし先の議論で、犯人が『脱出』にジェリーフィッシュを用いた可能性はほぼ否定されている。痒(かゆ)いところに手が届かないもどかしさを感じずにいられなかった。

「事件に無関係とすれば、ジェリーフィッシュは何のために動かされたのだろうか」

「サンドフォードが来客に披露するためだったのかもしれませんね。タワーに転居する以前から、私邸に客を招いてジェリーフィッシュに乗せていたと、SG社の社員が証言しています。居を移した後も、係留地にパイロットが来てジェリーフィッシュを操縦していったことがままあったそうです。自動航行システム設置後は頻度が減ったようですが」

高層ビルの屋上からジェリーフィッシュで空の旅、か。摩天楼を見下ろす夜景はさぞ招待客を魅了したことだろう。

……いや待て。

「係留地に来たパイロットって、どんな奴だったの」

「毎回違う人間が来たそうです。事前にサンドフォード家から連絡があり、伝達された日時になるとパイロットが来る、という流れだったと」

つまりヒューの息がかかった人間ということか。

希少生物やその食料をどうやって最上階へ運んだのか。これで謎が解けた。パイロット――に名を借りた密輸業者――が途中で寄り道し、必要な荷物を積んでタワーへ運んだのだ。

もっとも、今回は自動航行で、行きの寄り道も空の旅もなかったわけだが――

……空の旅？

「もしかして！」

大声を上げる。ジョンがぎょっとした顔でこちらを向いた。

「マリア、どうした」

「犯人がジェリーフィッシュに乗ったとか乗らなかったとか、時間的余裕があるとかないとか、そんなことばかり議論してたけれど、そうとは限らないんじゃない？

例えば――最上階の死体が、本当は被害者たち本人のものじゃなかったとしたら？

あれらの死体は全部身代わりで、被害者たちがタワーに来るずっと前から最上階に転がっていて――被害者たちは死体に全然気付かないまま、犯人と一緒に屋上からジェリーフィッシュで空の旅へ出てしまったんだとしたら？」

最上階の間取りを思い出す。パーティールームの扉を閉めてしまえば、エレベータホールから死体は見えない。

遺体が別人のものなら、「少なくとも十七時五十五分まで被害者たちは生きていた」という制約は何の意味もなさなくなる。本来の七人の中に犯人がいる可能性も復活する。

彼らが病衣のような服を着ていたのも、本当に、どこかの病院から連れてこられたからかもしれない。ビルを破壊したのも、遺体を潰して身元を解らなくするためだとしたら。

三人は顔を見合わせ――やがて一様に首を振った。

「残念だがそれはありえんぞ。少なくともヒュー・サンドフォードとローナ・サンドフォードは、遺体の身元がきっちり確認された。検死報告書にも特に疑問は見つからんが」

「セシリア・ペイリンはタワー崩落の当日まで生きていたのだろう。彼女が身代わりだとしたら、犯人が直前までとどめを刺さずにおいたのはなぜだ。不自然極まりないではないか」

「彼らの大半は若い成人男女です。ヒュー・サンドフォードの権力をもってしても、全員の身代わりなど簡単に用意できるものではないでしょう。

それに、ニッセン少佐の指摘を演繹すれば、他の身代わりも事件直前まで生きていたことになります。彼らはいつ、どのように最上階まで連れてこられたのですか。問題は何ひとつ変わらないどころか余計煩雑（はんざつ）になっていますよ」

「ああもう！」

マリアは机を両手で叩いた。「あんたたち、どうしてあたしを叩くときだけぴったり呼吸を合わせるのよ」

「呼吸を合わせて叩かずにいられないほど、思慮に欠けた発言をする側の問題かと思われますが」

漣はにべもなかった。「犯人の出入りについてはもう少し情報が必要かもしれません。別の議題に移りましょう」

部下の言葉に促され、黒板に書かれた『(1) 犯人の正体、および動機』の記述に目を向ける。異議なし、とジョンとボブも頷いた。

考えてみれば、ヒューはともかく、他の犠牲者たちはどこで犯人の恨みを買ったのか。

「彼らがタワーに集まったのは、共同研究の親睦パーティーという名目だったのよね。その共同研究で何か事件でもあったのかしら」

「あったようですね。それも相当に大規模なものが」

「え？」

「三年前、SG社の研究所で爆発事故が発生し、数名の社員が犠牲になった、という話を覚えていらっしゃいますか。

詳細は公表されていないのですが――事故当時、爆発の起こった装置で作られていたのが、M工科大とSG社の共同研究用の開発サンプルだったらしいのです」

産毛が逆立つのを感じた。共同研究のサンプル製造中に、爆発事故？

「ニューヨーク市警の報告書では、数名の社員の又聞きというレベルに止まっていますが……通常より大幅に危険な側へ外れた製造条件だった、との噂もあるようです。

普通、このような死亡事故が発生した場合、詳細な事故報告書が作成、回覧されるものです。にもかかわらず、社内ですら噂程度の情報しか流れていないということは」

「緘口令が敷かれた。それもかなり上の方から――か」

ジョンが眉をひそめる。事故の原因が現場レベルのミスでなく、会社側――指示を出す側にあったことを如実に示唆していた。

「リスター弁護士によれば、事故の遺族らとの和解交渉は今も続いているようです。和解交渉を有利に進めるために、サンドフォードの指示で情報をコントロールしたのでしょう」

その情報を――事故の真相を、もし犠牲者の遺族が知ったなら。

「親睦パーティーに集まったのは全員、サンプル製造の関係者だったと？」

ボブの問いに「恐らく」と漣が頷いた。

「当時、トラヴィス・ワインバーグとチャック・カトラルは、事故の発生した研究所に所属していました。カトラルが現場寄りの開発担当者、ワインバーグがその上司ですね。イアン・ガルブレイスは、ガラス状態に関する理論研究を行っています。著名な学術誌へ何本か論文を通しており、同業の研究者の間では名の知れた存在だったようです。ただ──私はまだ読んでいませんが──論文の内容があまりに先駆的で、『非現実的』と批判する研究者も少なからずいたとか」

「『危険な側へ外れた製造条件』は、こいつの理論がベースになっていたってこと？」

「可能性は大いにあります」

頭でっかちの理論屋がぶち上げた無茶苦茶な製造条件を、企業側の担当者がろくに精査せず現場に丸投げした……か。

上の現場軽視が最悪の事態を招くのはどんな組織でも同じだ。が、命を落とすのは現場の人間であって、命令した側ではない。あまつさえ事故の責任まで現場に押し付けられるなら、遺族にとってこれほど許しがたいことはあるまい。

漣の挙げた第三の疑問点──『タワーが爆破された理由』の一端を、マリアは理解できた気がした。三年前の爆発事故で大切な存在を奪われた犯人が、報復としてタワーの破壊を目論んだとしたら。

「親睦パーティーの開催を事前に知りえたのは誰？」

「SG社の本社スタッフの一部には情報が伝わっていたようです。被害者と個人的な繋がりのあった人間にも、知る機会はあったでしょう。ただ、そこからどのように情報が拡散したか、完全に追い切るのは困難です」

トラヴィスらの動向を常日頃注視していたであろう犯人にとって、パーティーの情報を得るのは決して不可能ではなかったはずだ。

「それ以外の面々は巻き添えを食ったにすぎんのか？」

ボブの問いに、漣が「とも言い切れません」と首を振った。

「セシリア・ペイリンの銀行口座を調べたところ、ＳＧ社から『技術顧問料』の名目で定期的に振り込みが行われていたことが解りました。総額は昨年末の時点で七万ドル強。下手な会社員の年収を上回る額です」

技術顧問料？

「彼女自身の専門は液晶工学で、ガラスとはほぼ無関係なのですが、非公式に共同研究のアドバイザーのようなものを行っていたようですね。

振り込まれた技術顧問料を、彼女は都度、全額引き出しています。送金先は今のところ不明ですが、彼女の実家が多額の借金を抱えていたことが判明しています。恐らくそちらを援助していたのでしょう」

学生の身分で実家を助けていたのか。金遣いが荒いわね、などと一瞬でも考えてしまった自分が恥ずかしい。

セシリアからＳＧ社へアルバイトを申し出たのか、あるいはＳＧ社が彼女の実家の借金を見越して頼み込んだのか。いずれにしても、若くして学界で有名だったというイアンと交際するほどだ。彼女も相応の頭脳の持ち主だったに違いない。

セシリアが技術顧問を行っていた事実を、犯人が摑んだかどうかは解らない。もし知ったなら、セシリアもまた事故の片棒を担いだひとりだと考えて不思議はない。

「三年前の事故の遺族のアリバイは?」

「――当時の事故で死亡したのは、装置を運転していた二十代の作業員二名、および現場近くにいた三十代の研究員一名。いずれも独身でした。彼らの親族は全員、タワーの事件前日から当日まで、NY州の外にいたことが確認されています。

ただ、アリバイを確認できたのは遺族だけです。それ以外の、犠牲者と親しかった人間については――そういった人間の有無も含め――調査が及んでいません」

漣のほのめかしをマリアは無言で理解した。事故の犠牲者の中に、知られざる恋人、あるいはそれに近い人物がいた可能性は否定できない。

とすれば、当てはまりそうな人物は。

「パメラは?

彼女がサンドフォード家のメイドになったのはいつ。採用時の履歴書は残ってる?」

「採用は二年前。I州出身、I大学卒。地元で一度就職後、メイドとして転職――とあります。履歴を追う限り、三年前の犠牲者との関連は見出せませんが」

「調べて。事故の犠牲者との関係も含めて詳しく」

「いや待て」

ジョンが割って入った。「調査が無駄だと言うつもりはないが——パメラ・エリソンもまた、何者かの手で殺害されたはずではないか。仮に彼女が三年前の事故の関係者だとしても……いや、だとしたらなおさら、奇妙なことになりはしないか」

「解ってるわよそんなこと」

今は少しでも手がかりが欲しい。あれこれ疑問を並べている場合ではなかった。

※

「恐らく当たりです。半分だけですが」

——翌日、フラッグスタッフ署の会議室。

パメラの履歴に関する調査結果を、漣はそんな言い回しで表現した。

彼女の経歴に、不審な断絶が見つかった。

『パメラ・エリソン』という女性がI州に生まれ、I大学を卒業し、地元で数年間勤務していた証拠は見つかった。しかしI州を出てからNY州でサンドフォード家のメイドとして働き始めるまでの、数年間の足取りが埋まらないという。

I州にいた当時の『パメラ』は肥満体型で、メイドになった後の痩せた姿とはまるで別人だった。似ているのは背丈と髪の色だけだった。

「入れ替わったの？　本物の『パメラ・エリソン』と」

「現時点ではあくまで、可能性が否定できなくなったという域を出ません」

漣は慎重に前置きした。「彼女が髪を染めていなかったかどうか、ニューヨーク市警に確認を依頼中です。焼けてしまった遺体からどこまで調べられるか難しいところではありますが」

I州のパメラとメイドのパメラがやはり同一人物で、空白の数年間にダイエットして別人のようになり、三年前の犠牲者と関係を持った可能性もある。が、その線は薄いだろうとマリアの直感が告げた。

入れ替わりが二人の『パメラ』の合意の下で行われたのか。一方が他方の人生を力ずくで奪い取ったのか。あるいは何らかの業者経由で身分証明の売買が行われたのか。とにかく彼女は『パメラ・エリソン』として、ヒュー・サンドフォードの膝元に潜り込んだ。

ただ——彼女が三年前の犠牲者と繋がりがあったという証拠は、現時点で見つかっていない。他人に知られぬ秘密の関係だったとしたら、一日やそこらの捜査で探り当てるのは困難だ。そもそも、彼女が復讐とは全く無関係な、敵国の工作員だという可能性だってゼロではないのだ。

ジョンには今、工作員の線を探ってもらっている。電話で報告を受けた限り、芳しい成果は得られていないようだ。もう少し調査を進めると告げた後、「あまり無理をするな、マリア」と告げてジョンは電話を切った。

ニューヨーク市警の捜査状況を漣に尋ねたが、こちらは昨日聞いた内容から特に大きな進展はないらしい。次第に手詰まり感が強くなっているとのことだった。

「こちらは引き続き、三年前の被害者の周辺を重点的に、パメラ・エリソンの足取りを追います」

「お願い」

「それはそうと」

ボブが横から口を出した。「お前さんたち、本来の仕事はどうした。ヒュー・サンドフォードが希少生物を密買していたのはもはや事実なのだろう。裏付け捜査はニューヨーク市警でなくお前さんたちの分担と聞いたが？」

マリアは呻いた。……忘れたわけではないが、とてつもない事態に巻き込まれたおかげで、希少生物密売の捜査はすっかり後手に回ってしまっている。署長を脅してさぼっているが、きっかけを摑んだのはマリア自身だ。いつまでも放り出すわけにはいかない。

とはいえ。

ヒューと希少生物たちがもろとも死んでしまった今、後に残ったのは悔恨と、心躍らぬ残務の山ばかりだった。他の被疑者についても、当初以上に慎重にならざるをえなかった。

「崩落現場で発見された動物たちの死体の、リストおよび写真がこちらです」

漣が一束の書類を差し出した。分厚い。「正確な種目の同定は専門家の見解を待つことになりますが——まずは、貴女の記憶する希少生物と遺体の写真とを比較していただき、特徴の似たものがありましたら追記をお願いします。一体ずつ、可能な限り正確に」

嫌がらせか。「ああもう、解ったわよっ」漣から書類をひったくり、一枚ずつめくる。

動物たちの遺体の写真がずらりと貼られていた。ある個体は炭化し、別の個体は胴体が潰れている。人間の死体にはすっかり慣れたマリアだが、小動物の変わり果てた姿を延々と見せられるのは、また別種の苦痛があった。

気の滅入る思いで、マリアは書類をめくり――

突然、恐ろしい閃(ひらめ)きが身体を貫いた。

……そんな。

まさか、そんなことが――

「マリア？　どうしました」

漣の怪訝な声が遠くに聞こえる。

椅子を蹴った。「マリア？」「おい――」漣とボブの声を背後に残し、部屋の隅の電話機に飛びつく。

電話番号は手帳にメモしてあったはずだ。スーツの内ポケットを探る。ない。他のポケットへあちこち手を突っ込んだ後、執務室の机に置きっぱなしだったのをようやく思い出した。

「……何事かと思いましたが、パントマイムの練習ですか」

「違うわよ！」

会議室を飛び出す。手帳を回収し、再び会議室に戻って改めて電話機へ。執務室の電話機は塞がっていた。

もどかしくダイヤルを回す。相手は五コール目で出た。

「もしもし？　フラッグスタッフ署のマリア・ソールズベリーよ。この間はありがとう。それで、突然で申し訳ないんだけど、相談に乗ってほしいことがあるの。協力してくれるかしら、アイリーン？」

第11章　グラスバード（Ⅵ）
——一九八四年一月二十六日　一四：一〇～——

「さあて、何が出るかしらね」

赤毛の上司は不敵に呟き、広大な芝生へ目を馳せた。

「どうでしょう」

漣としては正直に答えるしかない。「ここが主要な候補地のひとつなのは事実ですが、実際に使われたかどうかは犯人の判断によります。空振りに終わるかもしれませんし、そうなれば次の候補地を当たるしかありません」

「解ってるわよ」

マリアは漣を睨み、視線を前方へ戻した。

広大すぎるほど広大な庭だった。

フットボールのコート三、四面分はありそうな芝生の中を、石畳の敷かれた小道が走る。両側に何十本もの植え込みが並んでいる。漣たちの正面、庭の中央付近には、街の広場でもそう見かけない巨大な噴水が設置されている。

季節が良ければ、シートを広げてピクニックと洒落込みたくなる場所だ。しかし今、周囲に漂うのは開放感や暖かさではなく、寒々とした荒涼感だった。

芝生は枯れ、石畳の隙間から雑草が顔を出している。植え込みは枝が伸び放題だ。噴水は止まっていて、わずかに残る水は緑色に濁っている。明らかに長期間、人の手が入っていない様子だ。

——NY州郊外。サンドフォードタワーの崩落から五日が過ぎていた。

寂れた庭の上を、所轄の捜査員たちが動き回っている。皆、無言で視線を地面に向け、植え込みの下などを掘り返しているが、真剣な表情の中にいくばくかの疑念が読み取れた。漣たちの示唆したものが本当にあるか信じ切れずにいるのだろう。

噴水の奥に邸宅が建っていた。

普通の家の数倍はある大きな豪邸だ。しかしよく見れば、砂埃が窓や壁を薄く覆っている。掃除の手を抜いただけとは思えない。長い間放置されていることが窺えた。

と——プロペラの羽音が耳をかすめた。

薄雲にけぶる空の中、巨大な白い影がゆっくりと泳ぎ渡ってくる。

捜査員たちが庭の端へ退避する。『AIR FORCE』のロゴを記したジェリーフィッシュが、巨体に似合わぬ優美さで、芝生の一角へ静かに降り立った。

ゴンドラからタラップが下り、軍服姿の青年が漣とマリアの元へ駆け寄った。

「タワーからの所要時間、およそ九十分だ」

ジョン・ニッセン空軍少佐が敬礼を解いた。「事前の航行テストでは、係留所から本地点まで約六十分。航行中は終始、風速五メートルから十メートルの西風だった」

周囲の捜査員へ目をやり、言葉を継ぐ。

「マリア……ソールズベリー警部。これは一体何の」

「後で説明するわ。ありがと、ジョン。——レン、事件当日の経路上の天候は？」

「気象局によれば、最大八メートルの西風。今回の航行テストにほぼ近い条件です」

「ってことは……停泊時間は十分前後か。行けるわね」

マリアが指を折り、美しい唇をにやりと曲げる。

と、強面の捜査員が若い捜査員を伴い、やや不機嫌な顔で漣たちの元へやって来た。合同捜査の相手方である所轄の責任者と、部下のひとりだ。確か、グリント警部補とカーニー刑事といった。

「今から中に入るが、君たちはどうする」

グリントが背後の邸宅を親指で差す。「付き合うわよ、もちろん」マリアが即答した。

——邸宅の玄関は、幽霊屋敷のように不気味な沈黙を漂わせていた。

漣たちが見守る中、捜査員のひとりが玄関の扉に手をかける。わずかな軋みを立てて扉が開いた。

「施錠されていない……？」

ジョンが眉を顰める。厳密には彼は捜査関係者でないが、当人を含め、ジョンの同席に異議を唱える者はなかった。

全員で足を踏み入れる。ロビーは薄暗かった。饐えた臭いが鼻をかすめる。

マリアが壁を探った。かちりと音が響き、天井から光が注いだ。

電気は生きているらしい。シャンデリアに照らされたロビーは、邸宅の外見に違わぬ豪奢さだった。毛足の長い絨毯。壁に飾られた風景画。重厚な木のドア。

玄関は開いていたが、盗人が入った様子はない。漣は周囲を見渡し、絨毯の一角で視線を止めた。

「マリア、あれを」

赤毛の上司が漣の指先を追い、「ビンゴ」と呟いた。

他の全員が同様に目を向け――緊張を走らせた。

血痕だった。白紺のモザイク柄の絨毯に、丸く赤黒い染みが落ちている。

「応援を呼べ。今すぐにだ」

グリントが掠れた声で告げた。カーニーが大慌てで玄関を飛び出した。

地下室が発見されたのは十分後だった。

広大な邸内の奥。きらびやかさの欠片もないコンクリート造りの下り階段が、ぽっかりと口を開けていた。

階段は長かった。暗い照明を頼りに下りると、無骨な鉄扉が漣たちを待ち構えていた。

鉄扉の横に、いくつかの四角いボタンが並んでいる。0から9までの数字と記号が、各々のボタンに振られていた。「同じだわ……タワーの屋上にあったのと」マリアが怨嗟のこもった視線を刺した。

捜査員のひとりが鉄扉のノブを握る。施錠されているのかと思ったが、玄関の扉と同様、あっけなく扉は開いた。

――瞬間、全員が息を呑んだ。

鉄扉のすぐ足元、リノリウムと思しき床の上に、赤黒い汚れのようなものが薄く広がっていた。多量にこぼれ落ちた真紅の染料を、慌てて拭い去ったような痕跡。

「鑑識を呼んで来い。追加の応援もだ！」

グリントが叫ぶ。カーニーが再び血相を変えて階段を駆け上がった。

……奇妙な空間だった。

鉄扉の正面は広間。ガラスのようにつるりとした灰色の壁が周辺を囲んでいる。コンクリートの天井に蛍光灯が瞬いている。

広間の奥に通路が延びていた。数メートル先は再び壁。曲がり角になっているようだ。

床の赤黒い痕跡をまたぎ越し、通路を進む。分かれ道や曲がり角が不規則に続いている。同じく不規則に並んだドア。脳裏に平面図を描いてみたが、部屋の配置はかなり変則的だ。

マリアがドアのひとつを開けた。六畳ほどの広さの部屋に、簡素なパイプ式のベッドがぽつりと置かれている。

他に調度品は何もない。寒々とした床の中央付近に、広間で見たのと同様、赤黒い何かを拭い去った跡があった。

「マリア――これは一体」

ジョンが硬い声で問う。「大当たりね」興奮を押し殺した声でマリアが返した。

「ここが本当の犯行現場なのよ。

このヒュー・サンドフォードの別宅が。いえ、ちょっと違うわね。――タワーへ引っ越す前にサンドフォード一家が住んでいた、この屋敷が」

「本当の現場？

君が言いたいのは――犯人がここで被害者たちを殺害し、タワーの最上階まで死体を運んだということか。

ありえない。被害者たちは前日に最上階へ入ったはずではなかったのか。そして翌日のタワー崩落までの間、最上階に出入りする機会も時間もなかった。君たちとも議論したはずだ」

「違うのよ。そういう意味じゃなくて――」

マリアが言い終えぬ間に、「警部補！」カーニーが戻ってきた。

「おい、応援はどうした」

「後回しです！」

カーニーの表情は強張っていた。「死体が出ました。裏庭から」

※

遺体は、邸宅の裏の花壇に埋められていた。

二十代から三十代前半と思しき金髪の男だった。土の色が周囲と変わっているのを捜査員のひとりが発見したらしい。

ブルーシートに横たえられた男の遺体を、検死官が検分している。遺体の背——病衣のような白い服を着ていた——に広がる血痕を、マリアははっきり捉えることができた。

痕跡のひとつでも見つかってくれればと思ったが、予想以上の結果だ。カジノでもこれくらい冴えてくれればいいのに、と不謹慎な思考が頭をよぎった。

「説明してくれ。マリア、あれは誰だ」

混乱に満ちた声でジョンが問う。「解らない？」答えは明快だった。

「本物のイアン・ガルブレイスよ」

突風が二人の髪を薙いだ。

「本物……!?」

ジョンの返答にはいくばくかの間があった。「では、事件当日に君が見た死体は……タワーの瓦礫から発見された遺体は、彼らの偽物だったというのか。

馬鹿な！　犯人はどこから身代わりを準備した。前日にジェリーフィッシュで運び入れたというのか？　死体どころか犯人すら出入りする暇もなかったはずだ」

「運び入れる必要なんてなかったのよ。

身代わり役なら、最初からずっと最上階にいたんだもの」

難解な数学の定理を聞かされたように、ジョンが顔をしかめた。

「……意味が理解できない。

前日——いや、それよりも過去の時点で、身代わり役がすでに最上階へ運ばれていたと言いたいのか。いくら何でもサンドフォード家が気付かないはずがあるまい。事件までの間、一家が彼らを養っていたとでも⁉」

「そうよ」

「……は？」

「ヒューもローナも、ついでに言えばメイドのパメラも、最上階で暮らしていた全員が、それと承知で彼らを住まわせていたのよ。

チャック・カトラルの日記にも書かれてたじゃない」

生真面目なジョンには珍しい、ぽかんとした表情が浮かんだ。

「チャック・カトラルの？　……いや、あの日記は、大半が『硝子鳥（グラスバード）』の」

唐突に言葉が途切れた。

いくばくかの間。勇敢なはずの青年軍人の顔から、血の気が瞬く間に失われていった。「馬鹿な……馬鹿な」喘（あえ）ぐように息を吐き、片手で口を覆う。「彼らは――サンドフォード一家は、人間を飼っていたというのか！」

「ええ」

答えながら猛烈な吐き気がこみ上げた。

「『硝子鳥』の正体は鳥なんかじゃない。生きた人間だったのよ」

※

マリアからその仮説を聞かされた当初は、さすがの漣も二の句が継げなかった。

馬鹿なことを、と一笑に付そうとして――有効な反論の乏しさに愕然とした。

マリアが目撃し、タワーの瓦礫から発見された死体が、本当は被害者たちのものでなかったとしたら。

事件前夜、被害者たちが最上階を訪れたときにはすでに、身代わりの彼らが死体となっていて――隠された遺体に気付かぬまま、本当の被害者たちがジェリーフィッシュに乗り込み、そのまま犯人の手で真の犯行現場へ連れ去られてしまったとしたら。

マリアの指摘通り、犯人の出入りに関する謎は謎でなくなる。

先日、マリアの説を否定する根拠となったのは、突き詰めれば「身代わりの死体役をどうやって用意したか」という一点に過ぎない。

『硝子鳥』という名の身代わりが、初めから最上階に隠されていたとしたら――

※

無表情を貫く部下の横で、青年軍人はなおもマリアに食い下がった。

「いや、待ってくれマリア。私の記憶に間違いがなければ、チャック・カトラルの日記での『硝子鳥』の描写は、人間ではなく鳥のそれとしか読めなかったが」

「そりゃそうよ。いくら天下の大富豪でも、人間を動物みたいに飼っていたなんて大スキャンダルでしょ。恋人の父親が――おまけに恋人自身がそんな非道な行為に及んでいたなんて、たとえ自分の日記でも馬鹿正直に書くわけにはいかなかったのよ」

――このノートが他人の目に触れたら、ローナやサンドフォード社長の立場が危うくなりかねない。

――駄目だ、どうやっても嘘臭くなってしまう。

「ローナ・サンドフォードは……父親の所業を何とも思わなかったのか」

「思わなかったんでしょうね。チャックの日記によれば、ヒューが『硝子鳥』を飼い始めたのはローナの母親が死んでから。ローナが物心つく前よ。善悪の判断なんか恐らくついてなかったし、父親の行いを諫める人間もいなかった。『人間を飼う』ことは、父親のような偉いひとなら誰でもやっている。そんな風に刷り込まれてしまったんじゃないかしら」

だからローナは、落ち込む恋人を慰めるために、可愛いペットを見せるような感覚で『硝子鳥』をチャックに見せた。

もちろんヒューも、『硝子鳥』のことは口外してはならないと娘に釘を刺していたはずだ。しかしローナにとって、チャックはただの他人ではなかった。

チャックの受けた衝撃は、あらゆる意味で計り知れないものだったはずだ。人間が飼われていること、恋人がそのことに何の疑問も持っていないこと。そして――禁忌や罪深さをも押し退けるほどの、『硝子鳥』の魅惑。

チャックが愛してしまったのは、動物の鳥ではなく、生身の人間だった。

彼が真実を日記に記せなかったのは、『硝子鳥』に魅入られてしまった自分へのおぞましさと、恋人への罪悪感が影を落としたせいかもしれない。

「ヒュー・サンドフォードは、どうやって彼らを……『硝子鳥』を手に入れたのだ」

「児童養護施設や病院で見繕ったのか、希少生物のように裏のルートを使ったのか……正確には解らないけど、まともなやり方じゃなかったのは確かね。物心のつかない幼子や知能発達の遅れた子を中心に、容姿の整った子を選んだんだわ。これぱかりはしらみつぶしに当たるしかないだろうけど」

漣に調査を進めさせているが、児童養護施設は孤児の情報提供に極めて慎重だ。病院や裏のルートにしても、記録や証人をどれだけ見つけられるか。U国全土の施設の数も踏まえると――『硝子鳥』の調達先がU国内に限らない可能性をも考えると――彼らの出自が判明することは、あったとしても限りなく低い確率にならざるをえない。

ヒューの亡き妻はガラス工芸品店の娘だったという。彼女への哀惜を、ヒューは『硝子鳥』という名称に込めたのではないか――あまりにグロテスクな哀惜を。

未だ信じがたいといった声で、ジョンが問いを投げた。

「証拠は。『硝子鳥』が人間だという証拠はあるのか」

「裁判に使える証拠じゃないけど、傍証は出たわ」

「傍証？」

「アイリーンに協力してもらったの。あんたも会ったでしょ？　去年の青バラの事件で」

「――ああ、彼女か」

アイリーン・ティレットは、青バラ《深海》を生み出した遺伝子工学の研究者、フランキー・テニエル博士の愛弟子にあたる少女だ。昨年の青バラを巡る事件で、マリアや漣は彼女と面識がある。

「彼女に頼んで『DNA型鑑定』というのをやってもらったの、非公式に。サンプルが少なくて苦労させちゃったけど、それに見合うだけの成果はあったわ。

セシリア・ペイリンの自宅に残っていた毛髪。タワーの瓦礫から見つかった遺体のうち、ローナ・サンドフォードを除く二人の女性の遺体。計三サンプルのDNA型を比べてもらったわ。

結果は、三つとも不一致。毛髪と二つの遺体のDNA型はどれも違ってた。タワーの死体の中に、セシリア・ペイリンはいなかったのよ」

※

『……注意点がいくつか』

受話器の向こうで、アイリーン・ティレットは静かに語った。『まず……あなたたちも解っていると思うけど、DNA型鑑定はまだ、裁判の証拠として確立していない。……たとえあなたたちの望み通りの結果が出たとしても、公式な証拠としてはたぶん使えない。

次。……DNA型鑑定を行うには、出処の異なるサンプルが少なくとも二つ必要。言い換えると、二つのサンプルに違いがあるかどうか、ということしか解らない。単独のサンプルだけから、そのDNAの持ち主を言い当てるのは無理。

もうひとつ。……仮に別人同士のDNAでも、鑑定結果に差が出るかどうかは保証できない。私の……というより今の技術水準では、せいぜい三十数通りに分類するのが関の山。血液型判定が少し細かくなった程度。……それでもいい？』

※

「あたしが最上階で見た遺体は、サンドフォード父娘を除いて全員、病衣みたいな白服姿だったわ。

犯人が彼らを逃がさないように——あるいは余計な武器を持たせないように、身ぐるみ剝がして着替えさせたのかと最初は思った。

けど、犯人は爆弾を使って、非常階段を吹き飛ばすことまでしてるのよ。それに加えて、わざわざ身ぐるみ剝がすなんて手間をかける意味があったとは考えにくい。

だから——もしかしたら、と思ったの」

「彼らは着替えさせられたのではなく、最初からその姿だったのではないか……ということですか」

「どうせタワーを火の海にするのなら、どんな服を着てたかなんて関係ないでしょ。

他の希少生物みたいに裸じゃなかったのは、娘に対するヒューのせめてもの良心——ということか、教育的配慮だったんじゃないかしら」

彼らの遺体をマリアは直に見ている。だが後日、ニューヨーク市警の捜査資料で彼らの顔写真を見たときは、終始違和感を拭えなかった。いくら細かな特徴を記憶に留める余裕がなかったとはいえ、苦悶の死に顔と生前の写真とでは印象が違うのだなと簡単に流してしまったのが悔やまれる。

ただ――マリアの目撃した『硝子鳥』たちの髪型は、全員、生前のイアンたちのそれと同じだった。

これがマリアの思い違いを助長する一因となったのだが……なぜ服には手を付けずにおきながら髪型を似せたのか。その点が、小骨となって喉に刺さっていた。

ジョンはなおも信じがたい様子だったが、やがて諦めたように首を振った。

「サンドフォード父娘は……『硝子鳥』と同様、タワー最上階で――イアン・ガルブレイスらとは別のタイミングで殺害されたんだな」

「ローナはともかく、ヒューの身代わりに『硝子鳥』を充てるのは無理があったでしょうしね」

父娘の身元が確認されたことで、残りの被害者の遺体も本物だと無意識に思い込んでしまっていた。アイリーンのＤＮＡ型鑑定の結果を知らされ、ボブは「自分が検死していれば」と歯嚙みした。

「君が防火扉越しに声を聞いたのは、セシリア・ペイリンでなく、『硝子鳥』のひとりだったのか」

「刺されて深手を負ってはいたけれど、辛うじて生きていたのね。必死に防火扉の前まで辿り着いて……そこで力尽きた。

あたしも見たわ。床に血痕が点々と落ちて――」

彼女の最期を思い出し、思わず顔が歪んだ。

「犯人が彼女にとどめを刺さなかったのは、敢えてそうする必要がなかったから……か。タワーを崩落させてしまえば、どのみち助かる見込みはない。

だがそれを言うなら、犯人が『硝子鳥』を殺害したのはなぜだ？　タワー崩落で死ぬのであれば、わざわざ手にかけずとも結果は同じだったはずだが」

「……念には念を入れたんじゃないかしら。

『硝子鳥』を元の檻に閉じ込めておけば、確かに手間は省けたでしょうけど、タワーを爆破するまでの間に檻を破って逃げられる可能性もゼロじゃない。後の憂いを絶つために、彼らを手にかけたのかもしれないわ」

答えながらも、歯切れの悪さは拭えなかった。強化ガラスの檻を『硝子鳥』が簡単に破れたとも思えないが――犯人がよほど用心深かったのか。

「タワーを破壊した本当の目的は、『人間を飼っている檻』の痕跡を潰したかったからか」

邸宅の空き部屋のひとつからトランシーバーが発見された。無線を使って爆弾を起爆したのだろう。鑑識に回して詳しく分析させることになっていた。

「ただ火をつけるだけだと、檻の跡が残って、他の希少動物の檻との違い――大きさとか細かい設備とか――に気付かれるかもしれないでしょ。

『硝子鳥』をわざわざ殺したのも、万一遺体が一箇所に固まって発見されて、檻の存在が露見するのを恐れたのが理由のひとつだと思うわ。余計な疑念を持たれないよう、遺体を散らす方を選んだのかも」

『散らす』だけであれば、他の希少生物の檻へ別個に閉じ込めてしまえば済んだはずだが……そちらの方が面倒だと考えたのだろうか。

ジョンは重い息を吐き、ヒューの旧邸宅へ視線を移した。

「あの地下室は、『硝子鳥』や他の希少生物たちが元居た檻だったわけか」

地下室のドアはほぼすべて、外側からしか施錠できないようになっていた。一種の牢獄だ。

「一年前の転居の際、主だった設備は一旦撤去されたようです」

漣が手帳を開いた。「その後、サンドフォード関連の不動産会社を通じて、今月の初めに地下室の内装工事が行われています。資材の出所に不明な点が多いのですが──ほぼ同時期、SG社の研究所でガラスの量産試作が行われたことが判明しています。

試作の名目は、M工科大との共同研究プロジェクト。サンプルはその後、先の不動産会社へ送付されています」

「ガラスというと、あの灰色の壁がそうなのかしら」

「恐らく。

研究ノートによれば、最近のイアン・ガルブレイスは『透過率可変型ガラス』を研究テーマにしていました。詳しい原理は私も理解できていないのですが、電圧で透過率を制御する機構のようです。その試作品かもしれませんね。

恐らく、希少生物や『硝子鳥』の存在が露見した際の緊急退避場所として整備させたのでしょう。長い間放置されていた地下室へ今年になって急に改装工事を入れたのも、それを示唆しています。用途が用途ですので、共同研究の関係者には内密にしていたでしょうが」

「示唆って」

嫌な予感がした。まさか。「あたしが密輸の尻尾を摑んだから⁉」

「可能性は捨てきれません。ヒュー・サンドフォードとて、組織としての警察に圧力をかけることはできても、個々の捜査員のスタンドプレーを完全に防ぐのは不可能でしょうからね。万一のために手を打ったことは充分考えられます」

バーの乱闘を鎮圧したことが、巡り巡って凶悪犯罪の舞台を整える結果になったのか……何て因果(いんが)だ。

「では、サンドフォード父娘や『硝子鳥』、イアン・ガルブレイスらを殺害した犯人は誰だ。まさかヒュー・サンドフォード本人ではあるまいが」

「当てはまる人間は多くないわ。

『硝子鳥』の存在を知っていた人物。ヒューの名を使ってイアンたちに招待状を出すことができた人物。彼らがタワーを訪れる前にサンドフォード父娘と『硝子鳥』を殺害できた人物。旧邸宅の地下室の存在を知りえた人物。

そして――事件前夜、タワーからジェリーフィッシュへ被害者たちとともに乗り込むことができた人物」

「……パメラ・エリソンか。メイドの」

「三年前の事故の復讐だったのね、きっと」

事故の遠因を作ったイアンとチャック、トラヴィス。すべての元凶ともいうべきヒュー。……セシリアをどうするつもりだったかは解らないが、彼女が共同研究のアドバイザーだったことを知ったなら、同じように恨みを抱いてもおかしくない。――ローナと『硝子鳥』たちを巻き添えにしたのは、どうあっても許されることではないが。

パメラの姿は、地下室にも地上にも見つからなかった。

血を拭って遺体を埋めたということは、少なくとも事件を隠蔽し、逃げ延びる意図があったことになる。あれほど大規模な事件の首謀者にしては、隠蔽工作が稚拙すぎるのが引っかかるところだが。

イアン・ガルブレイスの死体が発見されたのを受け、所轄の捜査員たちの表情は当初より遙かに真剣味を帯びていた。他の被害者たちも、そう離れていない場所に埋葬された可能性が高い。

マリアの予感は当たった。

程なくして、男性二名、女性一名の遺体が、それぞれ花壇の中から発見された。

「――これで全員、か」

ブルーシートに並んだ遺体を前に、ジョンが呟いた。

茶色の巻き毛――チャック・カトラル。生前にかけていたと思しき眼鏡が、遺体の傍らに置かれている。

やや年輩の男――トラヴィス・ワインバーグ。生前の写真では後ろに撫でつけられていた髪が、今は乱れ、額を半分近く覆っている。

そして、長い黒髪の女性――セシリア・ペイリン。

皆、イアンと同じ簡素な白服を纏っていた。『硝子鳥』たちが着ていたのと同じものだった。

「『硝子鳥』はともかく、なぜ彼らまでこのような格好を？」

「身分証や金銭や武器になりそうなものを奪って、彼らの行動を制限したかったのがひとつ。後は――彼らを『硝子鳥』と同じ立場に貶めて、精神的優位に立とうとしたのかもしれないわ」

「自分は人間、彼らは『鳥』。殺すのに何の遠慮も要らない……か」

ジョンが顔を歪めた。

標的を地下に閉じ込め、鳥に見立ててひとりずつ殺す。パメラの憎悪と狂気の深さが垣間見えた。

マリアたちが議論する間に、被害者たちの検死が進められた。全員が刺殺。切傷の位置から判断して他殺の可能性が高いという。使用された凶器も恐らく同一。詳細は解剖待ちとなるが、死後四、五日は過ぎているとのことだった。

凶器は未だ見つからない。地下や一階のキッチンに包丁が残っていたが、どれも血痕ひとつなかった。捜査員たちが邸宅内をくまなく探したが、他に武器らしい武器は発見できなかった。

イアンたちの命を絶った凶器は、タワーで『硝子鳥』の殺害に使った刃物——恐らく包丁か何か——と同じものだろう。彼らを旧邸宅へ運ぶ際、一緒に持ち込んだのだ。下手に旧邸宅の包丁を使えば、真っ先に疑われるのはメイドのパメラ自身だ。

ここまで探して見つからないということは、とっくに処分されてしまったのだろう。凶器の追跡は諦めるしかなさそうだった。

と——

ざわめきが起きた。捜査員たちが花壇の一角で血相を変えている。何があったのか。

漣が彼らの下へ向かい——険しい顔で振り返った。

「マリア！　朗報です。

五人目の死体が発見されました」

——え⁉

猛然と駆け寄った。捜査員たちを押し退け、彼らの足元へ視線を落とす。土の中から掘り出された彼女を目の当たりにした瞬間、マリアの背筋を戦慄が走った。

パメラ・エリソンだった。

赤銅色の長髪。エプロンドレスの胸にどす黒い血痕が広がっている。

肌が土気色と化していた。死亡してから少なくとも数日――イアンたちと同じだけの時間が経過しているであろうことは明白だった。

「嘘……そんな」

声が震える。マリアの隣でジョンも目を見開いている。

単に死んでいるだけならここまでの驚愕はなかった。しかし彼女は埋められていた。

パメラが死んだ後、他の被害者と一緒に彼女を埋めた人間がいる。

いや違う――パメラを殺害した人間がいる。他の四人と一緒に。

検死官が駆けつけ、彼女の傷口を確認した。「……他殺だ。凶器も同じものだろう」押し殺した声が周囲の捜査員の表情を硬くさせた。

犯人はパメラではなかったのか。誰が彼女の命を絶ち、被害者たちを花壇に埋めたのか。

終わらない悪夢を見せられているようだ。必死に頭を振り、顎に右手の指を当てる。魂の無い骸（むくろ）と化したパメラを睨みつけ――

長い長い沈黙の後、脳裏に火花が散った。

……まさか。

エピローグ

——一九八四年一月二十九日　一六：四五～——


摩天楼に黄昏が落ちる。

落日の光が鋭角に差し、幾多の高層ビルの長い影が地表を覆う。

冬の屋上は冷たく、吹き抜ける風は時に凍えるようだ。数歩先には錆ついた柵。背の低いそれを一歩跨ぎ越せば、その先は虚空。地面は遙か百メートル下だ。

柵が風に揺れ、軋んだ音を立てた。

床の繋ぎ目で雑草が枯れている。たった十年放置されただけで、建物はここまで荒んだ気配を纏ってしまうものらしい。

打ち捨てられたこの場所へなぜ今さら足を向けたのか。彼自身にもよく解らなかった。

すべての始まりとも言うべき忌まわしくも懐かしい風景を、彼女に見せたかったのか。

すべてが終わってしまった今、あるいは彼自身が感傷に浸りたかっただけなのか。

答えは出なかった。ひとつ解ることといえば、ここを再び訪れる機会はないということだけだ。

摩天楼の合間に沈みゆく夕陽を、彼は目を細めて眺めやった。風が冷気を増している。コートの襟を立てたそのとき――軋んだ音が聞こえ、彼は反射的に振り返った。

階段へ続く扉から、二人の人影が現れた。

誰だ、と問うより先に、片方の人影が口を開いた。

「奇遇ですね、ヴィクター・リスター弁護士。こんなところでお会いするとは」

見覚えのある顔だった。風に揺れる黒髪、身綺麗なスーツ、理知的な風貌に眼鏡。

「……君は」

タワーの事件で知り合った捜査員だ。名前は確か……レン・クジョウ。隣の、あまり身だしなみのよろしくない赤毛の美女は何者だろう。

「A州フラッグスタッフ署、マリア・ソールズベリーよ」

赤毛の女が身分証を掲げた。「あんたのことはレンから聞いたわ。色々と世話になったそうね。

早速だけど訊きたいことがあるの。任意の事情聴取ってことで、少し時間をもらえるかしら」

脳内に警報が鳴り響いた。彼らはなぜ――いや、どこから尾けていたのか。

「残念だが、そろそろ事務所に戻らねばならん」

一歩踏み出しかけた彼へ、赤毛の警察官が無形の杭を打ち込んだ。

「ヒュー・サンドフォードと娘のローナを殺したのはあんたね」

質問ではなかった。不敵な断罪の視線が、彼の胸に突き刺さった。

「……意味がよく解らんのだが。私が二人を殺害した、と？

一連の犯行は、メイドのパメラ・エリソンによるものだと聞いたが？　被害者たちがタワーに入ったのは私がタワーを出た後だ、とも」

「用意していたような受け答えね」

赤毛の女が肉食獣の笑みを浮かべた。「確かに、あんたにはイアン・ガルブレイスたち四人を殺す機会はなかったわ。前日にタワーを出た後、事件当日まであんたが事務所の近辺を離れなかったことも、ここにいるレンをはじめ複数の証言がある。

けれど、サンドフォード父娘を始末する時間ならたっぷりあった。あんたがタワーを訪れたのは事件前日の十七時十分。出たのが十七時四十五分——その間三十分以上。二人を殺すだけなら充分すぎるわよね」

「——機会があることと実行に移すことはイコールではない。それだけの理由で私を殺人者呼ばわりするのは強引すぎないか」

「合理的な疑い（リーズナブルダウト）ってやつ？　安心しなさい。充分すぎるほどあるから」

「何かね」

「拳銃よ。どうしてサンドフォード父娘だけ撃ち殺されたの？　イアン・ガルブレイスたちも『硝子鳥（グラスバード）』も、他の被害者はみんな刃物で刺されて死んだのに」

呼吸が止まった。

硝子鳥も刺されて死んだ。確かにそう聞こえた。目の前の二人は――警察は、彼らの真実を見抜いたというのか。

表情を変えずにいたつもりだったが、綻（ほころ）びが生じたらしい。マリア・ソールズベリーという名の警察官は口の端を吊り上げた。

「その様子だと、あんたも『硝子鳥』のことは知っていたようね」

「……何の話だ」

強引に切り捨てる。「それに、父娘だけ銃殺されたのがそれほど重要なことかね。犯人が万一に備えて凶器を複数用意しただけではないのか」

「違うわ」

マリアは一蹴した。「せっかく拳銃を持っているなら、刃物なんか使わないで全員撃ち殺しちゃえばよかったのよ――少なくともタワー最上階に残された面々は。

父娘に拳銃を使っておきながら、同じフロアにいる『硝子鳥』にわざわざ刃物を使う理由がどこにあるの？　現場は高層ビルの最上階。すぐ下の階は機械室で、さらに下の階には誰もいない。銃声なんて聞こえないの。遠慮しないで撃ちまくればよかったでしょ。いちいちひとりずつ刺し殺すより遥かに簡単だったはずよ。

後は、拳銃を被害者の誰か——ヒューの手にでも握らせれば、すべてをヒューの仕業と片付けさせることも可能だった。犯人はなぜそうしなかったの？」

真綿で締め付けられるような沈黙が降りた。やがて赤毛の刑事が口を開いた。

「答えはひとつ。タワーの『硝子鳥』たちを殺害したとき、犯人は拳銃を持っていなかったからよ。

犯人は刃物で『硝子鳥』たちの命を絶った。そこへ拳銃を持った第二の犯人が現れて、ヒューとローナを撃ち殺した。

単独犯じゃない。複数の犯人がいたのよ」

「——その『第二の犯人』が、すなわち私だと？」

「あんたしかいないのよ。最上階へ拳銃を持ち込むことができたのは。

前夜にタワーへ飛来したジェリーフィッシュは無人運転だった。ゴンドラに誰も乗っていないことは、運送会社の複数の社員が確認してる。

最上階の住人——ヒューとローナ、パメラも除外。彼らなら、事件前夜よりずっと以前に拳銃を用意できたはずだもの。希少生物を最上階へ運び入れたのと同じルートで。とすれば、最初から『硝子鳥』を撃ち殺すこともできたはず。

最後に、イアン・ガルブレイスたち四人の来客。彼らも無理。直通エレベータに乗り込む前に、金属探知機や警備員の手荷物チェックが待ち構えているし、犯行を行うタイミングもきつすぎる。最上階に入ってからジェリーフィッシュで飛び立つまで三十分足らず。あんたと違って、彼らは他の者たちの目を欺いて、かつ仕事以上の付き合いのないヒューを、娘のローナと一緒にパーティールームへ呼び出さなきゃいけないの。どう考えても無理があるでしょ。

何より、彼らは殺される側の人間だった。拳銃を持ち込む動機があったとは思えないわ」

「……金属探知機と警備員の目を掻い潜らねばならないのは、私も同じはずだが。

それとも、頻繁に最上階を出入りし、警備員とも顔なじみになっていた私なら、警備の隙を突くことが可能だったと？　ひどい言いがかりに聞こえるが」

「そうでもないわよ。警備員に聞いたけど、あんた、手持ちの鞄が金属探知機に引っかかることが何度もあったそうじゃない。アルミ製のバインダーのせいで。

その内側に拳銃を隠すことは可能よね？」

冷たい汗が背を伝った。……そんなところまで探られていたのか。

「もちろん、最初はバインダーの中身をチェックされたでしょうけど、何度も探知機に引っかかっているうちに、警備員もバインダーを検めることなく鞄を覗くだけで済ませるようになってしまった。

タワー崩落の前日もそんな風だった、と警備員が言ってたわよ。最上階に何度も通っていたあんただからこそできる芸当よね」

「……仮定の話に過ぎんな。それに合理性に乏しい。

ヒューの手に拳銃を握らせればよかった、と君は言ったな。それは誰を犯人と仮定しても同じはずだ。なぜ犯人はそうしなかった？　まさか、タワーを爆破までしてのけた犯人が、そこまで気を回す余裕もなかったとは言うまいな」

「あら。自分が拳銃を持ち込めたのは否定しないのね」

悪魔のような笑みだった。「――当然、第二の犯人もその点は考えたはずよ。けど、拳銃を握らせる偽装工作が最大限に威力を発揮するのは、被害者全員がきっちり銃殺されていた場合だけよ。『硝子鳥』と父娘とで死因が綺麗に分かれている以上、どうして最初から全員を撃ち殺さなかったのかという疑問は常につきまとうでしょ。

それに、銃を握らせたところで、瓦礫に押し潰されて手から離れてしまうかもしれないし、銃が発見されずに終わるかもしれない。第二の犯人にとって、空振りに終わるリスクの高い偽装工作のために拳銃を手放すより、そのまま切り札として持ち続けた方がベターだったのよ。

まさか爆破当日に、うら若い警察官が自力で最上階へ上って、凶器のない銃殺体と『硝子鳥』の死体を発見しようだなんて夢にも思わなかった。

……でしょ？」

奥歯の軋る音を、彼は口の奥で聞いた。

「では、最初から銃など使わなければよかったではないか。君の言う第一の犯人と同様の凶器を、第二の犯人はなぜ用いなかった？」

「決まってるわ。

のんびり刺し殺してなどいられないような、犯人にとってとんでもないアクシデントが発生したからよ」

「——アクシデント？」

「第一の犯人が『硝子鳥』たちを刺殺し、そこへ第二の犯人が現れて父娘を銃殺した。事象の流れを素直に読めば明白だわ。『硝子鳥』たちが殺害されたこと、それ自体よ」

「殺害されたのが、誤算？」

ますます理解不能だな。彼らの死は、パメラにとってむしろ予定通りではないのか」

「彼女に全部押し付ける気？　残念だけど話はそんなに単純じゃないわ。

ヒューに拳銃を握らせれば全部彼のせいにできた——とは言ったけれど、最後にタワーを破壊するつもりなら、そもそも彼らを殺害する必要すらないのよ。父娘ともども、『硝子鳥』たちをコレクションルームの適当な檻に閉じ込める。これで充分。後は爆弾がタワーもろとも勝手に彼らを殺してくれる。

『逃げ遅れ、タワー崩落に巻き込まれて死んだ』という、充分すぎるほど説得力あるシナリオを描くことができたはずなのよ。わざわざ返り血を浴びるリスクを犯してまで、『硝子鳥』の命を奪う必要がどこにあるの？

……けど現実には、彼らは無残に刺殺された。

なぜか。『硝子鳥』たちの死は第二の犯人の望んでいたことじゃなかったからよ。

彼らは別の人間の手で、全く計画外に殺されたのよ。よりによって犯人がこれから計画を実行に移そうという土壇場で。

第一の犯人は、イアンたちを殺害した犯人でもビルを破壊した犯人でもなかった。真犯人──『第三の犯人』とはまるで無関係だった。第一の犯人の暴走を、第二の犯人であるあんたが射殺して止めたのよ」

彼は答えなかった。

反論を投げることができなかった──彼女はすべてを見抜いている。

「パメラでないなら、第一の犯人とは具体的に誰だね」

「決まってるでしょ。

ローナ・サンドフォードよ。

恋人を──チャック・カトラルの心を『硝子鳥』に奪われた。その憎悪が、彼女にペットを殺させたのよ」

※

ローナの死の有様を、マリアは今も鮮明に思い出せる。

頬からセーター、ジーンズまで血飛沫が飛んでいた。右腕に至っては、手のひらから袖口に至るまで血まみれだった。

銃で撃たれただけにしては、あまりに血に濡れすぎていた。もっと早く気付くべきだった。あれはローナ自身の血ではない。『硝子鳥』の返り血が、彼女の右腕を染めていたのだ——凶器を握っていたであろう腕を。

※

「あんたは急報を受けてタワー最上階に向かった。そして事態を目の当たりにして、直ちにローナを排除することを決断したのよ。

ローナを手にかけた以上、父親を生かしておくこともできない。だからヒューも始末したの。ローナが『硝子鳥』たちを刺殺し、駆けつけたあんたがローナとヒューを射殺した。それが爆破前日、イアンたちの来る前にタワー最上階で起こったすべてよ」

「……パメラは？」

それだけを問うのが精一杯だった。「彼女はどうした。ローナが『硝子鳥』を殺害するのを止めもしなかったのか」

「止めたでしょうね。けど気付くのが遅れた。イアンたちを出迎える準備があったでしょうし、ローナもパメラに気付かれないよう目を盗んだ。パメラがコレクションルームの異変に気付いたとき、ローナはすでに『硝子鳥』の何羽かを手にかけてしまっていた。
父親のヒューも制止したでしょう。『硝子鳥』の四羽は息絶えてしまったけれど、一羽は深手を負いながら辛うじて生きていた。あたしが声を聞いた個体ね。……もっとも、即死か翌日死ぬかの違いでしかなかったでしょうけど」

――ローナの絶叫が、呪いのように彼の耳元に蘇る。

(離して!)

父親とパメラに押さえられながら、ローナの顔は、普段の愛らしさの欠片もなく歪んでいた。

(こいつらが――こいつらがいけないの! こいつらのせいで、チャックが、チャックが――!)

「ヒュー本人かパメラか、どちらが電話したかは知らないけれど、とにかくあんたはタワーへ駆けつけ、サンドフォード父娘を射殺した。

ローナをのんびり説得する暇も、凶器を選んで刺殺する暇もなかった。一刻も早く口を封じなければ、イアンたちがやって来てすべてが露見してしまうから」

「……なぜ、その時点でパメラも一緒に殺害しなかった? 一番の目撃者である彼女を」

「言うまでもないでしょ? パメラがあんたの共犯者だったからよ」

王手(チェック)、と赤毛の刑事が表情で宣言した。

……焦るな。

真実を悟られることと、それが公の事実と認定されることは違う。そのことは職業柄、自分が誰より知っている。

「パメラは『硝子鳥』を殺さなかったけれど、全くの無実だったわけでもないわ。タワーにいたはずの彼女が、実際にはパーティーの来客たちとともに、遠く離れたヒューの旧邸宅にいた。その事実が、彼女が事件に一枚嚙んでいたことを物語っているもの。コレクションルームやパーティールームの惨状を来客たちに知られることなく、彼らをジェリーフィッシュに乗せることができたのも彼女だけだしね。

第三の犯人はパメラ。目的はイアンたちの命。三年前の爆発事故の原因を作った彼らへの復讐。

一方、第二の犯人であるあんたはあんたで、サンドフォード父娘の命を狙っていた。

いいえ、言い直しましょうか。

あんたの真の目的は『硝子鳥』を救うことだった。彼らを解放するために、あんたはタワーを破壊し、父娘を殺害することを目論んだのよ。——違う？」

違わない。

長い日々だった。そのために、弁護士という立場を利用し、ヒュー・サンドフォードの懐(ふところ)に潜り込んだ。

「『硝子鳥』を救うためにタワーを破壊？」

劣勢を悟りつつも反論を試みる。「そんなことをせずとも、事実を世間に公表すれば事足りたのではないか」

「足りなかったのよ、あんたには。第一、公表しようとしたところで潰されるのが落ちだったでしょうし」

「潰される？」

「ヒューの元には度々、各界の要人が訪れていたそうね。ヒューが彼らに、ご自慢のコレクションを一度でも披露しなかったと思う？

『硝子鳥』を公表しようとすれば、火の粉が降りかかるのを恐れた彼らが、なりふり構わず事実を闇に葬り(ほうむ)にかかるかもしれない。弁護士として各界の要人に接することの多かったあんたは、そのことをよく知っていた。

だからあんたは決断したのよ。司法の手を借りずに『硝子鳥』を救うことを。権力者どもの目から『硝子鳥』を消すことを。

あんたはそのためにタワーを破壊したの。瓦礫の下から発見されるであろう、身代わりの死体の身元を解らなくするために」

「――彼らをイアン・ガルブレイスらの身代わりとして殺すことが、彼らの救いとなる。私がそんな狂信者じみた考えを抱いたと？」

「違うわ。逆よ。

身代わりにされるのは『硝子鳥』じゃない、イアンたちの方だったのよ――あんたたちの本来の計画では。

サンドフォード父娘とイアンたちを最上階に拘束し、その隙に『硝子鳥』をジェリーフィッシュで逃がす。タワーが崩落し、身元不明の遺体が発見される。

彼らの遺体は、世間的にはイアン・ガルブレイスらと認知されるだろうけど、『硝子鳥』の存在を知る人間たちにとって、彼らの少なくとも一部は『硝子鳥』と認識される。あんたはそれを目論んだのよ。

……もっとも、タワーにいる大勢の無関係な人々を巻き添えにするのは、あんたの本意じゃなかった。だからあんたは一気にタワーを爆破せず、全員が無事に避難できるだけの時間的余裕を与えたのよ」

※

事件当時の様子を、漣は思い返す。

あれだけの爆発が何度も生じながら、直接の死者がゼロで済んだのは奇跡としか言いようがなかった。まるで、避難終了まで犯人がタワーの破壊を待っていたかのようだった。

奇跡でも何でもない。犯人が現場の様子を窺いながら爆破のタイミングを見計らったのだとすれば、何の疑問もなくなる。

※

「けれど、ローナが『硝子鳥』を殺害したことですべてが狂ってしまった。

さぞ愕然としたでしょうね。守るべき存在が土壇場で殺されてしまったんだから」

赤毛の刑事の口調に、からかいの色は微塵もない。むしろ悲痛ささえ滲んでいた。

……愕然としたどころではなかった。足元が崩れ、奈落の底に落ちていくようだった。

「本来の予定では、パメラが乾杯の盃に睡眠薬を混ぜ、全員が眠った辺りであんたが最上階を訪れ、二人で『硝子鳥』をジェリーフィッシュに乗せる――といった手はずになっていたんじゃないかしら。『硝子鳥』を救い出す作業を、何から何までパメラに任せるのは不安だったでしょうしね。

あんたが持っていた拳銃は本来、凶器として用意したものじゃなく、万一被害者たちが目覚めてしまった場合の足止め用だった。

けれど、暴走したローナを止めるために、あんたはその拳銃で彼女の額を撃ち抜くしかなかった。守るべき『硝子鳥』を殺されて、あんたも冷静さを欠いていたのね。

あんたたちは計画の修正を迫られた。余裕なんてなかったはずよ。パーティーの集合時間が近付いていたし、ジェリーフィッシュもやって来る。細かい齟齬(そご)なんて気にかけていられなかった」

――深手を負いながら息のあった『硝子鳥』も、結果的に見殺しにしてしまった。

応急処置を施したところで息絶えるのは時間の問題だった――そう見えた。いっそ楽にしてやろうかと思いかけ……彼女の姿が脳裏をよぎり、手が止まった。

この時点で計画を中止することも、あるいは可能だったかもしれない。だがパメラと手を結んだ時点で、計画は自分ひとりだけのものではなくなっていた。

赤毛の警察官の横で、黒髪の刑事は無言を貫いている。見えない何かを見据えるような、鋭い視線だった。

「『硝子鳥』でなくイアンたちをジェリーフィッシュに乗せたのは――彼らの殺害現場を、タワー最上階でなく旧邸宅に変更したのは、そのときのあんたたちにとって最善の、というより唯一の選択肢だった。

当初の計画に沿って、パーティーの出席者を父娘や『硝子鳥』と一緒に最上階に拘束することもできたでしょうけど、そうしたら今度は、タワーが崩落した後、最終的に発見される死体の数が多すぎる事態になりかねない。『硝子鳥』たちが死んでしまった以上、イアンたちには最上階を出て行ってもらうしかなかったのよ。

幸い、旧邸宅には食料を用意してあった。あんたやパメラが『硝子鳥』たちを一時的に匿うのに必要な分が。ある程度の長丁場に対応できる余裕はあった」

「だとしたら」

声が上ずった。「パメラが死んだのはなぜだ。まさか、私が口封じに殺害したとでも?」

赤毛の女は首を振った。

「パメラの死亡推定時期はイアンたちとほぼ同じ。遺体発見から五日以上前――事件前日か当日頃だったそうよ。あんたにアリバイがあることはレンが確認済みだわ」

「なら」

「それがあんたのもうひとつの誤算だった。


パメラが、返り討ちに遭って死んでしまったことが」


「……返り討ち？」

「彼らの死因を確認してもらったわ」

マリアが、上着のポケットからメモらしき紙を広げた。

「トラヴィス・ワインバーグ。背中をめった刺し。

パメラ・エリソン。胸を一突き。

チャック・カトラル。腹部を一突き。

イアン・ガルブレイス、セシリア・ペイリン。それぞれ背中を一突き。

気付いた？　何度も刺されたのはトラヴィスだけなのよ。

三年前の遺恨を晴らすために、パメラが彼を複数回刺した。これは理解できるわ。けど他の被害者たちは、そんな怨念のこもった殺し方を全然されてないの。

なぜ？　現場の開発担当者だったチャックや、事故の元凶となる理論を打ち立てたイアンには、トラヴィス以上に深い恨みを抱いてもおかしくないはずなのに。

考えられる可能性はそんなに多くないわ。パメラは最初にトラヴィスを殺害し――けど、次の標的に不意を突かれ、逆に殺されてしまったのよ」

重い沈黙が漂った。

彼は耐えきれず、押し殺した声を発した。

「……奇妙だな。首謀者のパメラが死んだら、殺人はそこで終わりのはずだ」

「終わらなかったのよ、悲劇的なことに。パメラの倒したドミノは彼女の死後も倒れ続け、被害者全員の命を奪ってしまったの」

「そして、最後まで生き残った被害者の誰かが、絶望のあまり自殺した、と？」

「いいえ、誰も自殺なんかしていない。

旧邸宅で発見された遺体は全員が他殺と見られる。それが所轄の検死官の見解よ」

「馬鹿な。知られざる六人目が、皆の目を欺いてどこかに潜んでいたとでも？」

「そうよ」

赤毛の女は躊躇なく断言した。「チャックの日記に書かれていたわ。『六羽の硝子鳥は皆美しかった』と。けれど、タワーで死んでいた『硝子鳥』は五人。

残りの一羽はどこへ消えてしまったの？」

呻きが聞こえた。

それが自分の喉から漏れ出たものだと気付くのに、数秒の間が必要だった。

「ローナは『硝子鳥』を殺して回った。でも全員を手にかけたわけではなかったのね。パメラやヒューが止めに入ったからかもしれないけれど、ただ一羽、無傷で生き残った個体がいたのよ。

あんたはその一羽をパメラに託し、イアンたちと一緒にジェリーフィッシュで最上階の外へ連れ出させた。

タワーに残したら崩落に巻き込まれて死ぬだけだし、直通エレベータ経由で連れ帰るにしても、二名の警備員の間近を通らなくちゃいけない。抱き抱えたり手を引いたりしてたら間違いなく彼らに気付かれる。正規のルートで連れ出すのはとても無理だった。ジェリーフィッシュ経由で逃がすしかなかったのよ。

イアンたちが来る前に、屋上の暗がり――エレベータ出入口の陰にでも隠したんでしょうね。ジェリーフィッシュが来た後、彼らをゴンドラの客室に通して、彼らの目が逸れている隙に『硝子鳥』を背負って運んだのよ。空を飛んでいる間は操舵室に隠しておけるしね。

もっともその前に、全員が最上階に残ったと思わせるよう、彼ら自身の手で外部に電話をかけさせる必要があった。『忘れ物などはございませんか』といった感じで水を向ければ、帰りが遅くなることを察したトラヴィスは家族へ連絡するでしょうしね。ジェリーフィッシュのことは、『旦那様のご意向ですので内密に』とでも言えば口止めできるわ。

脱出を終えるまでの間、生き残りの『硝子鳥』は大人しくしていた。パメラが言うことを聞かせた――というより、家族を惨殺されたショックで気を失っていたのかもしれないわ」

「質問に答え切れていない。ジェリーフィッシュの中ではごまかせたとして、旧邸宅で『硝子鳥』はどこに身を隠した？」

と――

それまで無言を決め込んでいた黒髪の刑事が、不意に唇を動かした。

傍らの赤毛の女に何事かを囁いたらしい。「オーケイ。いいわよ、レン」赤毛の女の声がかすかに耳に届き――

突然、黒髪の刑事が右腕を振り動かした。

牽制球(けんせいきゅう)を投げる一流投手のような、予備動作も無駄もない動きだった。黒髪の刑事の手から放たれたそれがヴィクターの右横を通り過ぎ、柵の数歩手前、何もない場所で弾けた。

水風船だった。誰もいないはずの場所から短い悲鳴が上がる。見えない空間を水滴がしたたり落ち、人の姿を象(かたど)る。

空間がうごめき、裂けた。

ひとりの少女が、裂け目の中から姿を現した。

――長い金髪。

——左耳の上に差した、青と黒の羽根飾り。

——透き通るような肌。

——赤い瞳。

——この世のものとは思えない美しい顔立ち。

『硝子鳥』だった。

「『エルヤ』——」

彼女の名前を、ヴィクターは我知らず呟いた。

奇怪極まりない光景だった——大判の風景写真を縦に引き裂き、裏から顔を覗かせたような。

しかし目を凝らせば、彼女が異次元から現れたのではなく、透明な何かを纏っていると見て取れる。

いや。正確には、目撃されぬよう、ここへ連れてくる際に着せていた透明なそれ。

「それが答えよ」

赤毛の女が王手詰み（チェックメイト）を宣言した。「イアン・ガルブレイスが理論構築し、セシリア・ペイリンがアイデアを付け加え、トラヴィスたちが密かに創り上げた、布状の屈折率制御ガラス。

詳しい原理はあたしにはさっぱりだけど、入ってきた光を上手いこと屈折させて、ちょうど反対側に突き抜けさせる仕組みなのね。内側の物体は、そこにあるにもかかわらず、外からはまるで何もないように見えてしまう。ステルス機みたいに。

――タワーの警備員によれば、去年十二月のプレゼンテーションの際、トラヴィスは二つのサンプルを最上階に持ち込んだそうよ。

ひとつは電極付きの灰色の板。これはたぶん、透過率可変型ガラスのサンプルね。

そしてもうひとつが、透明な粘土の塊のようなもの。

……『粘土』。よく考えたらおかしな表現だわ。ガラスのサンプルなら普通は硬くて脆いイメージなのに、どうしてそんな、軟らかいものに対する言い回しが使われたのか。

当たらずも遠からずだった。粘土じゃなくて布だったんだわ。折り畳まれてビニールに押し込まれ、塊のようになっていたのね。

トラヴィスもサンプルを触らせはしなかったでしょうけど――警備員はきっと、トランクケースの中身を確認する際にそれが揺すられるか何かしてわずかに変形するのを、無意識に捉えたのね。だから『粘土』という印象を持ったんだわ。

試作サンプルとしてトラヴィスからヒューに手渡されたそれ――『光学迷彩布』とでも呼べばいいかしら――をパメラは奪い、彼女に着せて他の者たちの目をくらましていたのよ」

※

ヴィクターの顔色が変わるのを、漣は見て取った。

険しくも必死な表情から、穏やかささえ感じさせる諦念の表情へ。パメラはイアンたちを降ろし、邸宅内のリビングかどこかに待たせた」

マリアの推論は続いた。「彼らの目が離れた隙に、光学迷彩布を着たその娘――彼女が『エルヤ』なのね――を降ろし、ジェリーフィッシュを帰して、邸宅内の空き部屋に彼女を一旦隠す。

その後、イアンたちに夕食と偽って睡眠薬を盛る。意識を無くした彼らを地下のコレクションルームに運び、服を着替えさせ、自らもコレクションルームに閉じ込め、凶行を開始した。

……大まかな流れはこんなところかしら。

このとき、エルヤも一緒に地下へ運んだのね。コレクションルームの隅の壁からイアンたちのものでない指紋が見つかったわ。

エルヤを凶行に巻き込んでしまうことになるけれど、万一誰かが忍び込んで彼女を見つけてしまったり、彼女が逃げ出してしまう可能性を考えたら、地上に置き去りにするより目の届く範囲に置いておく方が安心だった。地下には彼女を隠しておける部屋がたくさんあっただろうし。

それに――エルヤに着せた光学迷彩布は、復讐の強力な道具になる。

相手の不意を突くことが簡単になるし、返り血を浴びたときのレインコート代わりにもなるわ。犯行が済んだ後も、シャツを裏返しにするように、血の付いた面を裏返しにして内側に入れてしまえば、外からは何も見えない」

そうやって、パメラはまずトラヴィスを殺害した。

凶行が済むまでの間、エルヤは他の目につかない場所に隠しておいた。

旧邸宅地下室の隅、エルヤのものと思しき指紋が付着していた壁に、屈折率の極端に異なるガラスが用いられていたことが判明している。エルヤが光学迷彩布を着ていない間は、そこへ彼女を連れ、決して動かぬよう言い含めていたのだろう。パメラに日頃から世話をされ、エルヤは簡単な言葉なら理解できるようになっていたのかもしれない。

凶行後、パメラは光学迷彩布に付いた血を、キッチンかバスルームの水道で手早く落とし、裏返してエルヤに着せ、別の部屋に隠した。仮に巡回などで他の皆が部屋を覗いても、隅々まで踏み歩かない限り『誰かいる』とは気付かれない。

やがて、他の全員がトラヴィスを発見する。真っ先にパメラへ疑いが向いただろうが、返り血を浴びていない以上、彼女を犯人と決めつけることもできない。凶器は光学迷彩布同様に血を落とし、エプロンドレスのスカートの裏に隠しておける。水を拭った布の類も同様だ。あるいはスカートの裏地で直接拭ったかもしれない。身体検査を要求された可能性もあるが、恐らく——殺害後か、あるいは殺害前に——同じ女性であるセシリアを巧妙に誘導し、うやむやに済ませることができた。

容疑をかわした後、パメラは同様に準備を整え、次の標的の元へ向かい——

しかし、逆に殺されてしまった。

「君たちはどう考える」

ヴィクターが不意に問いを投げた。険の失せた声だった。「光学迷彩布という道具まで手に入れながら、パメラが返り討ちに遭ったのはなぜだ？」

「実のところ、細かい経緯まではあたしもよく解らなかったけど」

マリアはエルヤに目を向けた。「生き残ったのが彼女だと知って全部納得がいったわ。パメラは、次にチャックを殺そうとして、エルヤに邪魔されたのよ」

「エルヤに？」

なぜ、とヴィクターが表情で問う。「簡単よ」マリアは返した。

「彼女がチャックを愛していたからよ――チャックが彼女を愛してしまったように。自分に逢いに来てくれたチャックに、エルヤもいつしか恋してしまったんだわ」

赤毛の上司の声を聞きながら、漣は想像を巡らせる。

恐らくチャックの声を聞いたのだろう。彼が地下にいることを知ったエルヤは、パメラの言いつけを破り、チャックを探しに出た。

やがて、通路を歩く彼を見つける。チャックはチャックで、パメラの様子を探ろうとしたに違いない。いくらパメラが容疑をかわしたといっても、疑惑は理屈だけで解消できるものではない。

エルヤはチャックに駆け寄り――しかしそのとき、パメラが物陰からチャックに襲いかかった。

ローナに家族を惨殺され、エルヤは『殺人』の意味を否応なしに学んでいた。パメラの表情や、恐らくは光学迷彩布の下に隠されていたのだろう、彼女の手に握られた凶器を目の当たりにして、エルヤはパメラの行為の意味を理解したに違いない。本能的に飛び出し、パメラを止めに入った。

思わぬ妨害を受けたパメラはチャックに隙を突かれ、凶器を奪われて返り討ちに遭った。

「動転したでしょうね、チャックは。エルヤも悲鳴のひとつくらい上げたはずよ。チャックは必死に頭を巡らせて、何とか状況を理解した。パメラから光学迷彩布を奪い、エルヤに着せて、パメラの死体とともに手近の部屋に入れた。幸か不幸か、目立った血痕は散っていなかった」

壁の透明度を切り替えるスイッチが、地下のコレクションルームで発見されている。チャックは鉄扉の鍵を求めてパメラの服を探り、スイッチを見つけて奪ったのだろう。肝心の鉄扉の鍵は恐らく発見できなかった。

——後日の調査で、スイッチを十五秒間長押しすることにより、地下室の扉を解錠できることが判明した。盲点を突いた仕掛けだった。もしチャックが——あるいはイアンかセシリアがこの仕掛けに気付いていたら、その後の彼らの運命は大きく変わっていたはずだ。

だが、彼らは気付けなかった。

どうにかその場を切り抜け、チャックはエルヤを自分の部屋へ連れ帰ったが、彼にとって状況は最悪の方向へ転がってしまった。自分たちを閉じ込めたパメラが死に、自力でコレクションルームを出ることが不可能になった――としか思えなかったからだ。

人殺しになってしまったうえ、二度と外へ出られない――チャックは長いこと思いつめたことだろう。そして。

「彼の脳裏に悪魔のひらめきが浮かんだのよ。いっそ、イアンとセシリアも殺して、エルヤと最期まで二人きりで過ごそう、と」

ヴィクターからやや離れた位置で、エルヤは静かに立っている。

どこまでも無垢で、かすかに寂しげな表情だった。彼女の脳裏にどんな思いが巡っているのか。自分の置かれた状況を、マリアの言葉を――そもそもU国語を――どこまで理解できているのか。存在を暴かれてなお逃げ出さずにいるのは、自分を保護したヴィクターに倣っているからなのか。漣に窺い知ることはできなかった。

恐るべき決断を下したチャックの脳裏に、本来の恋人であるローナの顔が少しでもよぎったのだろうか。罪悪感に苦しんだのだろうか。

しかし、そのローナがまさか、エルヤの家族を惨殺し、自らも死体となって最上階のパーティールームに転がっているとは、微塵も想像できなかったに違いない。

ローナはなぜ、恋敵のエルヤを最後まで殺さずにおいたのか。

良心や慈悲、といった甘い話ではあるまい。家族の死を彼女へ存分に見せつけてやるつもりだったのではないか。

檻の鍵を密かに持ち出し、エルヤを希少生物用の小さな檻へ移すなどして拘束。他の『硝子鳥』を一羽ずつ檻の外へ出し、エルヤの前で殺害する——そんな場面が漣の頭に思い浮かぶ。

家族の死体を目にして恐怖に逃げ惑う個体もいただろう。その背中をもローナは刺した。

チャックの髪型を真似た一羽がいたはずだが、恋人の顔をよく知るローナからすれば、ただの似て非なる存在でしかなかった。

そうやって、エルヤに殺戮ショーを見せつけた後、一番の標的である彼女を、最後のお楽しみとして手にかけるつもりだったのかもしれない。

その選択が巡り巡って、恋人に残酷な決断を迫ることになった。

「つまり、彼がイアンとセシリアを殺害した、と？

ではその後、誰がチャックを殺したのだ。エルヤか？　チャックを愛したこの子が、そのチャックを手にかけたと？」

「違うわよ。チャックはパメラを殺した後、誰も殺さなかった。

その前に、今度は彼の方が返り討ちに遭ってしまったのよ」

ヴィクターが唖然とした表情を浮かべた。

「でなければあんたの言う通り、チャックは最後まで生きていたはずよ。エルヤと一緒に。

なら、チャックを殺したのは誰か。答えは二択よ。イアンかセシリアか。

パメラの死体が発見される際、チャックは他の二人が部屋に入れないよう——エルヤの存在を知られないよう、色々な嘘を並べ立てたはずよ。例えば、そうね……壁やドアをスイッチで透明にしておいて、『電圧がかかっているから近付くな』とか。

そうした嘘を瞬時に見抜くことができた人物――透過率可変型ガラスの仕組みを前もって知ることができた人物。SG社に様々な技術的アドバイスを施していた人物。

セシリアよ」


漣は再び想像する。

イアンとセシリアの殺害を決断した後、チャックはエルヤを自分の部屋に隠したまま外へ出た。自分が手を汚すところを、エルヤに二度と見せたくなかったのだろう。

パメラの命脈を断った凶器は、恐らく彼女の胸に刺さったままになっていたはずだ。その凶器を回収しようとした。

が、セシリアの方が一手早かった。

彼女はチャックより早く凶器を手に入れ――パメラの遺体の横たわる部屋へやって来たチャックを、物陰から刺した。

返り血を浴びてもいいよう、衣服を脱いでいたかもしれない。自分が手を汚したことを、万が一にもイアンに知られるわけにはいかなかったはずだ。知られたら最後、二人を待ち受けるのは破局でしかない。『すべてはチャックの仕業で、追い詰められた末に彼は自殺した』。それが、このときのセシリアに描ける最善のシナリオだった。

悲鳴を上げる間もなく事切れたチャックの遺体を、セシリアは彼の部屋まで引きずり入れた。

セシリアはセシリアで必死だったのだろう。彼女は気付かなかった——チャックの部屋の中、恐らくはベッドの下で、光学迷彩布を纏ったエルヤが身を縮めていたことを。

「……泣き叫びたい思いだったでしょうね、エルヤにとって。けど、彼女は自らの存在を隠し通した。彼女にとって、愛するチャックの命令は絶対だったでしょうから。『何があっても叫ぶな』とチャックに言われたのかもしれないわ。家族に続いて、愛する人まで奪われたエルヤに——『硝子鳥』として生きてきた彼女の胸に、たぶん初めて、憎しみの感情が芽生えた」

エルヤは彼の腹部から凶器を抜き、復讐の相手を求め、光学迷彩布を纏ったまま部屋を出た。迷路のようなコレクションルームの中、セシリアを見つけて近付くには時間を要したことだろう。その間に、セシリアはイアンとともにチャックの死体を発見する。

その間に、チャックを殺そうとしたパメラを真似て、凶器は光学迷彩布の内側に隠し持った。遺体から凶器が引き抜かれていることに、セシリアは驚愕したに違いない。

見えざる犯人に怯えるセシリアを、エルヤはついに捕らえ、邪魔なイアンもろとも殺害した。

……そのエルヤは今、言葉なく風を身に受けている。

青と黒のグラデーションに彩られた羽根飾りが、左耳の上で揺れている。『鳥』の象徴として、ヒューが普段から身につけさせていたのだろう。

今は、古いデザインの髪留め(バレッタ)——ヴィクターの妻のものだろうか——で押さえてあるが、別宅の地下にいたときはどうだったのか。惨劇のさなかに髪から外れ落ち、誰かに発見されて困惑を誘った、といったこともあったかもしれない。世話役のパメラも、髪の上から光学迷彩布を被せるなり、そうでないときはエルヤに動かぬよう言い聞かせるなりして、相応に気を遣っただろうが——細部を含む真相を知るすべはもはやない。

※

「一応訊くわ。イアンたちの死体を埋めたのはあんたね？」

赤毛の女が問う。

ヴィクターは答えなかった。

——タワー崩落後の事情聴取が一段落し、約束の日時になっても、パメラからは何の連絡もなかった。

警察の監視がないことを確認し、ヒューの旧邸宅へ自動車を走らせた。パメラから渡された合鍵で玄関を開け、事前に教えられた暗証番号で地下室の鉄扉を開いた。

彼を待っていたのは、イアン ら四人の死体と、彼らとともに息絶えたパメラと——

赤黒く固まった返り血を拭いもせず、チャックの亡骸の傍らに座って歌い続ける、一羽の美しい硝子鳥だった。

細かい状況は知る由もなかったが、エルヤが人を殺めたことは明らかだった。

地下室の血を拭い取り、死体を埋め、凶器を処分したのは、それが『確固たる意思を持った人間』の仕業だと思わせるためだった。

よりによって爆破当日、タワー最上階に警察官が迷い込み、他の『硝子鳥』の遺体を目撃していた。そう遠くないうちに旧邸宅へも捜査の手が及ぶであろうことは目に見えていた。

事件の痕跡を完全に消すには労力も時間も足りなかった。自分にできたのは、せめて『硝子鳥』の犯行だと思われぬよう、落ちていた羽根飾りを回収し、拙い隠蔽工作を施すことだけだった。

※

「教えてください」

漣は初老の弁護士へ問いかけた。「サンドフォード父娘を殺害したのは、本当に『硝子鳥』を救うためだけだったのですか。

貴方がヒュー・サンドフォードの顧問弁護士になったのは、今回の事件が起こるよりずっと以前のことだと聞いています。もし貴方が、顧問弁護士に就任した後で『硝子鳥』の真実を知ったなら、貴方は友人としてヒューを問い詰めたはずです。その結果、顧問弁護士の座を追われ、自分の身を危険に晒すことになったとしても。

そうはなさらなかったのですか。――貴方は最初から、明確な殺意をもってヒューに近付き、機会を窺っていたのですか」

答えはなかった。……無駄な問いだ。肯定や否定が返ったところで、彼の罪が贖（あがな）われるわけでもない。

諦めかけたそのとき、ヴィクターが唐突に口を開いた。

「十年前、このビルで発生した爆破テロ事件を知っているか」

やっぱり、とマリアが呟いた。

「そのときの犠牲者に、あんたの家族や知り合いがいたのね」

「少し違う。私と彼女は、事件の前まで何の面識もなかった」

「『彼女』？」

「爆発物入りの鞄を抱え、ビルに入った少女だ。

犯人は逮捕されたが――爆弾の運び手となってしまった彼女の身元は、最後まで判明しなかった。

するはずもない。たとえ遺体が残ったところで、彼女は人間として存在していなかったのだから」

「まさか」

マリアが顔色を変えた。

「そうだ。

彼女は『硝子鳥』だった。――このビルで飼われ、外へ脱け出して遊んでいた彼女と、私は広場のベンチで出会った」

※

それだけの関係だった。

ビルの近くにある広場のベンチに並んで座り、いくばくかの時を過ごす。私と少女の間にあったのは、たったそれだけのわずかな繋がりでしかなかった。

妻の葬儀から十数日が過ぎた頃だった――と記憶している。

半年足らずの闘病生活だった。心の準備をする猶予があっただけ、まだ救われた方だったかもしれない。しかし彼女がいなくなった喪失感は埋めようもなく、二人で過ごした記憶は痛みを伴うものでしかなくなった。私は妻を思い出すことを避け、生ける屍（しかばね）のように、仕事先と自宅を往復するだけの日々を過ごしていた。

広場のベンチに座るようになったのは、ほんの些細な気まぐれだった。

仕事帰りにふと足を止め、摩天楼の合間に造られた遊歩道を当てもなく歩き――誰からも忘れ去られたようにぽつりと広場に置かれた、座る者のないベンチを見つけた。

ベンチに腰掛け、ぼんやりと空を眺めるのが日課になり始めた頃――ひとりの少女が私の前に現れた。

不思議な娘だった。

肩の辺りで綺麗に切られた黒髪。白い服。可愛らしいデザインのサンダル。

年齢は十歳を超えていなかっただろう。幼い顔立ちは、よく見れば相当に整っていた。

少女はじっとこちらを見つめていた。人間に初めて出くわした小動物のような瞳だった。どうしたんだい、との問いかけにも答えない。どこから来たのかと問うと、少女は後ろを向き、視界に映る中で最も高いビルの方を指差した。ヒュー・サンドフォードの所有するビルだった。

あそこへ買い物に来て、家族とはぐれたのだろうか――つまらない推測が頭をかすめ、すぐ消え去った。当時の私は、他人と必要以上に関わることを一切やめていた。

少女はベンチに上り、私の隣にちょこんと腰かけた。私を恐れる様子はなかった。

困惑を覚えなかったといえば嘘になる。

妻との間には子供ができず、私は幼子の扱いに慣れていなかった。私はぎこちなく、少女とぽつぽつ会話を始めた。

少女の喋り方は相応に――いや、見た目以上に幼かった。言葉を覚えたての赤子のようだった。

やがて会話が途切れた。少女は私にもたれ、膝に頭をのせて眠り始めた。起こすこともままならず、私は上着を脱いで少女の身体にかけた。

少女が目覚めたのは夕暮れに差し掛かる頃だった。早く帰った方がいい、と私が告げると、少女は何度もこちらを振り向きながら広場を去った。

……あまりにも現実感に乏しい体験だった。

夢か幻覚だろうか。しかし、膝に残る少女の頭の重みは錯覚ではなかった。

私は広場を去った。ただの迷子だろう。二度と会うことはあるまいと思った。

しかし数日後、少女はまたやって来た。


少女と並んでベンチに座るのが、私の新たな日常になった。

不思議な時間だった。

共に遊ぶでもなく、深遠な会話に浸るでもなく、ただ並んで風に吹かれながら、流れゆく雲を見つめる。静かで何もない——ひたすらに穏やかな時間。

そういえば、妻ともこんな風に、二人きりの時を過ごしたことがあった気がする。

いつのことだったろうか、と記憶を探りながら——私は不意に、妻との思い出をごく自然に振り返っている自分に気付いた。

少女の訪れは不定期だった。

三日続けて来たかと思えば、二日姿を見せないこともあった。休日と平日とで、来る日と来ない日が分かれていたわけでもない。後から思えば、それはヒューの見物やビル内の人の流れの影響で、彼女が脱け出せるタイミングにばらつきがあったからだが——当時の私はそんなことなど知る由もなく、ただ、保護者の勤務日程が不定期なのだろうとしか考えなかった。

少女の身の上に深く立ち入ったが最後、少女との時間が泡のように消え失せてしまう気がした。彼女の姿が見えなかった日は、一抹の寂寥さえ覚えた。

いつか、少女との時間は終わるのかもしれない。何の前触れもなく始まったように。少女のいないベンチで私は待ち続け、やがて私自身も去るのだろう。

それが遠い日のことであってほしいと、いつしか私は願うようになっていた。


終わりは、確かに前触れもなく訪れた。

だがそれは、予想すらしない最悪のものだった。


その日、私はいつものようにベンチに座った。

陽気のせいか仕事疲れか、瞼がひどく重かった。腰を下ろすと同時に眠りに落ち、慌てて目を覚ますと、ちょうど少女がやって来るところだった。

少女は不意に立ち止まり、私の足元を指差した。覗き込むと、黒いバッグがベンチの奥に置いてある。

忘れ物だろうか。死角に入っていたせいで、座るときには気付かなかった。私たちの他にベンチを使う者がいても別段不思議はなかったが、なぜかあまりいい気分がしなかった。

少女はきょとんとバッグを見つめていた。忘れ物は警察に届けるものだ、と私が教えると、少女は頷き、バッグを抱えた。さすがに重そうだった。手伝うべきだと思ったが、少女は頑(かたく)なに首を振り、ひとりでビル群の方へ歩き去った。

それが永遠の別れになった。

——数分後、ビルの方から爆音が轟いた。


犯人は一週間後に自首した。

かつてヒューの手で自分の会社を潰された男だった。自らも死ぬつもりだったが、土壇場で恐怖に襲われ、誰もいない場所に爆弾を置いて逃げたという。

死者十三名、負傷者百数十名。U国内のテロ事件としては、近年稀(まれ)に見る規模のものだった。

少女は身元不明のまま、事件の捜査は終焉(しゅうえん)を迎えた。


なぜあのとき、バッグの中身を確かめなかったのか。

なぜ、少女の代わりにバッグを持っていってやらなかったのか。

幼い少女が命を落とし、生ける屍の私が助かる。理不尽というにはあまりに悪意に満ちた運命の仕打ちだった。

——爆発直後、急いで駆け付けると、ビルのエントランス周辺は地獄のような有様だった。

窓は砕け、扉は吹き飛び、壁は崩れ、炎と煙が立ち上り、人々の悲鳴とサイレンが鼓膜を貫いた。

それらの光景は悪夢となって毎夜のごとく現れ、私は何度もベッドから跳ね起きた。

警察には行けなかった。私と少女がベンチに座る場面を、数少ないとはいえ何人かに目撃されている。下手に駆け込めば犯人と疑われ、手錠をかけられるかもしれない。あるいは、すでに私を追っている可能性もあった。ずるずるとためらううちに犯人が逮捕され、私は事件について警察と接触する機会を失った。

後に残ったのは、激しい後悔と自責の念だけだった。妻との死別によって空いた胸の穴に、少女の死が灼熱の溶鉄を注ぎ込んだ。

お前が死ねばよかったのだ、と自らを責め立てる声が頭に鳴り響く。しかし一方で、無責任に死を選ぶ行為を糾弾する自分もいた。

彼女への贖罪(しょくざい)を何ひとつしないまま、勝手に死ぬことが許されるのか。

……贖罪？　どうやって。

彼女の命は取り戻せない。――取り戻せる可能性があるのは、身元だけだ。

事件から何日過ぎても、少女の身元判明の報は流れなかった。U国全土を戦慄させたにもかかわらず、爆破事件は過去の大事件と同様、徐々に人々の記憶から薄れつつあった。

誰も、警察さえも、少女を忘れようとしている。

そんなことが許されるのか。彼女と最後に言葉を交わしたお前が、彼女を見捨てるのか。

少女の身元を明らかにすることが、以降、私をこの世に繋ぎ止める理由になった。

とはいえ、警察でさえ難航した身元調査を、自力で推し進めるのは明らかに困難だった。今さら警察と情報をやりとりするのも、却って藪をつつく危険がある。どうするべきか思い悩んでいた私の元へ幸運が転がり込んだのは、事件から数ヶ月後だった。

ヒュー・サンドフォードの顧問弁護士が退任し、後任が公募されることになった。

審査を潜り抜け、運良く顧問弁護士の座を摑み、本格的に――しかし内密に――調査を始めて数週間後。奇妙な噂を耳にした。

爆発のあったビルに、少女の幽霊が出るらしい。

事故のあった現場に怪談が生まれるのは、さして珍しいことでもない。奇妙なのは、幽霊の目撃譚の中にごく一部、事故以前のものが紛れ込んでいたことだった。

――上の階から、白い服を着た少女が降りてくる。

少女の死んだエントランスホールではなく『上の階』というのがさらに不可解だった。当時のビルはサンドフォードタワーと違い、アパート部分は最上階付近の三フロアだけで、他の階はほぼオフィスエリアになっていた。

アパートの元住人の素性を調べたが、少女と似た年齢の子供はいなかった。行方不明の子もなかった。

どこから来たのか、と私に訊かれたとき、少女はビルを指差した。『あっちの方向から来た』ではなく『あの中から来た』のだとしたら、少女はビルのどこに住んでいたのか。

ビルにあったすべての法人団体を含め調べ直し――私は闇の一端を摑んだ。

オフィスエリアのうち最も高層のフロアは、過去にテナントを構えていた企業が倒産し、何年も前から空いていた。

……ということになっていた。

テナントは書類上、ヒューが海外に所有する会社の支店に替わっていた。租税回避地(タックスヘイブン)に本拠地を持つ、実体のないペーパーカンパニーだった。

不吉な臆測が頭をもたげた。
少女はあの場所で――ヒューに飼われていたのではないか。

ヒューは度々ひとりで、あるいは娘を連れて、ビルを訪れていたという。

最初は単に、ヒューがその手の趣味の持ち主なのかと思っていた。が、長い時間をかけて少しずつ情報を集め、ヒューの本当の趣味――希少生物の収集――が明らかになってくると、推測はよりおぞましい方向へ変わっていった。

ヒューへの嫌悪と憎悪が私の中に芽生えたのは、この頃だった。


共犯者として初めてパメラと接触したのも、ほぼ同じ頃だった。

影のように父娘に付き従い、自然に、かつ完璧に務めをこなす三十前後の女。高齢で引退した先代メイドに代わり、新顔にもかかわらず何十年のベテランのような仕事ぶりを見せる彼女が、時折、メイドらしからぬ強い視線をヒューに刺すことに私は気付いた。

気付けたのは恐らく、私が似た感情を抱えていたからに違いない。私は密かに彼女を自分の事務所へ呼び出し、単刀直入に告げた。

「君はヒュー・サンドフォードが憎いのか？」

仮面のような彼女の表情が一瞬揺らぎ、声が警戒の響きを帯びた。

「……仰る意味が理解できません」

「なら質問を変えよう。

ヒューの飼っている彼らについて、何か心当たりがないか」

パメラは息を呑んだ。

「余計な心配は要らない。私は君と同じだ」

爆破テロ事件の顛末（てんまつ）と、自分がそれまでに調査した事柄のすべてを、私はパメラに語った。

少女のことを他人に話すのは初めてだった。

語りながら、およそ他人には受け入れがたい話だと思ったが、パメラの顔から徐々に警戒の色が消えた。信じがたいがゆえに、逆にそんな話をする私を信用する気になったのかもしれない。少なくとも、私が捜査員や工作員の類でないことは理解してくれたようだった。

「それで……あなたの目的は何ですか。

少女の身元を知りたい。それは解りました。知った後、あなたはどうするおつもりですか」

パメラの問いに、私は「……解らない」と正直に答えた。知った後でどうするかなど考えもしなかった。

「最初は、せめてもの罪滅ぼしのつもりだった。だが、私の推測が正しいなら――彼女と同じ境遇の子供たちが他にもいるのなら、見て見ぬふりなどできない」

パメラは吐息を漏らした。諦観と、それ以上の穏やかさを帯びた吐息だった。

「サンドフォードは彼らを『硝子鳥』と呼んでいます。……あなたが出会ったのは恐らく、檻を脱け出した一羽でしょう」

パメラが語ったところによれば、先代のメイドが爆破事件当時、ビルの住居区画に住んでいたらしい。一メイドとしては破格の待遇だった。

当時のヒューは、自宅に彼らを飼う設備を持っておらず、人のいないダミーのオフィスフロアが檻の代わりになっていた。直上の階にメイドを住まわせ、本宅での業務の合間に彼らを世話させていたのだろう、とパメラは推測を告げた。

「口が堅いということで信頼を置いていたのかもしれません。新たに専門の世話係を充てるにしても、秘密を知る者を増やすことになりますし……そもそも『硝子鳥』は人間です。私が言うのも何ですが、人間の世話なら、ペットショップの店員や動物園の飼育員よりむしろメイドの方が適役です」

監視の目は現在ほど厳しくなかった。物心つく前に人間の世界から隔離された『硝子鳥』は本来、簡単な命令を理解できるだけの知能しかない。が、世話役が話しかける言葉の端々から、徐々に知恵をつけた個体がいた可能性はある。そうした個体のひとりが、メイドやヒューのスケジュールの隙を見て、少女を時折散歩に出していたのだろう——それがパメラの推測だった。

「彼女の……彼女たちの身元は解るだろうか」

パメラは首を振った。

「どこの施設から連れてこられたか、というところまでがせいぜいでしょう。さすがのサンドフォードも、素性のはっきりした子たちを親元から奪う真似はしていないはずです」

あれも一応は人の親ですから、とパメラは侮蔑を込めて付け加えた。

覚悟していたが、内情を知る人間から改めて聞かされ、私は失意の底に落とされた。

少女には……初めから、待っている家族も帰る場所もなかったのだ。

「知恵をつけた子と言ったな。君の話を理解できる子が今もいる、ということか」

パメラの表情が沈んだ。

「サンドフォードが事件直後に『代替わり』を進めたようです。幽霊の噂を知って警戒したのでしょう。——私も、必要でないことは彼らの前で一切口にするなと厳命されています」

『代替わり』という響きに背筋が凍った。……当時の彼らがどうなったのか、パメラは知らないという。

唯一詳細を知りうる立場にいた先代のメイドも、高齢で一年前に世を去っていた。

パメラが過去の経緯を知ったのは、先代が亡くなる前、業務の引継ぎの際に彼女からある程度の情報を伝えられたからだった。

「先代に言われました。『できるなら救い出してやってほしい』と。……気が重かったのは事実です。私は私で、他になすべきことがありましたので」

「なすべきこと？」

「あなたと同じです。私は私の目的のために、サンドフォード家に入り込んだ」

ビルでのテロ事件から七年後、ヒュー・サンドフォードの所有する施設が再び爆発に見舞われた。

SG社の研究所での事故だった。現場近くにいた社員三名が死亡した。——そのうちのひとりが、パメラの恋人だった。

彼女は当時、研究所と同じ市の喫茶店に勤めており、恋人は店の常連だったという。よくある恋物語です、とパメラは寂しげに微笑んだ。

「警察もサンドフォードも、私の存在を恐らく把握していません。私たちは私たちで、お互いの関係を家族にも店にも秘密にしていましたから」

恋人を喪い、パメラは復讐を決意した。

事故の前夜、彼女は恋人から、彼の仕事場の内幕を聞かされていた。直近の仕事が装置の運転条件上かなり厳しいものであること。上の人間へ危険を進言したものの聞き入れられなかったこと。

彼女にとって、SG社が事故の詳細を語ろうとせず、現場のオペレーションミスとして幕引きを図ったことは、彼らに後ろ暗い罪があると自白しているに等しかった。

彼女は職場を辞め、身分証明書類を業者へ売り渡し、代わりに『パメラ・エリソン』の身分を買った。家族とはすでに絶縁状態で、深い付き合いのある友人もいなかったから、別人に成り代わるのは思いのほか簡単だった――とパメラは語った。

「なぜ、そこまでの話を私に？」

「同じだからです」

パメラは私を見据えた。「私も、恐らくあなたも今、同じことを考えている。サンドフォードの悪行を、ただ世に暴露するだけで終わらせるつもりなど、あなたにはないのでしょう？」

こうして私たちは共犯者になった。

パメラは、研究所の事故を引き起こし、揉み消した者たちへの復讐を。

私は、『硝子鳥』たちの解放と、彼らを動物のように扱うサンドフォード一家への鉄槌と――少女の仇討ちを。

互いの目的のために手を取り合う関係の始まりだった。折しもサンドフォードタワーが竣工し、一家が最上階へ居を移そうという時期だった。

私たちは密かに計画を練った――パメラの復讐相手を殺害し、『硝子鳥』を救い出し、ヒューの威光を破壊する計画を。

イアン・ガルブレイス、トラヴィス・ワインバーグ、チャック・カトラル、そしてセシリア・ペイリン——彼らをタワー最上階におびき寄せ、サンドフォード父娘ともども拘束し、『硝子鳥』の身代わりに殺害する。その間に『硝子鳥』たちをタワーの外へ解放する。

最後に、タワーそのものを破壊する。

『硝子鳥』たちの鳥籠——生きた人間の牢獄——の痕跡を消すために。死体の身元を曖昧にするために。そして……パメラの想い人と、十年前の少女の追悼のために。

そんな途方もない計画を、私たちは少しずつ具現化していった。

イアンたちを呼び出すには格好の名目があった。SG社とM工科大学との共同研究プロジェクトでは、毎年のように懇親パーティーが開かれる。その延長で、プロジェクトの中心人物である彼らを、ヒューの名でホームパーティーへ招くことができれば、決して怪しまれることはない。

問題はヒューをどう動かすかだが、これはパメラが思いのほか簡単に解決した。彼女はローナをさりげなくそそのかした——チャックと一層親密な時間を作れますよ、と。

ローナの——我々の——提案を、娘に弱いヒューはあっさり受け入れた。

もうひとつの懸案である爆薬の入手も、早々に目処が立った。十年前の現場となったビルの解体工事計画を進めるにあたり、周辺の住人や解体業者との折衝を行ったのが私だった。業者の倉庫管理の実態を調べ上げるのは造作もないことだった。

当初は、パメラがイアンらとサンドフォード父娘を睡眠薬で眠らせ、頃合いを見て私がタワーに入り、『硝子鳥』たちをジェリーフィッシュへ乗せる手伝いをする計画だった。

NY州では、ヒューの所有する機体の他にも多くのジェリーフィッシュが行き交う。『硝子鳥』たちを屋上へ連れ出す際、万一、他のジェリーフィッシュから目撃されたときのために、彼らの髪型をイアンらのそれに似せることも忘れなかった。実際の作業は、パーティーの前日にパメラが行った。

衣服は準備せずにおいた。イアンらと服装を似せるにしても、彼らがどんな衣装で現れるかは当日にならなければ解らない。最低限、コートの類だけ奪って『硝子鳥』たちに羽織らせれば、目くらましとしてはひとまず足りる。

彼らを無事に救い出した後は、私が旧邸宅で彼らを回収し、ジェリーフィッシュを帰して、ほとぼりが冷めるまで彼らを匿い――住まわせる場所は、ヒューの顧問弁護士としての立場を使って郊外に準備した――そしてパメラはタワーに残り、彼女の復讐を果たすことになっていた。

最上階からどうやって脱け出すのか、との私の問いに、「そのつもりはありません」とパメラは答えた。

「復讐を終えたら、あの人のところへ行って……私の旅はそれで終わりです」

凶器も、ビルが崩れた後で死因を曖昧にできるよう、刃物でなく鈍器を使うはずだった。

逃げ遅れ、下敷きとなったサンドフォード父娘とイアンら来客、そしてメイドが、瓦礫から遺体で発見される――そのはずだった。

私たちの計画は、しかし、『硝子鳥』に嫉妬したローナの手で——私もパメラも重要視していなかった娘の手で、完膚なきまでに粉砕された。

※

「解体業者の倉庫から爆薬を盗んだのはあんたたちね」

漣の横で、赤毛の上司が言葉を続けた。「爆薬を仕掛けたのはパメラだったんでしょうけど——タワーのどこに、どれだけ仕掛けるかを誰がどうやって決めたの。まさか、全部適当だったとか言わないわよね」

ヴィクターは首を振った。

「ヒューの顧問弁護士としての初仕事が、このビルに入っていたテナントとの立ち退き交渉だった。

事実は事実として知っておく必要があったのでな、高層ビルの設計と実態——それから爆弾の構造と作製方法には、嫌でも詳しくなった」

かすかに苦痛を帯びた声だった。そう、とマリアは俯き、再び顔を上げた。

「来なさい。あんたには黙秘する権利、弁護士を呼ぶ権利があるわ。

——いえ、そういえばあんたも弁護士だったわね。自分の弁護ならいくらでもさせてあげるわよ」

マリアがヴィクターへ歩を進めた――そのときだった。

『硝子鳥』の少女が床を蹴った。

髪をなびかせ、数メートルの距離を一気に縮めて、マリアへ体当たりするように抱きつく。

「なっ」大人しかった少女の思わぬ行動にマリアが声を上げた。

「駄目よ。離しなさい、いい子だから！」

エルヤが激しく首を振る。

――油断したわけではなかったが、一瞬の隙が生じた。

ヴィクターが拳銃を抜き、漣たちへ銃口を向けた。マリアの顔が強張った。

「馬鹿な真似は止めなさい。もう逃げられないわよ！」

エルヤが動きを止め、きょとんとした顔でヴィクターに向き直る。ただならぬ気配を感じ取ったのか、彼女の無垢な瞳に、徐々に恐れの感情が滲んでいった。

「安心したまえ。君たちの手を煩（わずら）わせるつもりはない。

私の役目はもはや終わった。身の処し方は理解している」

ヴィクターはエルヤへ視線を移し、「すまない」と呟いた。

「やめなさい――」

マリアが叫ぶ。エルヤが悲鳴に似た声を上げる。

漣が飛びかかるより早く、ヴィクターは銃口を自分の口に入れ、引鉄を引いた。

黄昏の陽光が屋上に落ちる。床の色が真紅の血だまりに同化する。

エルヤが表情のない顔でヴィクターの遺体を見つめている。漣は唇を噛み、少女へ歩み寄った。

手の届かぬ所へ犯人を逃がしてしまった。たとえ生きて逮捕できたとしても、初老の弁護士は極刑を免れなかっただろうが、警察官としては何の慰めにもならない。

そして自責の念以上に──取り残されたエルヤを見やりながら、漣は心に重石を載せられたような感覚を覚えた。

人としての生き方を奪われ、家族を惨殺され、愛する者を失い、そして今また、自分を救おうとした者が命を絶った。さらに少女自身も手を汚している。彼女に法の裁きが下されるかどうかは解らないが、幸福な未来が訪れるとも思えない。

マリアも苦渋に満ちた顔で、ヴィクターと少女へ交互に視線を移している。漣が光学迷彩布越しにエルヤの肩に触れようとした──そのときだった。

エルヤが凄まじい勢いで漣の手を払った。

肉食獣のような瞬発力だった。漣が苦痛に顔をしかめた一瞬の隙に、エルヤは猛然と駆け出し、屋上の柵の上に飛び乗った。

「何をしてるの、こっちに戻りなさい！」

青ざめた顔でマリアが叫ぶ。

不安定な場所に足を乗せているのが嘘のように、エルヤは自然に立ち上がった。長い金髪が光学迷彩布からこぼれ、尾長鳥（おながどり）の尾羽のように揺れる。

エルヤがこちらを振り返り、ひどく寂しげな微笑みを浮かべ――


柵を蹴った。

止まり木から飛び立つ小鳥のように、エルヤの身体が浮き上がり、屋上の向こうへ消えた。

漣はマリアと並んで駆け寄り、手すり越しに覗き込んだ。

『硝子鳥』の姿はなかった。

地面に叩きつけられたはずの身体も、血だまりすらも見えず――

ただ、摩天楼の合間を、冷たい風が吹き抜けるばかりだった。

解説

宇田川拓也（書店員）

思うような評価を得られないまま創作を続けるのも苦しいが、かといって華々しいデビューを飾れば、その後の活動で自らを越え、評価を塗り替えていく難しさと向き合わなければならなくなる。

二〇一六年、『ジェリーフィッシュは凍らない』でキャリアをスタートさせた市川憂人の当時を振り返ると、選考委員（北村薫・近藤史恵・辻真先）満場一致で、第二十六回鮎川哲也賞を受賞。年末ランキングでは、「週刊文春ミステリーベスト10」二〇一六年国内部門第五位、『2017本格ミステリ・ベスト10』国内第三位、『このミステリーがすごい！ 2017年版』国内編第十位、さらに『本格ミステリー・ワールド2017』にて〈読者に勧める黄金の本格ミステリー〉に選出。まさにミステリ作家としては申し分のない華々しいデビューであり、いまなお氏の代表作としてこの作品を挙げる向きも多いことだろう。

では、市川憂人は前述の〝自らを越え、評価を塗り替えていく難しさ〟に、いまだ打ち勝っていないのかというと、そんなことはない。代表作と呼ばれる作品が必ずしも最高傑作であるとは限らないように、もし本稿執筆時点で、もっとも優れた市川作品を問われたなら、筆者は迷うことなく本作『グラスバードは還らない』を挙げる。テクノロジーの発展が現実世界とは微妙に異なるパラレルワールドの一九八〇年代、U国A州のフラッグスタッフ署に所属するマリア・ソールズベリー警部と部下の九条漣の活躍を描いた、『ジェリーフィッシュは凍らない』、『ブルーローズは眠らない』に続く長編第三弾で、ミステリの手法を様々に駆使するのみならず、シリーズものだからこその大胆にして果敢な試み、読み手の脳内に作り上げた絵柄を反転してみせた際の衝撃の大きさ、〝グラス（GLASS）〟のイメージを随所に配して緻密に組み上げられた物語の構築美、いずれも見事というしかない。

今回舞台となるのは、摩天楼が立ち並ぶ世界有数のビジネス街――NY州ニューヨーク市。不動産王ヒュー・サンドフォードが希少な動植物の違法取引に関与している情報をつかんだマリアと漣は、署長が告げる「捜査打ち切り」を無視して、七十二階建ての真新しい巨大なガラス張りの塔というべき高層ビル――サンドフォードタワーへと向かう。しかし、捜査令状もなく門前払いを喰ったマリアは、漣と分かれて聞き込み中にひとり非常階段に忍び込み、最上階にあるヒューの邸宅を目指す。ところが突如、鈍く重い轟音が響き、ビル内の爆破テロに巻き込まれてしまう。

いっぽう、M工科大学大学院の博士課程に身を置くセシリアは、見覚えのない殺風景な部屋で目を覚まし、記憶を手繰る。恋人イアンの共同研究先であるヒュー・サンドフォードが所有するガラス製造会社・SG社が主催する懇親パーティーに出席するため、彼とサンドフォードタワー最上階に赴いたはずだが――？　入院患者のような白服姿にされたセシリアとイアンを含む関係者四人は、ヒューのメイドであるパメラから、迷路のように入り組んだ壁もドアも灰色のガラスでできた異様な屋内に閉じ込められているこの状況が、ヒューの意向によるものであり、「その答えはお前たちが知っているはずだ」という意味深な伝言を告げられる。するとそこに、目を奪われるような美しい生物――ヒューが邸宅で秘かに飼っている『硝子鳥』が現れ、さらに不可解な殺人事件が発生する……。

　前二作同様、物語は大きくふたつのパートによって構成されているが、まず目を惹くのは「タワー」と題された偶数章のパニック映画のごとき展開だ。プロローグで描かれるヒューを狙った過去の爆破事件との因果関係、加えてビルが倒壊するまでにマリアは手掛かりをつかんで生還できるのか――というスリリングなタイムリミット・サスペンスの趣向が盛り込まれている。

　そして奇数章「グラスバード」では、ガラスの迷宮に閉じ込められた人間たちが、灰色の壁やドアが一瞬にして透明化するたびにひとりずつ死んでいく、こちらも負けず劣らずスリリングで先の読めない展開が待ち構えている。一箇所に集められた人間たちがひとりずつ命を奪われ疑心暗鬼に陥っていく流れは、単行本の帯に「21世紀の『そして誰もいなくなった』登場！」という惹句が躍った『ジェリーフィッシュ～』と同趣向といえるが、本作の方がよりヴイジュアルとしてのインパクトが強まり、著者が『そして誰もいなくなった』系ミステリを自家薬籠中の物としていることを印象づける。

また、それは流れだけでなく、姿なき犯人についてもいえ、そのまま用いたなら掟破りになりそうなアイデアが大胆不敵にも投入されている。ただし、決してアンフェアな意地の悪い企みではないので、そこは早合点しないでいただきたい。いうなれば、いかに本格ミステリとしてフェアに掟破りを貫くか――に挑んだ果敢な試みであり、本シリーズの世界観を念頭に置いて物語を追っていけば、配されたヒントと結びつけて推理を組み立てることもできるはずだ。

大胆不敵といえば、本作にはこの掟破り以上にそう譬えるしかないまさかの仕掛けが施されている。それまで思い描いていた景色と構図がクライマックスで一変する驚きはミステリの醍醐味のひとつだが、この絵柄が反転した際の衝撃の大きさはシリーズ中でも屈指といえる。あの合衆国大統領も務めた実業家を想起させる大富豪の、背徳的な趣味とあわせて映し出される人間としての負の面が、じつはこれほどまでに美に魅入られ、異常な歪み方をしていたのかと言葉を失ってしまうほどだ。

本作はタイトルの〝グラスバード〟＝『硝子鳥』をはじめ、ガラスの塔というべきサンドフォードタワー、透過率可変型ガラスの研究、関係者たちが閉じ込められてしまうガラスの迷宮など、様々な形で〝ガラス〟が登場するが、それは、透明、美しい、割れる、儚い――といったイメージとしても用いられている。絶大な富と権力を振りかざす者によって透明なガラスにつけられた疵が、罅となって拡がり、なにをもたらしたのか。

緻密に組み上げられた謎がマリアによって解かれ、事件のひとつひとつが詳らかにされるとき、目の前でいくつものガラスがつぎからつぎへと片っ端から割れ落ちていくのを為す術なく見つめているような心持ちになる。本作の内容を端的に表すなら、各々の境遇や価値観によってそれがなにかは異なるが、それぞれが大切にしていた美しいガラスが疵つき、無惨に割れてしまった者たちの哀しみの物語だといえよう。

　そして、タイトルの真意が明らかになる儚いラストシーンを斯様に幻想的な形で描写してみせたのは、真実が導き出されようとも救われることのない、割れたガラスのなかにただひとつだけ残された無垢なるものへの、せめてもの手向けに思えてならない。

　最後に、本書刊行時点でのシリーズ最新作となる短編「ボーンヤードは語らない」（二〇二〇年一〇月「ミステリーズ！ vol.103」掲載）をご紹介しておこう。

　広大な敷地に役目を終えた数多くの軍用機が保管されていることから『飛行機の墓場』の異名を持つ、A州郊外にある空軍基地。その〝墓場〟で深夜、若い軍曹が死体となって発見される。肌に残るサソリに刺された痕、亡くなる直前の不可解な行動、浮かび上がる不名誉な疑惑。なぜ被害者は真夜中にこのような場所を訪れ、命を落としたのか。真相究明を急ぐ第十二空団・第八百三十六航空師団所属のジョン・ニッセン少佐は、ジェリーフィッシュ事件で知己を得たマリアと漣に協力を仰ぐ。

　シリーズで重要な役回りを担ってきたサブキャラクターのジョンにスポットを当て、マリアがある盲点を突くことでジョンをアシストする、ミリタリー×本格ミステリの秀作になっている。先行して発表済みの二作品――「赤鉛筆は要らない」（二〇一八年）＆「レッドデビルは知らない」（二〇一九年）と、書き下ろし一編をあわせた、シリーズ初の短編集が二〇二一年夏頃に刊行予定とのこと。短編ではキャラクターの掘り下げにも力点が置かれており、マリアと漣、それぞれの過去も描かれているので、ぜひこちらもご注目いただきたい。

【参考文献】

●『9・11生死を分けた102分 崩壊する超高層ビル内部からの驚くべき証言』(ジム・ドワイヤー、ケヴィン・フリン 三川基好訳/文藝春秋)
●宮崎州正「ガラス転移の統計物理学」物性研究・電子版 4 (4), 044206 (2015)
●宮崎州正、尾澤岬、池田昌司「ガラス転移理論の最近の発展」熱測定 42 (4), 135-141 (2015)
●加藤純一「メタマテリアルの基礎」精密工学会誌 78 (9), 767-772 (2012)

本書は二〇一八年、小社より刊行された作品の文庫化です。

検印
廃止

著者紹介 1976年神奈川県生まれ。東京大学卒。在学時は文芸サークル・東京大学新月お茶の会に所属。2016年『ジェリーフィッシュは凍らない』で第26回鮎川哲也賞を受賞しデビュー。他の著書に『ブルーローズは眠らない』『神とさざなみの密室』などがある。

グラスバードは還らない

2021年3月19日 初版

著者 市川憂人

発行所 (株) 東京創元社
代表者 渋谷健太郎

162-0814/東京都新宿区新小川町1-5
電話 03・3268・8231-営業部
03・3268・8204-編集部
URL http://www.tsogen.co.jp
フォレスト・本間製本

ISBN978-4-488-40623-3 C0193

四六判上製

殺人鬼ピーター・パンの推理行!

ティンカー・ベル殺し

小林泰三 KOBAYASHI YASUMI

夢の中では間抜けな“蜥蜴のビル”になってしまう
大学院生・井森建は、ある日見た夢の中で、活発な少年
ピーター・パンと心優しい少女ウェンディ、
そして妖精ティンカー・ベルらに拾われ、
ネヴァーランドと呼ばれる島へやってくる。
だが、ピーターは持ち前の残酷さで、敵である海賊のみならず、
己の仲間である幼い“迷子たち”すらカジュアル感覚で殺害する、
根っからの殺人鬼であった。
そんなピーターの魔手は、彼を慕う
愛らしいティンカー・ベルにまで迫り……
ネヴァーランドの妖精惨殺事件を追うのは
殺人鬼ピーター・パン!

第10回ミステリーズ！新人賞受賞作収録

A SEARCHLIGHT AND A LIGHT TRAP◆Tomoya Sakurada

サーチライトと誘蛾灯

櫻田智也

創元推理文庫

◆

昆虫オタクのとぼけた青年・魞沢泉（えりさわせん）。
昆虫目当てに各地に現れる飄々（ひょうひょう）とした彼はなぜか、
昆虫だけでなく不可思議な事件に遭遇してしまう。
奇妙な来訪者があった夜の公園で起きた変死事件や、
〈ナナフシ〉というバーの常連客を襲った悲劇の謎を、
ブラウン神父や亜愛一郎（あ あいいちろう）に続く、
令和の“とぼけた切れ者”名探偵が鮮やかに解き明かす。
第10回ミステリーズ！新人賞受賞作を収録した、
ミステリ連作集。

収録作品＝サーチライトと誘蛾灯、
ホバリング・バタフライ、ナナフシの夜、火事と標本、
アドベントの繭（まゆ）

シリーズ第三長編

THE RED LETTER MYSTERY◆Aosaki Yugo

図書館の殺人

青崎有吾

創元推理文庫

期末試験の勉強のために風ヶ丘図書館に向かった柚乃。
しかし、重大事件が発生したせいで
図書館は閉鎖されていた！
ところで、なぜ裏染さんは警察と一緒にいるの？
試験中にこんなことをしていて大丈夫なの？

被害者は昨晩の閉館後に勝手に侵入し、
何者かに山田風太郎『人間臨終図巻』で
撲殺されたらしい。
さらに奇妙なダイイングメッセージが残っていた……。

“若き平成のエラリー・クイーン”が
体育館、水族館に続いて長編に
選んだ舞台は図書館、そしてダイイングメッセージもの！